Lord of Darkness
by Elizabeth Hoyt

光こぼれる愛の庭で

エリザベス・ホイト
川村ともみ[訳]

ライムブックス

LORD OF DARKNESS
by Elizabeth Hoyt

光こぼれる愛の庭で

主要登場人物

マーガレット（メグス）・セントジョン……………侯爵家の娘。恋人と死別後、便宜結婚
ゴドリック・セントジョン……………………………マーガレットの夫
ミセス・セントジョン…………………………………ゴドリックの継母
サラ・セントジョン……………………………………ゴドリックの異母妹
モルダー…………………………………………………ゴドリックの執事
グリフィン・リーディング……………………………マーガレットの兄
ウィンター・メークピース……………………………孤児院の経営者
アダム・ラトリッジ……………………………………ダーク子爵。マーガレットの元恋人の友人
カーショー伯爵…………………………………………マーガレットの元恋人の友人
ピネロピ・チャドウィック……………………………伯爵の娘
アーティミス・グリーブズ……………………………ピネロピのコンパニオン
ジョナサン・トレビロン大尉…………………………竜騎兵連隊長

1

いたずら悪魔《エルカン》の物語を聞いたことがおありでしょうか？

『エルカンの伝説』

一七四〇年三月
イングランド、ロンドン

ゴドリック・セントジョンが妻のレディ・マーガレットに会うのは、結婚式以来二年ぶりだった。妻はいま、ゴドリックの頭に銃口を向けている。彼女は夜のセントジャイルズの不潔な通りで馬車の横に立っていた。ビロードのマントのフードから、つややかな濃い茶色の巻き毛がはみだしている。肩をこわばらせて両手でしっかり拳銃を握っている彼女の美しい瞳には殺意が光っていた。ゴドリックはその美しさに一瞬息をのんだ。

次の瞬間、マーガレットは引き金を引いた。

バン！

耳をつんざく銃声だったが、弾は当たらなかった。どうやら射撃は得意ではないようだ。とはいえ、まだ安心できなかった。マーガレットは即座に振り返り、馬車から次の拳銃を取りだしたのだ。

下手な鉄砲も、数を撃てば当たる場合もある。

だがゴドリックには、妻が今夜本当に自分を殺せるかどうかをじっくり考えている暇はなかった。恩知らずな妻の命を、ロンドンでもっとも危険なこの地域で彼女の馬車を止めた六人の追いはぎから守るのに忙しかったのだ。

ゴドリックは、頭を狙ってきた追いはぎの大きなこぶしをかわしてから相手の腹を蹴った。男はうめいたが、荷馬のような巨体のせいか、倒れはしなかった。そして同じように巨体の仲間四人とともに、ゴドリックを囲んでまわりながら、じわじわと近づいてきた。

ゴドリックは目を細め、右手に持った長剣と左手に持った短剣を掲げて攻撃に備えた……。

バン！　マーガレットがゴドリックに向けて二発目を撃った。

銃声は闇を切り裂き、狭い通りに立ち並ぶ古い建物にこだました。ゴドリックの短いケープを鉛の弾丸が貫き、その勢いでケープがうしろに引っぱられた。

マーガレットが、驚くほど汚い言葉を吐いた。

ゴドリックにいちばん近づいていた追いはぎが、汚れた歯をむきだしにして笑った。

「こりゃあ、ひどく嫌われてるな」

厳密に言えば、それは間違いだ。マーガレットが殺そうとしているのはセントジャイルズの亡霊で、その正体が自分の夫であることは、残念ながら彼女は知る由もない。黒い革の仮面はしっかりとゴドリックの顔を隠している。

つかの間、セントジャイルズじゅうがしんと静まり返った。二丁の拳銃をマーガレットの御者とふたりの従僕に向けていた六人目の追いはぎは凍りついていた。馬車のなかから張りつめたような低い女性の声が聞こえてくる。安全な馬車に戻るよう、マーガレットを説得しているのだろう。だが、当のマーガレットは馬車の脇からこちらをにらんでいる。ゴドリックが助けなければ追いはぎに殺される――あるいはもっと不名誉なことをされる――かもしれないことなど、念頭から消えているようだ。頭上の青白い月が、崩れかけたれんがの建物や割れた石畳、疲れたように風に揺れるろうそく屋の看板を照らしている。

ゴドリックは、しつこく笑いつづけている男に飛びかかった。

こんなところにやってくるマーガレットは浅はかだし、追いはぎはただ本能に従って、目の前に現れた軽率な獲物を襲っただけかもしれない。しかし、そんなことはどうでもいい。ゴドリックはセントジャイルズの亡霊なのだ。弱者を守り、その一方で他人からは恐れられる、セントジャイルズの主であり、夜の主であり……そしてマーガレットの夫なのだ。

だから、男の顔から笑みが消える間もなく、すばやく剣を突き立てた。男はうめきながらくずおれ、ゴドリックは間髪をいれずに、うしろに迫ってきた次の男に肘鉄を食らわせた。鼻の骨が砕ける音がした。

ゴドリックはひとり目の男から剣を引き抜いた。血があたりに飛び散る。そのままくるりと振り向いて三人目に切りつけた。剣は男の頬を斜めに切り裂き、男は悲鳴をあげながら両手を顔に当ててうしろによろめいた。

残るふたりの追いはぎはためらった。街頭での立ちまわりに躊躇《ちゅうちょ》は禁物だ。

ゴドリックはふたりに突進し、右にいる男に向かって長剣を振りかざした。長剣は風を切ったが、相手には当たらなかった。しかしゴドリックは同時に、左手の短剣をもうひとりの太腿に深く突き刺した。男が悲鳴をあげる。ふたりの追いはぎはあとずさりしてから、背中を向けて逃げだした。

ゴドリックは背筋を伸ばし、胸を大きく上下させて息を整えながらあたりを見まわした。残る追いはぎはただひとり、御者と従僕に拳銃を向けている男だけだ。

ごつい赤ら顔のずんぐりした中年の御者が、目を細めて男をにらみつつ、御者台の下から拳銃を取りだした。

男は向きを変えると、音をたてずに逃げていった。

「撃って！」マーガレットが叫んだ。声が震えているのは、恐怖よりも怒りのせいだろうか。

「奥さま？」追いはぎの姿はすでに消えている。御者は当惑して女主人を見つめた。

だがゴドリックには、彼女が殺せと命じたのは追いはぎではないことがわかっていた。ふいに、彼のなかでなんらかの感情――長いこと失われたと思っていた感情――が目を覚ました。

小鼻をふくらませながら、彼女のために殺した男の体をまたいで言った。

「礼はいらない」

正体がばれないようにささやき声で言ったが、彼女にはちゃんと聞こえたようだ。

血に飢えたレディは、食いしばった歯のあいだから言った。

「最初からそのつもりよ」

「そうか？」ゴドリックは頭を傾け、暗い笑みを浮かべた。「幸運を祈るキスもしてくれないのか？」

マーガレットはゴドリックの仮面に覆われていない口元を見つめ、嫌悪感もあらわに唇を曲げた。「蛇を抱きしめるほうが、まだましだわ」

そこまで言うのか。ゴドリックはさらに微笑んだ。「わたしのことが怖いんだな？」

彼は魅入られたようにマーガレットを見つめた。彼女が口を開いて何か侮辱の言葉を返そうとしたとき、馬車から女性が叫んだ。「ありがとうございます！」

マーガレットは顔をしかめて振り向いた。ゴドリックには馬車のなかが見えないが、彼女はそばにいるので、暗がりでも声の主が見えるらしい。「お礼なんか言わないで！　この人は人殺しなのよ」

「でも、わたしたちを殺したわけじゃないでしょう」馬車の女性は言った。「それに、もうずいぶん遅いわ。わたしがふたり分のお礼を言ったから、早く馬車に乗ってちょうだい。彼の気持ちが変わる前に、この恐ろしい場所を離れましょう」

マーガレットが歯を食いしばる姿は、甘いものを禁じられた少女を思わせた。

「彼女の言うとおりだ」ゴドリックは小声で言った。「信じる信じないは勝手だが、ここは上流階級の人間が追いはぎに襲われることで有名な場所だぞ」

「メグス！」女性が叫んだ。

マーガレットは木も焦がしそうなほどの険しい目でゴドリックをにらんだ。「この次もあなたを見つけだすわ。そのときはきっと殺してやるから」

口をかたく結んだその顔は、真剣そのものだ。

ゴドリックはつばの広い帽子を脱ぎ、わざとらしくお辞儀をした。「あなたの腕に抱かれて死ぬのを楽しみにしているよ」

その言葉にマーガレットはけげんそうに目を細めたが、もうひとりの女性がせっぱ詰まった調子で何かささやいた。マーガレットは最後にもう一度軽蔑の目でゴドリックを見てから、馬車に乗り込んだ。

御者が馬に声をかけると、馬車は音をたてて走り去っていった。

そのとき、ゴドリック・セントジョンはふたつのことに気づいた。ひとつは、妻が恋人を亡くした悲しみから立ち直ったらしいこと。そしてもうひとつは、彼女の馬車より先に自宅に帰っていなければならないことだ。ゴドリックは一瞬動きを止めて、自分が殺した男を見おろした。どす黒い血が通りの中央の溝に向かって、ゆっくりと流れている。ガラスのような目は、地上の出来事に無関心な空を見つめている。ゴドリックは、何かしらの感情が浮かんでいやしないかと自分の心のなかを探った。しかしそこは、いつものように空っぽだった。

向きを変えて狭い路地を走った。走りはじめてから、右肩が痛むことに気づいた。もみあっているうちに痛めたか、あるいは追いはぎのひとりに殴られたのだろう。どちらでも同じことだ。ゴドリックの住む聖人の家《セイントハウス》はテムズ川沿いにあり、ここからはふつうに帰ってもそれほど遠くはないが、屋根を伝ったほうが早い。

しかしゴドリックが納屋の屋根にあがったとき、路地の前方の、曲がり角のあたりから少女の甲高い悲鳴が聞こえてきた。

時間がないというのに。彼はふたたび路地に飛びおりると、二本の剣を抜いた。

恐怖に満ちた悲鳴がまた聞こえた。

ゴドリックは走って角を曲がった。

そこにはふたりの少女がいた。ひとりは五歳になるかならないかで、悪臭の漂う路地の真ん中で、震えながら全身の力を振り絞って叫んでいる。だが、彼女にできるのはそれだけだった。もうひとりがすでにとらえられていたからだ。こちらはもう少し年上で、追いつめられたネズミのごとく暴れているが、その努力は功を奏していなかった。

つかまえている男は少女より三倍は体が大きい。男は少女のこめかみを平手打ちした。

少女は地面に倒れて動かなくなった。年少の子がそばに駆け寄る。

男が少女たちのほうに身をかがめた。

「おい！」ゴドリックは怒鳴った。

男が顔をあげた。「なんだおまえ――」

ゴドリックは右のこぶしで男を殴り倒した。剣を男のむきだしの喉に突きつけ、顔を近づけてささやく。「襲われる側になるのはいやなものだろう？」

男は顔をしかめ、殴られたところをさすった。「自分の娘たちをどうしようとおれの勝手だ」

「あんたの娘じゃないもん！」

ゴドリックの視界の隅に、年長の子が体を起こしているのが映った。

「この人はあたしたちの父さんなんかじゃない！」

少女が口の端から血を流しているのを見て、ゴドリックはうなった。

「家に帰るんだ」低い声でふたりに言う。「あとはわたしがなんとかする」

「家なんかないよ」年少の子がべそをかいた。

だが、年長の子が彼女をつついて黙らせた。

ゴドリックは疲れていたし、子供たちに家がないという事実に気を取られた……というのは自分に対する言い訳だが、とにかく、地面に倒れていた男が突きだした両脚に足をすくわれた。

ゴドリックは石畳に転がった。あわてて体勢を立て直したときには、すでに男は路地の突き当たりを曲がっていた。

ため息をつき、顔をゆがめて体を起こした。けがをした肩から倒れたせいで、そこが痛む。

ゴドリックは少女たちに目を向けた。「一緒においで」

小さいほうの子は素直に立ちあがろうとしたが、年長の少女が引っぱった。

「だめよ、モール。この人も少女誘拐団の仲間かもしれないでしょ」

〝少女誘拐団〟と聞いてゴドリックは眉をあげた。長らく聞いていなかった名だ。だが頭を振った。いまはゆっくり聞きだしている暇はない。マーガレットはじきに家に着くだろう。そのときにぼくがいなかったら面倒なことになる。

「さあ、おいで」彼は少女たちに手を差しだした。「わたしは誘拐団の仲間じゃない。あたたかいところに連れていってやるから、そこでひと晩過ごすといい」ひと晩どころか、ずっといればいい。

やさしく言ったつもりだったが、年長の子は顔をしかめた。「行かない」

ゴドリックはにっこりしてから、ひとりを肩にかつぎ、もうひとりを腕で抱えた。

「行くんだよ」

もちろん簡単にはいかなかった。年長の子は小さな女の子とは思えない言葉で罵り、年少の子は泣きわめき、そしてふたりとも野良猫のように激しく暴れた。

五分後、〈恵まれない赤子と捨て子のための家〉が見えてきたところで、ゴドリックはふたりをおろした。

「やめろ!」もっと汚い言葉を吐きそうになるのをのみ込みながら、股間を蹴ろうとした年長の少女を強くつかんだ。

そのまま厳しい顔で孤児院の裏口へ向かい、ドアを蹴りつづけた。やがて厨房の窓のなかに明かりがともった。

ドアが開き、しわくちゃのシャツとズボン姿の長身の男性が現れた。

孤児院の経営者、ウィンター・メークピースだ。泣きながら暴れるふたりの少女を抱えて孤児院の戸口に立つセントジャイルズの亡霊を見て、彼は眉をつりあげた。

しかしゴドリックには、説明している時間はなかった。

「頼む」

いきなり子供たちをタイル張りの床におろすと、唖然《あぜん》としているウィンターを見た。

「しっかりつかまえておいたほうがいいぞ。隙あらば逃げだそうとする子たちだからな」

そう言い残してドアを閉め、ゴドリックは自分の家に向かって全速力で走りだした。


馬車がセントジャイルズを離れたとたん、レディ・マーガレット・セントジョンことメグスの体は震えだした。亡霊は体が大きく、その身のこなしは恐怖心をあおった。彼が仮面の下の目を光らせながら、革の手袋をした大きな両手に血だらけの剣を握って向かってきたとき、メグスは身動きができなくなった。

速くなった脈を落ち着かせるために息を吸う。あの男を二年間、憎みつづけてきた。その相手とついに顔を合わせたいま、まさかこんなふうに……自分が生きていることを実感するとは思ってもいなかった。

膝に置いた重い拳銃に目をやってから、向かいに座っている義妹であり親友でもあるサラ・セントジョンを見た。「ごめんなさい。あれは――」

「愚かだった？」サラが明るい茶色の眉を片方あげて言った。そのときどきで薄茶色から明るい金色に変わって見えるサラのまっすぐな髪は、頭のうしろでシニヨンにきっちりとまとめられている。

それにひきかえメグスの濃い茶色の巻き毛は、ピンで留めてあったのが何時間も前に乱れ、いまや海の怪物の触手のように顔のまわりで波打っている。

メグスは眉をひそめた。「愚かっていうか――」

「どうかしていた？」サラが先を引き取った。「間抜けだった？　正気じゃなかった？　ばかげていた？　軽率だった？」

「どの言葉も間違ってはいないんだけれど――」メグスは、サラが続けようとするのをさえぎった。サラはとにかく語彙が豊富なのだ。「軽率だったというのがいちばんぴったりくるかしら。あなたの命を危険にさらしてしまって本当にごめんなさい」

「あなたのもね」

メグスは目をぱちくりさせた。「えっ？」

サラが身を乗りだした。馬車のランタンがその顔を照らす。ふだんの彼女は、見た目は品のいい未婚女性――二五歳でまだ独身――で、やわらかい茶色の瞳の奥に潜むユーモアだけがその外見を裏切るのだが、今は女戦士と言ってもおかしくない。

「あなたの命もよ」サラは繰り返した。「あなたはわたしや使用人たちだけでなく、自分の命も危険にさらしたの。こんな夜分にセントジャイルズに来るほどの大事な用って、なんだったの？」

メグスは親友から目をそらした。サラはメグスとゴドリックが結婚して一年ほど経ったころに、チェシャーにあるセントジャイルズ家の領地に来てメグスと暮らすようになった。そのため、兄とメグスが大あわてで結婚した真の理由を知らない。

メグスは頭を振り、馬車の窓から外を眺めた。「ごめんなさい。ただ、見たくて……」

途中で言葉を切ったメグスに、サラは不安げな様子で尋ねた。

「何を見たかったの？」

ロジャーが殺された場所を。考えるだけで心に鈍い痛みが走る。何かロジャーの名残が見つかるのではないかと思ってセントジャイルズに向かうよう御者のトムに命じたが、もちろんそんなものは見つからなかった。ロジャーがメグスを残して死んでから、もうずいぶん経つのだから。だが、セントジャイルズを見たかった理由はもうひとつあった。ロジャーを殺したセントジャイルズの亡霊のことを、もっと知りたかったのだ。そちらの目的は果たすことができた。亡霊は姿を見せた。今日はまだこちらの準備が整っていなかったけれど、次は違う。

次は絶対に逃がさない。

セントジャイルズの亡霊の穢《けが》れた心臓を銃弾で貫くつもりだ。

「メグス？」

友人の静かな声が、血生ぐさい想像をさえぎった。

メグスは首を横に振り、サラに向かって明るく微笑んだ。明るすぎたかもしれない。

「なんでもないわ」

「何を――」

「あら、もう着いたの？」あからさまに話題を変えた。実際、馬車は目的地に着いたように速度を落としていた。

メグスは窓からのぞいたが、外は暗かった。

「違ったみたい」

サラが腕を組んで尋ねた。「何が見える？」

「曲がりくねった狭い路地を走っているわ。先のほうに、高くて暗い建物が見える。なんていうか、とても……」

「古びている？」

メグスは友人を見た。「そうね」

サラはうなずいた。「じゃあ、セイントハウスだわ。とんでもなく古いのよ。知らなかった？　お兄さまと結婚したときに見なかったの？」

「ええ」メグスは窓の外の暗い風景に気を取られているふりをした。「式のあとの会食はうちの兄の屋敷で開いたし、わたしは一週間後にはロンドンを発《た》ったから」その一週間のあいだは、母の家で寝たきりになっていた。メグスはつらい思い出を頭から追い払った。「古いって、どのくらい？」

「中世の建物なの。冬は隙間風だらけよ」

「まあ」

「場所もしゃれているとは言いがたいわ」サラは続けた。「テムズ川沿いなのよ。でも、うちの先祖は征服王と一緒にイングランドにやってきたのだから、不便で古くさくて壊れそうな家でもしかたないわよね」

「とても有名な建物なんでしょう？」メグスは言った。セントジョン家の一員となった以上、ここは一族を立てておかなければならない。

「そうね」サラがそっけなく言う。「セイントハウスはいくつかの歴史書で紹介されているわ。真夜中に足先が氷みたいに冷たくなったときは、それを思いだすといいわよ。きっと気休めになるから」

「そんなに住みにくいなら、なぜロンドンまで一緒に来たの？」メグスは尋ねた。

「観光と買い物のためよ、もちろん」彼女が説明したセイントハウスの陰鬱さとは裏腹な明るい声だった。「ロンドンはものすごく久しぶりなの」

馬車が止まり、サラは裁縫道具の入ったかごとショールを手に持った。従僕のオリバーが馬車の扉を開けた。オリバーは、メグスが連れてきたふたりの従僕のうちの若いほうで、白いかつらをかぶっているが、赤い眉は隠しようがない。

「生きて帰れるとは思いませんでした」馬車のステップを置きながら、オリバーは言った。「正直に言って、追いはぎに殺されるところでしたよ」

「あなたもジョニーもとても勇敢だったわ」メグスは馬車をおりると御者を見あげた。「トム、あなたもね」

御者が広い肩を丸めて言った。「おふたりとも、早くなかに入られたほうがいい。外は危険です」

「ええ」建物のほうを向いたとき、メグスはもう一台馬車が止まっているのに気がついた。

サラが馬車をおりて隣に立った。「あなたの大おばさまのほうが先に着いたみたいね」

「そうらしいわね」メグスはゆっくりと言った。「でも、なぜ馬車がまだここにいるのかしら?」

それに答えるかのように、馬車の扉が勢いよく開いた。

「マーガレット!」大おばであるエルビナの不安げな顔は、ピンクのリボンを編み込んだやわらかいグレーの巻き毛に包まれていた。必要以上に大きな声が、周囲の石造りの建物に響く。大おばは耳が遠いのだ。「いけ好かない執事がなかに入れてくれないのよ。ずっと中庭に座っていたものだから、女王陛下がすっかりご機嫌斜めだわ」

馬車の中から聞こえるくぐもった犬の鳴き声は、たしかにいらだっている。

メグスは夫の家に向き直った。明かりひとつついていないその屋敷はとても人が住んでいるようには見えないが、執事が大おばに応対したというのだから、無人ではないはずだ。メグスはドアに向かい、丸い真鍮《しんちゅう》製のノッカーを叩きつけた。

そして、うしろにさがって家を見あげた。昔の建築様式を寄せ集めたような建物で、一階と二階は古びた赤れんがでできている。これが最初に建てられた部分だろう。その上に、さらに三階分がベージュのれんがで造られている。屋根には、見た目などおかまいなしにあちこちから煙突や破風が突きでていた。コの字形を作るように左右に黒っぽい低層の翼棟が立ち、路地の突き当たりがこの屋敷の中庭のようになっている。

「ここに来ることはゴドリックに知らせてあるのよね？」サラがささやいた。

メグスは唇を噛んだ。「それは……」

そのときすぐ右手の細い窓に明かりがともったおかげで、メグスは夫に前もって知らせていなかったことをサラに白状せずにすんだ。不吉な音をたててドアが開いた。

戸口には使用人がひとり立っていた。脂っ気のない白いかつらをつけた猫背の男で、片手にろうそくを一本持っている。

男はぜいぜいと音をたて、ゆっくりと息を吸った。「ミスター・セントジョンは、お客さまの訪問はお断り――」

「ありがとう」メグスはまっすぐ執事に向かいながら言った。

一瞬、執事がその場を動かないつもりかと思った。彼は涙っぽい目を見開き、メグスがかろうじて通れるくらいの道を空けた。

なかに入ると、彼女は執事を振り返って手袋を外した。「わたしはレディ・マーガレット・セントジョン。ミスター・セントジョンの妻よ」

執事のつりあがっていた眉がふいにさがった。「妻……」

「ええ」メグスが微笑みかけると、執事はあっけにとられた顔になった。「あなたは？」

執事が背筋を伸ばした。猫背のせいで年をとっているように見えたが、こうして見るとせいぜい三〇代半ばだろう。「執事のモルダーです、奥さま」

「よろしく」メグスは彼に手袋を預けて玄関広間を見まわした。きれいとは言いがたい。梁《はり》を渡した天井にクモが群れをなしている。彼女は手近なテーブルに枝付き燭台《しょくだい》が置かれているのを見つけ、モルダーからろうそくを借りて火をつけた。「外の馬車でわたしの大おばが待っているの。ミス・ハワードというのよ。それからこちらはミス・セントジョン。ミスター・セントジョンのいちばん上の妹よ」

サラは明るく笑い、戸惑っている執事に自分の手袋を渡した。「ロンドンにはずっと来ていなかったの。あなたは新顔ね」

モルダーが口を開いた。「わたしは――」

「それからメイドが三人に――」メグスはあわてて口を閉じた執事にろうそくを返した。「わたしたちと大おばさまの従僕が合わせて四人。御者もふたりいるわ。大おばさまがどうしても自分の馬車で来ると言い張ったから。まあ、どちらにしろ一台では乗りきれなかったでしょうけれど」

「絶対に無理よ」サラが言った。「それに大おばさまはいびきをかくし」

メグスは肩をすくめた。「そうね」執事に向かってさらに言う。「それから庭師のヒギンズと靴磨きのチャーリーも。チャーリーはとってもいい子なの。ヒギンズの甥で、彼にすごくなついているのよ。それと女王陛下もいるわ。最近はあまり調子がよくなくて、細かくして白ワインで煮込んだ鶏のレバーしか食べないの。いま言ったこと、全部覚えてくださった？」

モルダーは目を白黒させた。「え、ええ……」

「よかった」メグスはふたたび微笑んだ。「夫はどこかしら？」

執事の混乱した頭に、突如として警報が鳴り響いたようだ。「ミスター・セントジョンは図書室においでですが――」

「いいの」安心させるように手を振った。「図書室まで案内してもらわなくても大丈夫よ。サラとふたりで探すわ。あなたは大おばさまのお相手をしてちょうだい。使用人たちと、それから女王陛下の夕食もお願い。何しろ長い旅だったから」

火をともした燭台を手に、メグスは階段をのぼった。

サラも並んで階段を駆けのぼりながら、くすくす笑った。「方向は間違っていないわよ。図書室はたしか、二階の左側のふた部屋目だったと思うわ」

「よかった」メグスはつぶやいた。ここまで勇気を振り絞ってきたのだから、いまさらひるむわけにはいかない。「お兄さまに会うの、さぞかしあなたも楽しみでしょうね」

「もちろんだわ。でも、あなたがたの再会のお邪魔をするほど野暮ではないわよ」

メグスは階段をのぼりきったところで足を止めた。「えっ？」

「わたしは、ゴドリックに会うのは明日の朝で充分よ」サラは三段下からやさしく微笑んだ。

「エルビナ大おばさまのお手伝いをしてくるわ」

「でも――」

メグスは弱々しく言いかけたが、すでにサラは軽やかに階段をおりていた。

図書室に行かなければ。左側のふたつ目の部屋ね。

メグスは大きく息を吸ってから暗い廊下のほうを向いた。最後に会ったのは二年前だが、夫のことは結婚前に何度か会ったときの印象を覚えている。そこそこ感じのいい紳士だった。少なくとも鬼ではない。結婚式のときに見た茶色の瞳はやさしかった。廊下を進みながら、メグスは目を細めた。茶色じゃなくて青だったかしら？　なんにせよ、やさしかったのは覚えている。

それが二年で変わったりしないわよね。

図書室のドアの取っ手をつかみ、くじけてしまわないうちに急いでドアを開けた。

だが、なかの様子に拍子抜けした。

室内は廊下と同様に暗くて狭苦しく、暖炉の燃えさしと張りぐるみの古い肘掛け椅子の横のろうそくだけが、明かりの役割を果たしている。メグスは忍び足で椅子に近づいた。年季の入った肘掛け椅子に座っている人物は……同じく年季が入っているように見えた。

ワインレッドのガウンは、縁と肘の部分がすり切れてピンク色になっている。靴下とみすぼらしい室内靴を履いた足は、暖炉のすぐそばに置かれた房飾り付きの足のせ台にのせているが、その足のせ台は炉にもっとも近いところに焦げ跡があった。横に傾いた頭はダークグリーンのターバンに包まれており、しゃれた金の房飾りが左目の上にかかっている。額には半月形の眼鏡が不安定に押しあげられていた。唇のあいだから低いいびきがもれていなければ、メグスはゴドリック・セントジョンが死んでいると思ったかもしれない——老衰で死んでいると。

メグスは目をしばたたいて背筋を伸ばした。夫はそんなに年寄りではない。たぶん、この結婚を取り持った兄のグリフィンの三三歳より少し上といった程度だろう。だがいくら思い返してみても、夫の本当の年齢を聞いた覚えはなかった。

あのときは人生でもっともつらい時期だったし、ありがたいことにそのころの記憶はあいまいになっている。

メグスは眠っている夫を落ち着かない気持ちで見おろした。口を開けていびきをかいているが、まつげは豊かで黒々としている。その光景に妙に目を奪われ、彼女はしばらく見つめていた。

そして唇を引き結んだ。人生の後半になってから結婚して、なすべきことをなした男性は大勢いる。とうに七〇を超えているフライ公爵だって、去年義務を果たした。ゴドリックにできないはずがない。

そう思うと明るい気分になり、メグスは咳払いをした。あわてずゆっくり進めなければ。はるばるロンドンまで来たいちばんの理由はそれなのだから。彼が義務を果たす前に驚かせて、卒中の発作でも起こされたりしたら意味がない。

彼の義務とはもちろん、メグスを身ごもらせることだった。

ゴドリック・セントジョンは徐々にいびきの音を小さくして、いま起きたふりをした。目を開けると、妻が細い眉のあいだにしわを寄せて見つめていた。結婚式のときの彼女は、やつれて心ここにあらずといった状態だった。死がふたりを分かつまで貞節を守ると誓うときでさえ、ゴドリックと目を合わせようとしなかった。式が終わってわずか数時間後の会食の席で、彼女は具合が悪くなり、母と姉のもとに連れていかれた。翌日届いた手紙で、ゴドリックは彼女がこの急な結婚の原因となった子供を流産したことを知った。

なんという皮肉だろう。

いま、好奇心もあらわに見つめるマーガレットの前で、ゴドリックはガウンがしっかりとその下の衣装を隠してくれていることを確かめたくてたまらなくなった。

「なんだ？」妻を見て、さも驚いたかのように言った。

彼女はすかさず誠実そうな笑みを顔に張りつけたが、それが逆に、何か下心があることを如実に語っていた。「あら、こんばんは」

二年ぶりだというのに、出てきた言葉は〝こんばんは〟か？

「ああ……マーガレットか？」ゴドリックは顔をしかめたいのをこらえた。まあ、こっちも似たようなものだな。

「そうよ!」突然正気に返った老人へ向けるように、彼女はにっこりした。「あなたに会いに来たの」

「そうか」ゴドリックは背筋を少し伸ばした。「それは……驚いたな」

少しそっけなかったかもしれない。

マーガレットは落ち着かない様子で彼をちらりと見てから、ぶらぶらと部屋のなかを歩いた。「サラも一緒よ、あなたの妹の」彼女は息を吸い、炉棚に置いてある中世のスケッチ画を見た。この暗さではなんの絵だかわからないだろう。「わざわざ言わなくても、サラが妹だってことぐらいわかるわよね。彼女、買い物や観光を楽しみにしているの。お芝居やオペラも。庭園にも行きたいんですって。それから……」

彼女はヴァン・オーステンによるカトゥルスの考察をまとめた古い革表紙の本を手に取り、意味もなく振った。「それから……」

「もっと買い物をするとか？」ゴドリックは眉をあげた。「サラには長いこと会っていないが、買い物が好きなのは覚えている」

「そう、とても好きなの」いまにも破れそうなページを親指でめくりながら、彼女は少し勢いを失ったかのように見えた。

「きみは？」

「えっ？」

「きみは何をしにロンドンへ来たんだ？」

ヴァン・オーステンが彼女の手から落ちた。

「大変！」彼女はあわててひざまずくと、ばらばらになったページを集めた。「本当にごめんなさい」

ゴドリックはため息を押し殺して妻を見つめた。半分のページが、彼女が拾うそばからさらにばらばらになっていく。あの本は〈ワーウィック・アンド・サンズ〉で五ギニー払って手に入れたもので、ゴドリックの知る限り、同種のもので現存する最後の一冊だ。

「気にしなくていい。どのみち製本し直さなければならなかったんだ」

「本当に？」マーガレットは疑わしげに手のなかのページに目をやってから、それを静かに彼の膝の上にのせた。「ちょっとほっとしたわ」

彼女がゴドリックを見あげた。茶色い大きな目は何かを訴えかけているようで、手は、わざとだろうか、彼の膝の上の本に置かれたままだ。自分の横にひざまずいている彼女を見ると、ゴドリックは息が止まりそうになった。なんとも名状しがたい不思議な感覚が胸を締めつけ、同時に不作法で現実的な感覚が下腹部を熱くする。ひどく居心地が悪い。

彼は咳払いをした。「マーガレット？」

彼女がゆっくりまばたきをした。まるで誘っているかのような……。ばかな。ただ眠いだけに違いない。だから、あんなにまぶたが重く気だるそうなのだ。そもそも、誘うようにまばたきをするなんてことが可能なわけがない。

「何？」

「ロンドンにはいつまでいるつもりだ？」

「ええと……」彼女はうつむいて壊れた本をもてあそんだ。ページをまとめようとしているようだが、さらにばらばらになっていくだけだった。「そうねえ、ロンドンにはすることがたくさんあるでしょう？　それに会いたい友人も何人かいるし――」

「マーガレット」

彼女はヴァン・オーステンの裏表紙を持ったまま立ちあがった。「その全員と会いたいの」そう言って、ゴドリックの右肩あたりに輝くような笑みを向ける。

「マーガレット」

彼女は大きなあくびをした。「ごめんなさい、長旅で疲れてしまって。ああ、ダニエルズ」戸口に小柄なメイドが現れると、ほっとしたように言った。「わたしの部屋の準備は終わった？」

メイドは物珍しそうに図書室を見まわしながらお辞儀した。「はい、奥さま。とりあえず今夜できる範囲では。信じられないほどのクモの巣があって――」

「ありがとう」マーガレットは振り向くと、ゴドリックに向かってうなずいた。「おやすみなさい……あなた。また明日、会えるわよね？」

そう言い残すと、ヴァン・オーステンの裏表紙を持ったまま図書室を出ていった。

続いてメイドがドアを閉める。

ゴドリックはかたい樫材のドアを見つめた。にぎやかで輝くように明るい妻がいなくなると、部屋は急に墓穴のように空っぽに感じられた。妙なことだ。これまでずっと、この図書室を快適だと思っていたのに。

彼はいらだちに頭を振った。どういうつもりなんだ？　なぜロンドンに来た？

ふたりの結婚は便宜上のものだった。少なくともマーガレットにとってはそうだ。おなかの子供に父親が必要だったのだ。ゴドリックにとっては、彼女の兄、グリフィンに脅されての結婚だった。子供の父親はゴドリックではなかったのだから。それどころか、マーガレットとは結婚式当日まで言葉を交わしたことすらなかった。式が終わり、彼女がゴドリックのほったらかしにしていた領地に引っ込むと、彼はロンドンでそれまでどおりの生活を続けた。

最初の一年は、継母や異母妹たちがときおりマーガレットの様子を伝えてくるぐらいで、彼女自身とのやり取りはまったくなかった。しかしある日突然、庭のぶどうの蔓《つる》が伸びすぎたので切っていいかと尋ねる手紙が彼女から来た。ぶどうの蔓だって？　チェシャーの領地、ローレルウッド・マナーには、いまは亡き最愛の妻クララと結婚したてのころ以来、行っていなかった。ゴドリックは、ぶどうの蔓も庭にあるそのほかのものも、好きなように処理すればよいと丁重に、だがそっけなく返信した。

それで手紙は終わりになるはずだった。ところが風変わりなゴドリックの妻は、それからというものこの一年間、月に一、二通の手紙をよこしつづけた。長い手紙には、庭のこと、一緒に住むようになったゴドリックのいちばん上の異母妹サラのこと、古くなった屋敷の修繕や改装に苦労していること、それに近隣の村でのちょっとしたいさかいや噂話について書き連ねてあった。そんなとりとめのない手紙にどう応えていいかわからなかったので、ゴドリックは返事を書かなかった。しかし月日が経つにつれ、妙にマーガレットの手紙に惹かれるようになっていった。朝のコーヒーの隣に彼女の手紙が置いてあるのを見つけるとうれしくなる。手紙が届くのが遅れると、やきもきするようにまでなった。

孤独なひとり暮らしが長すぎたのかもしれない。

だが妻からの手紙でささやかな喜びを得るのと、その妻にずかずかと自分の領域に入ってこられるのとでは大違いだ。

「あんなのははじめてですよ」モルダーが図書室に入ってきてドアを閉めた。「巡回カーニバルの一団並みの人数だ」

「なんのことだ?」ゴドリックは立ちあがってガウンを脱ぎながら尋ねた。

ガウンの下は、まだ亡霊の衣装のままだ。危ないところだった。ゴドリックが裏口からこっそり入ったとき、すでに二台の馬車が家の外に止まっていた。ゴドリックはモルダーが一行を引きとめるのを聞きつつ、書斎から図書室に通じる隠し階段を駆けのぼった。このセイントハウスは古いだけあって、あちこちに隠し通路や隠れ場所があり、亡霊としての活動に都合がいい。図書室に着き、ブーツを脱いで剣とケープと仮面を本棚の奥に隠し、やわらかいターバンとガウンを身につけ終えたところで、ドアの取っ手がまわされたのだ。

間一髪だった。もしセントジャイルズで偶然妻と行き会っていなければ、どんなことになっていたか、想像するだに恐ろしい。

げた。

「奥さまと、奥さまが連れてきた人たちです」モルダーは人数の多さを示すように両手を広げた。

ゴドリックは眉をあげた。「レディがメイドやら何やらを引き連れて旅するのはふつうのことだ」

「しかし、これはふつうじゃありませんよ」モルダーは亡霊のチュニックを脱ぐゴドリックに手を貸しながらつぶやいた。モルダーの仕事の範囲はあいまいで、必要とあらば召使役も務める。「庭師に靴磨きの少年までいるんです。それにレディ・マーガレットの大おばの気難しい犬。もちろん彼女も一緒です」

ゴドリックは目をすがめて聞き返した。「彼女？　犬のことか？　大おばのことか？」

「両方です」モルダーはチュニックを広げ、破れやしみがないか調べた。その顔に一瞬、含みのある表情が浮かんだが、執事はすぐに目をあげて何食わぬ調子で言った。「しかし残念ですね」

「何がだ？」ゴドリックは亡霊のズボンを脱ぎ、ナイトシャツを着た。

「もう、夜じゅう歩きまわることができなくなるじゃないですか」モルダーはチュニックとズボンをたたみながら、悲しげに頭を振った。「実に残念です。奥さまがたが一緒に暮らすためにいらっしゃったのだから、もう亡霊として活動できません」

「そうかもしれない」ゴドリックはターバンを外し、短く刈った髪を撫でた。「レディ・マーガレットが本当にずっとぼくと一緒に暮らすつもりでいるならな」

モルダーが疑わしげな顔になった。「使用人と荷物の多さを見れば、そのつもりだとしか思えませんよ」

「何にせよ、ぼくはセントジャイルズの亡霊をやめるつもりはない。つまり――」ゴドリックはドアに向かった。「ぼくの妻も、その連れも、荷物も、みんな遅くとも来週にはここから出ていくということだ」

そしてマーガレットが出ていけば、ぼくはセントジャイルズの貧しい人々を助ける仕事に戻り、彼女がぼくの孤独な生活に混乱をもたらしたことも忘れられるだろう。

2

エルカンは悪魔の右腕です。大きな黒馬に乗って世界じゅうをまわり、死んだ悪人や、告解せずに死んだ者を探すのです。見つけると、エルカンはその魂を地獄に引きずりおろします。お供をするのは真っ赤で醜い裸の小鬼たち。名前をそれぞれ、〝絶望《デスペア》〟、〝悲しみ《グリーフ》〟、〝喪失《ロス》〟といいます。エルカン自身は、夜のように黒く、わずかに残っている心は、まるでかたい炭のようでした。

『エルカンの伝説』

翌朝、ゴドリックは隣の部屋から聞こえる女性たちの声で目覚めた。そちらの方向から何か聞こえてくることに違和感を覚えながら、ベッドのなかでしばらくまばたきを繰り返した。彼が寝ているのは古い主寝室で、その隣には女主人が使う部屋がある。だが、クララがその部屋を使ったのは結婚当初の一、二年だけだった。その後、のちに彼女の命を奪った病が体をむしばみはじめた。医師たちが絶対安静を勧めたため、クララはもう一階上にある古い子供部屋に移された。そこで彼女は九年間、病と闘った末に亡くなった。

ゴドリックは頭を振り、裸足のままベッドから冷たい床の上におりた。いくら感傷的になってもクララは戻ってこない。感傷で彼女がよみがえるなら、亡くなってからいままでのあいだに何千回も生き返って、痛みを感じることもなく踊っているだろう。

簡素な茶色の上着に手早く着替えてグレーのかつらをつけると、隣の部屋から女性たちのくぐもった話し声が聞こえてくるなか、自分の部屋を出た。マーガレットがすぐ近くで寝ていたと思うと神経がざわつく。別に人を避けているわけではないが、暗くて古いこの家のなかに、ほかの人々――それも女性たち――がいることに慣れていないのはしかたあるまい。

ゴドリックは階段をおりた。ふだんは外のコーヒーハウスで朝食をとる。最新のニュースを得るためでもあるし、自宅で食事をとれるかどうかが当てにならないためでもある。しかし今日は、家の奥にあるめったに使われない食堂に、肩をそびやかして入った。

そこにはすでに先客がいた。

「サラ」

一瞬、地味な灰色の服を着たこの落ち着いたレディが妹だとわからなかった。最後に会ってから、どれぐらい経つのだろう？

呼びかけられて振り返ったサラの穏やかな顔に、うれしそうな笑みが浮かんだ。ゴドリックは胸が熱くなった。一二歳も離れていてさほど親しかったわけでもない妹のことがこれほど懐かしく思われるとは、自分でも意外だった。

「ゴドリック！」

サラは立ちあがり、ひとりで座っていた使い古しの長テーブルをまわって近づいてくると、しっかりと抱きついた。ゴドリックは妹に触れられて動揺した。孤独に生きてきた期間が長すぎたようだ。

彼が抱擁を返すことを思いつく前にサラは体を離し、こちらが戸惑うほど察しのいい茶色の目で見つめた。「元気?」

「ああ」ゴドリックは肩をすくめて視線をそらした。クララが亡くなってからの三年近く、人から、特に女性から、心配そうに見られたり気遣いの言葉をかけられたりすることはしょっちゅうだった。けれども残念ながら、それに慣れることはなかった。「食事はすんだのか?」

「いまのところ、食べるものは何も目にしていないわ」サラは冷ややかに言った。「モルダーが朝食を持ってくると言ってどこかへ消えてから、もう三〇分ぐらい経つかしら」

「そうか」驚いたふりができればいいところだが、実際、この家のなかに食べられるものがあるという確信は持てなかった。「外へ食べに行くか——」

そこへモルダーが重そうなトレーを持って入ってきた。「お待たせしました」

テーブルの真ん中にどすんとトレーを置き、誇らしげにうしろへさがる。

ゴドリックはトレーを見た。中央にティーポットとカップがひとつ置かれており、その隣の皿にはトースト五、六枚とバター、それに卵五つがのっている。卵がちゃんとゆでてあることを祈るばかりだ。

彼はモルダーに向かって眉をあげた。「料理人は……その……体調が悪いのか?」

モルダーは鼻で笑った。「どこかに消えましたよ。上等のチーズと銀製の塩入れと皿の半分と一緒に。ゆうべ、お客さまが大勢いらしたことを伝えたら不満げな顔をしていましたからね」

「かえって都合がいい。あの料理人は肉の扱いがなっていなかったからな」

「旦那さまのワインの在庫にも、詳しすぎるぐらい詳しかったみたいですよ。もっとティーカップがないか見てきましょうか?」

「頼むよ、モルダー」執事が出ていくまで待ってから、ゴドリックは妹に向き直った。「たいしたものがなくてすまないな」

サラに椅子を勧めた。

「気にしないで」彼女は座りながら言った。「急に来てしまったみたいね」

そう言って、ティーポットに手を伸ばした。

「うむ」ゴドリックは向かいの椅子に腰をおろした。「そのようだ」

「メグスが前もって連絡したと思っていたの」サラが眉をあげて言う。

ゴドリックは黙って首を横に振り、トーストを手に取った。

「なぜ知らせなかったのかわからないわ」サラはトーストにバターを塗りはじめた。「何週間も前から計画していたのに。お兄さまに拒絶されるのが怖かったのかしら?」

トーストが喉に詰まりそうになった。「拒絶などするものか。なぜそんなふうに思うんだ？」

　サラがほっそりした肩をすくめる。「結婚してからずっと離れているじゃないの。それにお兄さまはメグスにもわたしにも、ちっとも手紙をくださらない。お母さまやシャーロットやジェーンにもね」

　ゴドリックは唇をかたく結んだ。継母と、サラの下のふたりの異母妹たちとは良好な関係を保っているが、特に仲がいいというわけではない。「愛しあっての結婚だったわけではないからな」

「そうみたいね」サラは恐る恐るトーストをかじった。「お兄さまのこと、お母さまも心配しているのよ」

　それには応えず、ゴドリックは妹に紅茶を注いだ。なんと言えばいいのだ？　〝ぼくは大丈夫だ。最愛の人を亡くしたが、そのつらさに耐えている〟とでも言えばいいのか？　元気なふりをするのも、毎朝起きるのが苦痛じゃないふりをするのも、もううんざりだ。そもそも、なぜぼくの様子をきいてくるのだ？　どうやっても立ち直れないほど打ちのめされているのがわからないのだろうか？

「お兄さま？」サラの声はやさしかった。

　ゴドリックは唇の端をあげて、紅茶のカップを彼女のほうに押しやった。

「母上と妹たちは元気か？」

　サラはもっと何かききたそうに唇をすぼめたが、結局何も言わずに紅茶を飲んだ。

「お母さまは元気よ。ジェーンの社交界デビューの準備で大忙しなの。秋のシーズンのあいだは、お母さまのお友だちのレディ・ハートフォードのところに滞在する予定よ」

「そうか」継母がセイントハウスに滞在したいと思わなかったことにほっとしたが、そのあとすぐに良心の呵責を覚えた。いちばん下の異母妹が、もう社交界デビューをする年齢になったことにまったく気づかなかったとは。ゴドリックの記憶に残っているジェーンは、輪転がしで遊ぶ、そばかすだらけの少女だった。

「シャーロットはどうしている？」

サラは天井を仰いだ。「アッパー・ホーンズフィールドじゅうの若者を夢中にさせているわ」

「アッパー・ホーンズフィールドには、シャーロットの相手にふさわしい若者が大勢いるのか？」

「もちろんロワー・ホーンズフィールドほど大勢ではないにせよ、新しい牧師補や郷士の息子たちがいるわ。自分がどこへ行っても男性たちの注目の的になっていることを、シャーロット自身が気づいているかどうかは怪しいけれど」

最後に会ったときは、いちじくのタルトを取りあってジェーンと喧嘩をしていた小さなシャーロットが、田舎で魔性の女になっていると思うと、思わず笑みがこぼれた。

そのとき食堂のドアが開き、ゴドリックは顔をあげた。

目が合った妻はまるで、何も知らないローマ人将軍の野営地に急襲をかけようとしている女王ブーディカのようだった。

メグスは食堂の入り口で足を止め、大きく息を吸った。ゴドリックは、昨夜とはどこか違って見える。たぶん日の光のなかで見ているからだろう。あるいは、仕立てはいいが着古した茶色の上着を着ているせいかもしれない。

それとも、顔に残っているかすかな笑みのせいだろうか？　その笑みのおかげで、額とグレーの目のまわりに刻まれていた悲しげなしわが伸びている。両端に深いえくぼができている大きな口に、メグスは目が釘づけになった。あの唇がわたしの唇に重なったら、どんな感じなのかしら？

「おはよう」ゴドリックが立ちあがった。

メグスはまばたきをして、あわてて彼を見あげた。昨夜、彼を誘惑するのは朝まで待とうときわめて冷静に決めた。二年ぶりに会った、夫とはいえほとんど知らない相手と、いきなりベッドをともにすることはできない。でも、もう朝になったから……。そう、夫を誘惑するのだ。

メグスが黙っているので、ゴドリックは笑みを消し、目を細めて彼女が何か言うのを待っていた。その姿に威圧感を覚える。

勇気を出すのよ。赤ちゃんを作るんでしょう？

メグスは肩をそびやかした。「おはよう！」

気おくれしているのを隠そうとするあまり、不自然な笑みになったかもしれない。

こちらを振り向いたサラが眉をあげた。

ゴドリックはテーブルをまわり、メグスのためにサラの隣の椅子を引いた。

「よく眠れたか？」

寝室はじめじめしていてほこりっぽく、かびくさかった。「ええ、とても」

ゴドリックが疑わしげにメグスを見た。

彼女はテーブルに向かい……ゴドリックが引いている椅子ではなく、彼の席の隣の椅子に近づいた。

「あなたがよければ、ここに座りたいの」かすれた声で、まつげを伏せて言う。魅力的に見えるといいのだけれど。「あなたのそばに」

彼が頭を傾けた。その表情からは何を考えているのかわからない。

「熱でもあるのか？」

サラが呟き込んだ。

失礼ね！　男性に媚《こび》を売るなんて、ずいぶん久しぶりのことなのだ。メグスは義妹に舌を突きだしてやりたいのをなんとか我慢した。

「きみがそうしたければ」いつの間にか隣に来ていたゴドリックの低い声に、メグスは飛びあがりそうになった。

「ありがとう」

椅子に座りながら、背後にそびえるように立つ彼の存在を意識せずにはいられなかった。ゴドリックは自分の席に戻った。

メグスは唇を嚙み、横目で夫を見た。テーブルの下で脚をすり寄せてみようかしら？　でも彼の横顔がとても厳粛で、まるでカンタベリー大主教に脚をすり寄せようとしている気分になってしまう。

そのとき朝食が目に入り、メグスは自分が夫を誘惑しようとしていたことを忘れた。テーブルの中央に置かれた皿に、焦げたトーストの切れ端と卵がのっている。部屋のなかを見まわしたが、ほかに食べるものは見当たらなかった。

「トーストはいかが？」サラが向かいから勧めた。

「ありがとう」メグスは問いかけるように目を見開いた。

「料理人が逃げてしまったみたい」サラは小さく肩をすくめ、皿をメグスのほうに押した。「いま、モルダーがほかにもティーカップがないか探しているはずだけれど、見つかるまではよかったらわたしのを飲んでいてちょうだい」

「ええと……」そのとき食堂のドアが勢いよく開いたおかげで、メグスは応えずにすんだ。

「おはよう！」大おばのエルビナが入ってきた。「わたしが寝た部屋がどんなにひどかったか、話しても信じてもらえないでしょうね。女王陛下はほこりにやられて、ひと晩じゅう苦しそうだったのよ」

椅子から立ちあがったゴドリックが咳払いをした。「女王陛下？」

小さいが丸々した淡い黄褐色のパグがよたよたと食堂に入ってくると、気のないそぶりでエルビナを見てから絨毯《じゅうたん》に寝そべった。苦しげにあえぎながら、大きなおなかを上下させる。大げさなところは飼い主にそっくりだ。

「これが女王陛下よ」メグスは急いで夫に説明した。「本当に女王陛下みたいなところがあるの」

「たしかに」ゴドリックがつぶやいた。「その……女王陛下の具合はいいのか？　だいぶ不安がっているようだが」

「パグはみんな、こんなものよ」エルビナが大声で言った。大おばの耳は唐突に聞こえるようになるのだ。「あたためたミルクにシェリーをスプーン一杯入れて飲ませれば、きっと落ち着くわ」

ゴドリックはまばたきした。「申し訳ないが……うちにはミルクはないと思います。シェリーは――」

「そちらもありません」エルビナのうしろから入ってきたモルダーが、勝ち誇ったように言った。ふぞろいのティーカップをいくつか持っている。

「そうだな」ゴドリックがつぶやく。「きみたちが来ると前もってわかっていれば――」

「謝らないで」メグスは急いで言った。

ゴドリックが振り返り、目を細めて彼女を見た。こうして間近で見ると、目尻に寄っている細かいしわがとても魅力的だ。目尻のしわに惹かれるなんて、どういうことかしら？

メグスはひそかに身震いしてから言った。「だって、ここには長いあいだ女性の手が入っていなかったんですもの。新しい料理人と皿洗いのメイドを何人か雇えば――」

「それに家政婦と、上の階担当のメイドも」サラが口をはさんだ。

「もちろん従僕もね」さらにエルビナも言った。「強くてたくましいのがいいわ」

「オリバーとジョニーと、大おばさまが連れてきたふたりがいるじゃないの」

「この家をきれいにするのは重労働よ。それだけでは足りないわ」エルビナは顔をしかめた。

「上の階を見た？」

「ええと……」実のところ見ていないのだが、昨夜寝た部屋を思いだせば察しがつく。「若くて頑丈な人を五、六人は雇ったほうがよさそうね」

「ここを切り盛りするのに、そんなに大勢はいらないんじゃないか？」ゴドリックが乾いた口調で言った。「特にきみたちが帰ったあとは。すぐに帰るんだろう？」

「なんですって？」エルビナが片手を耳のうしろに当てて叫んだ。

メグスは指を一本あげて大おばをさえぎり、モルダーに向き直った。「人手がないわけではないんでしょう？」

「たくましい若者ふたりとメイドが数人いましたが、少し前にひとりずつ辞めていきました。そのあとは雇っていません」モルダーは、天井近くの巣に潜んでいるクモに話しかけるかのように上を見て答えた。「ティリーというメイドもいましたが、ひと月ほど前に妊娠したんです……わたしのせいじゃありませんよ」

全員の目がゴドリックに向けられた。

彼は眉をあげた。「ぼくのせいでもない」

ああ、よかった。メグスは肩のあたりに夫の視線を感じながら、モルダーに目を戻した。

執事が肩をすくめる。「ティリーはさっさと出ていきましたよ。肉屋の見習いに熱をあげていたみたいです。それが父親でしょう。あるいは厨房によく来ていた鋳掛屋《いかけや》かも」

一瞬沈黙が流れ、赤ん坊の父親が誰なのか、みなが考え込んだ。

やがてゴドリックが咳払いをした。「正確には、どのぐらいロンドンに滞在する予定なんだ、マーガレット？」

メグスはにっこりした。正式な名を呼ばれるのは――それも不吉にも聞こえるほど重々しい声でゆっくり呼ばれるのは――本当は嫌いなのだが、いまは答えるのを避けたかった。

「予定を立てるのは好きじゃないの。自然のなりゆきにまかせるほうがずっとおもしろいわ。そう思わない？」

「いや、ぼくは――」

なんて頑固な人！　メグスは急いでモルダーのほうを向いた。「じゃあ、あなたが家のなかのことをひとりで取り仕切ってきたのね？」

モルダーはぼさぼさの眉をひそめた。その拍子に、額とおどおどした目のまわりに無数のしわが寄る。その姿はまるで殉教者そのものだ。「そのとおりです、奥さま。このような家を管理するのがいかに大変か、おわかりいただけないでしょう。おかげでわたしはくたくたです」

ゴドリックが何かつぶやいたが、メグスに聞こえたのは〝大げさな〟という言葉だけだった。

彼女は夫の言葉を無視した。「大変な骨折りなのに、ミスター・セントジョンに仕えてくれてどうもありがとう、モルダー」

モルダーが赤くなった。「とんでもありません、奥さま」

ゴドリックが鼻で笑う。

メグスは急いで言った。「わたしが来たから、この家もじきに整うわ」

「それで、正確にはどのぐらい——」ゴドリックがまた言いかけた。

「あら、もうこんな時間！」メグスは炉棚の上の小さな時計を見て言った。ちゃんと動いているかどうかわからないけれど、そんなことはどうでもいい。「もう行かないと、〝〈恵まれない赤子と捨て子のための家〉を支える女性たちの会〟の会合に遅れてしまうわ」

サラは興味を覚えたようだ。「あなたが言っていた、セントジャイルズにある孤児院のこと？」

メグスはうなずいた。

トーストのかけらで女王陛下の気を引こうとしていたエルビナが顔をあげた。

「なんなの、それは？」

「孤児院を支援する女性の集まりよ」メグスは大おばに聞こえるような声で答えた。「その会合に出かけなければならない時間なの」

「それはいいわね」エルビナは身をかがめて女王陛下を抱きあげた。「運がよければ、その会合でお茶とおやつが出るかもしれないわ」

「それじゃあ、行きましょう」

メグスはようやく夫のほうを向いた。ゴドリックの表情は険しかった。このときはじめて、彼がずっと自分を見ていたことにメグスは気づいた。

けれどもいま、彼は目をそらした。「夕食までには帰ってくるんだな?」

感情のこもらない、うんざりしたような声だった。

メグスは反発を覚えた。彼は眉ひとつ動かさずにわたしを迎え入れ、新しく使用人を雇って、古く汚い家を整えるのを承知した。

でも、わたしは夫が眉を動かすところを見たいのだ。

それに何よりも大事なのは赤ちゃんだわ。「そうじゃなくて、一〇分後に支度を終えておいてほしいの」

ゴドリックがゆっくりと振り向き、目を細めてメグスを見た。

「なんだって?」

彼女は目を見開いた。「一緒に行ってくれるでしょう?」

「女性の集まりじゃないのか?」その声にはわずかに疑念がまじっている。

「あなたにも来てほしいの」メグスはそう言って、口の端から舌を少しだけ出してみせた。

ついに夫の視線が、一瞬だが彼女の口元に移った。

「きみがそう言うなら」ゴドリックが答え、メグスは笑みを押し殺した。

ゴドリックは馬車の座席から、浮かない顔でマーガレットを見つめた。自分がなぜここにいるのかわからなかった。いつもなら行きつけのコーヒーハウスで新聞を読みふけっているか、あるいは書斎にこもって、目下取りかかっている古典を熟読している時間だ。もっとも、ここのところはそうとも言えない。〈バシャムのコーヒーハウス〉に最後に顔を出したのはもう数週間前だし、好きな本を読む元気はさらにその前から失っている。

最近は、書斎のじめじめした壁をただ見つめていることが多い。

それなのに嵐のような妻に説得されて、社交上のつきあいに同伴することになるとは。

ゴドリックは目を細めた。ぼくが理性と学問を重んじる男でなかったら、魔法でも使われているのではないかと疑うところかもしれない。向かいに座る妻は、隣のエルビナと、ゴドリックの隣にいるサラに向かって楽しげにしゃべっている。ロンドンや女性たちの会のことをひっきりなしに話しながら、ゴドリックの目だけは絶対に見ないようにしている。

興奮で、マーガレットの頰はかすかに赤みが差し、茶色い目はきらきらと輝いていた。巻き毛は早くも乱れ、こめかみのあたりで揺れている。まるで髪を整えてやろうとする軽率な男を誘っているかのようだ。

ゴドリックは唇を引き結んで窓に顔を向けた。

おそらく妻には愛人がいるのだろう。

いい気はしないが、ロンドンに秘密の愛人がいる以外、これほど活動的な女性が自分のもとに来る理由が思いつかない。遠く離れた土地にいる妻が恋人を持つなど、これまで考えたこともなかったが、それほどおかしな話でもないだろう。処女ではないし、ゴドリック自身は彼女とベッドをともにして結婚を正式なものにしようとしたことはない。ぼくが孤独な禁欲生活を送っているからといって、彼女もそうだとは限らない。マーガレットは若くて美しい。今朝の様子からすると活発な女性だ。そんな女性なら、愛人はひとりではないかもしれない。

いいや、違う。理性がゴドリックの憂鬱な想像を打ち破った。愛人がいるとしたら、領地のそばに住む男のはずだ。この二年間、マーガレットがローレルウッド・マナーを離れたのはほんの数回で、それもすべて自分の家族に会いに行くためだった。突然やってきたのには、何か別の理由があるに違いない。

「着いたわ」マーガレットが言った。

窓の外を見ると、馬車はちょうど〈恵まれない赤子と捨て子のための家〉の前に止まるところだった。二年ほど前に建てられたばかりのまだきれいな建物で、メイデン通りの大部分を占めている。古くみすぼらしい建物ばかりのセントジャイルズのなかで、新しいれんがは目立っていた。

マーガレットの従僕がステップを置くのを待ってから、ゴドリックは女性たちに手を貸すために先に馬車をおりた。エルビナがよろよろと立ちあがる。少なくとも七〇歳は超えているであろう彼女は杖を使うのを毛嫌いしているものの、ときどき足元がおぼつかなくなるようだ。身重のパグを抱いている。ここは紳士らしくふるまうべきだろう。

「女王陛下を抱きましょうか?」ゴドリックはエルビナの耳に向かってゆっくりと言った。

彼女が感謝の目でゴドリックを見た。「どうもありがとう、ミスター・セントジョン」

ゴドリックは荒い息をついている犬を片腕で慎重に受け取った。袖によだれを垂らされたのは見て見ぬふりをした。そして、もう一方の手をエルビナに差しだした。

エルビナは馬車をおりると、あたりを見まわして顔をしかめた。「なんて汚らしいところかしら?」それから明るい声になった。「レディ・ケンブリッジに手紙で知らせたら、きっとびっくりするわ」

ゴドリックは犬を抱いたままサラをおろしてから、マーガレットの手を取った。そのあたたかい手は震えていて、生命を感じさせた。馬車からおりるあいだも、彼女は目を伏せたままだった。巻き毛が顔のまわりで軽く跳ねる。甘い香りが漂った。石畳に立つと、彼女はスカートを振った。

マーガレットはこちらを見ようとしない。ゴドリックは思わず手を伸ばして巻き毛を親指と人差し指でつまみ、耳にかけてやった。

彼女が口を軽く開いて目をあげた。美しい茶色の瞳のなかに金色の渦巻きが見える。ふいに、漂ってくるのがなんの香りだかわかった。オレンジの花の香りだ。

マーガレットが息を殺して言った。「ありがとう」

「どういたしまして」

ゴドリックは孤児院の玄関前の階段をのぼり、ドアを強くノックした。

すぐに、セントジャイルズの孤児院よりも王宮で働くほうが似合いそうな尊大な執事がドアを開けた。

なかに入りながら、ゴドリックは執事に向かってうなずいた。「わたしの妻とその友人たちは会合に出るために来た。メークピースはいるか？」

「もちろんです」執事はスカートを揺らして入ってきた女性たちの帽子と手袋を受け取った。

「ミスター・メークピースをお呼びしてきます」

「その必要はないよ、バターマン」ウィンター・メークピースが廊下の先のドアのところに現れた。いつものように黒ずくめだが、服のデザインは結婚してからはるかによくなった。

「おはようございます」

「ミスター・メークピース」マーガレットが彼の手を取ってにっこりした。ゴドリックは眉をひそめた。ばかげたことに、かすかな嫉妬を覚えたのだ。妻は誰にでも微笑んでいるような気がする。「義理の妹と大おばをご紹介するわ」

マーガレットはふたりをウィンターに紹介した。彼は通常の挨拶よりも重々しく頭をさげたが、サラもエルビナもそれで気分を害した様子はなかった。

ウィンターがゴドリックと腕のなかであえいでいる犬を見た。その目に愉快そうな色が浮

こしたように吠えだした。

　ゴドリックが頭を振りかけたとき、白い小さなテリアが廊下をこちらに向かって突進してきた。蜂の羽音のようなうなり声をあげていたが、女王陛下を見たとたん、ヒステリーを起こしたように吠えだした。

　女王陛下は甲高い声で応酬した。マーガレットとサラが黙らせようとしたものの、無駄だった。エルビナがこっそりテリアを蹴ったように見えたのは、ゴドリックの気のせいではあるまい。

　ウィンターが、会合が行われている客間のドアを開けて目で合図した。ゴドリックはうなずくと、犬をエルビナの腕に返してから三人の女性を客間に通した。

　そう言って、廊下の奥の階段に体を向ける。「行儀が悪いぞ、ドド」

　ウィンターはテリアの鼻先でドアを閉めてから、ゴドリックを見た。「こっちだ」

　テリアは崇拝するようにウィンターの隣を走りながら頭を傾け、ちゃんと聞いていますとばかりに片耳を立てた。

「野菜の貯蔵室に閉じ込められなかったことをありがたく思えよ」犬をたしなめるウィンターの声は穏やかで理性的だった。

　ゴドリックは咳払いをした。「そのドドという犬は、いつも客に吠えかかるのか？」

「いいや」ウィンターは皮肉めいた目でゴドリックを見た。「犬が来たときだけだ」

「そうか」

「ゆうべ、女の子がふたり来た」ウィンターは広い大理石の階段をのぼりながら、淡々と言った。「セントジャイルズの亡霊が連れてきたんだ」

「本当に？」

ウィンターは訳知り顔でゴドリックを見た。「新入りに会いたいんじゃないか？」

「それはもちろん」ここに来たことにも意味はあったわけだ。

「ここだ」ウィンターが、ひとつの部屋のドアを開いた。

なかでは少女たちが何列かに分かれてベンチに座り、石版に一生懸命何かを書き写していた。ひとつの列の向こう端に、モールとその姉が顔を寄せて座っている。ささやきあっているふたりを見て、ゴドリックは胸を撫でおろした。おしゃべりというのは幸せであることを表す女性特有の行為だ——馬車のなかでサラや大おばと話すマーガレットの姿を脳裏に浮かべながら、そう思った。これが、姉妹が孤児院で幸せに暮らしていける前兆であればいいのだが。

「モールとジャネット・マクナブだ」ウィンターが低い声で言った。「モールは本当はもっと小さい子のクラスに入れるべきなんだが、しばらくはふたりを離さないほうがいいと思ってね」彼はドアを閉め、誰もいない廊下をさらに進んだ。ドアはすべて閉まっている。その向こうで子供たち全員が授業を受けているのだろう。「あの子たちは孤児だ。ジャネットの話だと、父親は汲《く》み取り人夫だったが、ロンドンの外れで崩れた糞尿《ふんにょう》の山の下敷きになって亡くなったそうだ」

ゴドリックは顔をしかめた。「ひどい話だ」

「ああ」廊下の端まで来ると、ウィンターは足を止めた。窓の下に椅子が二脚置いてあるが、そこに座ろうとはしなかった。「マクナブ姉妹は二週間ほど路上で生活したあげくに、少女誘拐団に出くわしたらしい」

「少女誘拐団か」ゴドリックは静かに言った。「少し前にセントジャイルズで話題になっていたな。きみが関わったんじゃなかったか？」

ウィンターは用心深く廊下を見渡してから声をひそめた。「二年前、彼らはセントジャイルズで少女を誘拐していた」

ゴドリックは眉をあげた。「なんのために？」

「違法な作業場でレースの長靴下を作らせるためだ」ウィンターは苦々しげに答えた。「子供たちはろくに食べ物も与えられず、しょっちゅう叩かれて長時間働かされていた。それも無給で」

「だが、誘拐団は解散した」

ウィンターはうなずいた。「ぼくが解散させたんだ。作業場を見つけて首謀者を殺した。シーモアという貴族だ。それ以来、少女誘拐団の名は聞いたことがなかった」

ゴドリックは目を細めた。「それなのに……」

「それなのに、二、三週間前から不穏な噂が流れている。セントジャイルズの通りで少女たちが姿を消しているというんだ。少女たちが働く秘密の作業場があるという噂もある。そのうえ彼女たちが作るシルクの靴下が、貴族のなかでも上流の層相手に売られていることをぼくの妻が見つけた」

孤児院の経営者と結婚したいまも、イザベル・メークピースは上流社会で一目置かれている。

ゴドリックは言った。「きみは殺す相手を間違ったのか？」

「それはない」ウィンターが厳しい顔で答える。「シーモアはぼくが殺す前、自分の犯罪について得意げに語った。誰かがまた一から始めたか、あるいは――」

「もともと関わっていたのがシーモアだけではなかったかのどちらかだな」

「どちらにしても、誰かが少女誘拐団の黒幕を突きとめて、やめさせなければならない。ぼくは結婚以来、そっちの仕事からは手を引いた」そこでウィンターはわずかに間を置いた。

「きみはまだ続けているんだろう？　だが、奥さんがこちらに来たからには――」

「彼女は長くは滞在しない」

ウィンターは眉をつりあげたが、賢明にもそれ以上何かきこうとはしなかった。

ゴドリックは唇を引き結んだ。「もうひとりの亡霊は？」

ウィンターが首を横に振る。「知ってのとおり、彼がセントジャイルズで追うものはひとつだけだ。もう何年も、それだけにこだわっている」

ゴドリックはうなずいた。みな一匹狼だが、三人目の亡霊は強迫観念に取りつかれているといっても過言ではない。今回の件での協力は望めないだろう。

「申し訳ないが、きみだけにかかっているんだ」ウィンターが言った。

「わかった」ゴドリックはしばらく考えた。「シーモアに仲間がいたとしたら誰だろう？心当たりはあるか？」

「誰でも可能性はあるが、ぼくだったら、まずシーモアの友人に当たってみる。ダーク子爵とカーショー伯爵だ。シーモアが死ぬまで親しかった」彼はそこで言葉を切り、ゴドリックを見つめた。「だが……」

ゴドリックは眉をあげた。

ウィンターが厳しい顔で言った。「作業場も見つけなければならない。前回は命を落とした子供たちもいたんだ」

3

ある、月の出ていない晩のこと。エルカンは四つ辻で、恋人の腕のなかで死んでいる若者の魂に出くわしました。恋人は美しく、無垢で善良そうな顔をしています。エルカンはしばらく立ちどまって彼女を見つめました。噂によると、エルカンはいつも必ず悪魔のために働いているわけではないとのことです。かつてはふつうの人間だったというのです。それが本当なら、若い恋人の顔が、エルカンの心の奥底に隠れていた人間としての記憶をよみがえらせたのかもしれません。

『エルカンの伝説』

メグスは居心地のいい孤児院の客間の長椅子に座って紅茶を飲みながら、会のほかのメンバーたちを見た。彼女が抜けていたあいだも、顔ぶれは変わっていないようだ。メグスの隣には、孤児院のふたりの出資者のひとりである義理の姉、レディ・ヘロ・リーディングが座っている。その髪は暖炉で燃えている火のように真っ赤だ。ヘロの隣に座っているのは彼女の妹、レディ・フィービー・バッテン。ぽっちゃりして愛想のいいフィービーは、どこに向けるともなく微笑んでいる。

　メグスは眉をひそめた。最後に会ったとき、フィービーはずいぶん視力が落ちていた。いまではまったく見えなくなってしまったのではないかしら？　フィービーの隣にはレディ・ピネロピ・チャドウィックが座っている。イングランドでも指折りの裕福な家の跡取り娘だと言われている彼女だが、すみれ色の目と黒い髪のその美貌が指折りであることは間違いない。ピネロピといつも一緒にいるのが、付き添い女性《コンパニオン》のミス・アーティミス・グリーブズ。内気だが感じのいい女性だ。ミス・グリーブスのさらに向こうには、存在感がある白髪のレディ・ケールがいる。彼女がもうひとりの出資者だ。その隣はレディ・ケールの義理の娘で、やはりレディ・ケールと呼ばれているテンペランス・ハンティントン、さらにその隣はテンペランスの弟の妻である、もとレディ・ベッキンホールのイザベル・メークピースが座っている。

　顔ぶれは以前のままだが、変わっていることもあった。たとえばこの部屋だ。最後にメグスが見たときも片づいていてきれいではあったけれど、家庭的とはとても言えなかった。それがいまでは、イザベルのおかげだろう、炉棚にこまごまとした飾り物が並んでいて、とても居心地がいい。緑と白の風変わりな器、キューピッドたちが高く掲げる金箔の時計、コウノトリと火トカゲらしきものの青い彫像……。

「ロンドンに戻ってくる気になってくれて本当にうれしいわ」メグスの物思いを破るようにレディ・ヘロが言った。

「わたしがいなくて寂しかったかしら？」メグスは軽い調子で尋ねた。

「もちろんよ」ヘロはたしなめるような視線を向けた。「グリフィンもわたしも寂しかったわ。長いこと会っていなかったから」

メグスは罪悪感を覚えて顔をしかめ、脇のテーブルの皿からビスケットをつまんだ。

「ごめんなさい。クリスマスには帰ってこようと思ったんだけれど、お天気が悪くて……」そのまま黙ってしまった。自分でも苦しい言い訳だと思う。本当は、自分を救うためにゴドリックとの結婚を進めた兄にどんな顔で会えばいいのか、何を言えばいいのかわからなかったのだ。

ヘロは膝の上で両手を握りあわせた。「大事なのは、いまあなたがここにいるということよ。トマスとラビニアには会った？」

「ええと……」メグスはあわてて紅茶をひと口飲んだ。

ヘロの目が細くなった。「あなたが帰ってきていること、トマスは知っているんでしょうね？」

実を言えば、いちばん上の兄のトマス――またの名をマンダビル侯爵――にはまだ伝えていない。

ロンドンに来ることは誰にも話していなかった。ヘロはそれを悟ったようだが、メグスを質問攻めにしたりせず、ただため息をついた。「あなたがうちに来てくれれば、みんなをディナーに呼ぶいい口実になるわ。少し早めに来て、ウィリアムに会ってやってちょうだい。

アナリーズより大きいのよ」

そう言いながらヘロが示した先では、テンペランスとケール卿の娘、アナリーズ・ハンティントンが低いテーブルの縁につかまって、慎重に、だがなんとしてでも女王陛下に近づこうとしていた。女王陛下はエルビナの椅子の下から、油断なく見つめている。アナリーズは一歳半で、縁にレースをあしらった白いドレスにベルトをしており、色の濃い美しい髪は青いリボンで飾られている。

生きていれば、メグスの赤ん坊も同じぐらいの年になっていたはずだ。

メグスは目をしばたたき、悲しみをのみ込んだ。流産してロジャーとの最後の絆が断たれたとき、もう生きていられないと思った。人間の体が、これほどの悲しみと涙に耐え、生きつづけられるはずがないと思った。けれどもどうやら、悲しみだけでは人は死なないらしい。メグスは生き延びた。流産による体の傷も癒えた。ベッドから出て、少しずつだが周囲のものや人に関心を持てるようになった。そして微笑んだり、笑ったりすることもできるようになった。

だからといって、喪失感が消えたわけではない。実際に赤ちゃんを抱いているような感じを覚えることもある。

メグスは息を吸って気持ちを落ち着かせた。兄の息子には、生後一週間のころに会ったきりだ。そのときは兄の家に行ったのだが、三日で滞在を切りあげた。つらくてたまらなかったのだ。

「ウィリアムはあいかわらず見事な赤毛なの？」寂しさを感じつつ、メグスは尋ねた。

ヘロは笑った。生まれたてのウィリアムは、にんじんのような真っ赤な髪をしていたのだ。

「いいえ、だんだん濃い色になってきたわ。グリフィンは残念そうよ。わたしみたいな赤毛の子が欲しかったんですって」自分の髪に触れながら、彼女は言った。

メグスは思わず微笑んだ。「あの子にまた会えるのが楽しみだわ」

それは本心だった。元気で幸せな赤ちゃんを見るのがつらいあまりに、ウィリアムと長いあいだ会えずにいた。

「うれしいわ」ヘロはそう言っただけだが、その目には同情が浮かんでいた。彼女はメグスの急な結婚の真相を知る数少ない人々のひとりだった。

何人かの笑い声があがった。アナリーズが女王陛下のもとにたどりついたとたん、当の女王陛下が起きあがって逃げたのだ。義姉の敏感な目から顔をそらす口実ができて、メグスはほっとした。

女王陛下は息を切らして部屋のなかを一周したあと、メグスの椅子の下に逃げ込んだ。それを見つめるアナリーズの顔が、次第にくしゃくしゃになっていった。テンペランスが身をかがめたが、年長のレディ・ケールのほうが早かった。「ほらほら、泣かないで。もう一枚ビスケットがあるわよ」

テンペランスは黙っていたが、彼女が赤ん坊にビスケットをやる白髪の優雅なレディ・ケールにあきれた顔を向けたのを、メグスは見逃さなかった。

メグスに見られたのを悟ると、テンペランスはかすかに顔を赤らめてささやいた。「あの子にはとても甘いのよ」

「祖母の特権よ」テンペランスの言葉が聞こえたらしく、レディ・ケールが言った。「さあ、孤児院の女の子たちの奉公について話しあいましょうか」メグスのほうを見て続ける。「この一年で子供が増えたの。いまは……」

「五四人います」イザベル・メークピースが引き取った。「ゆうべ、新たにふたり女の子が連れてこられました」

レディ・ケールがうなずいた。「ありがとう、ミセス・メークピース。それだけ大勢の子供たちを助けられるのは本当に喜ばしいことだと思うわ。ただ、子供たち、特に女の子たちの落ち着く先を探すのがなかなか難しいのよ」

「でも、メイドの仕事ならロンドンにいくらでもあるでしょう？」レディ・ピネロピが言った。

「ところがそうでもないの」テンペランスが答える。「子供たちをちゃんと扱ってくれて、訓練も受けさせてくれるようなきちんとした家庭でのメイドの口は、そんなに多くないのよ」

イザベルが自分のカップに紅茶を注ぎ足しながら言った。「先週も、劣悪だとわかった奉公先からひとり連れ帰ったところなの」

メグスは眉をあげた。「劣悪？」

「女主人がブラシでその子をぶっていたのよ」レディ・ケールが厳しい顔で言う。

「まあ」メグスはぞっとした。そのとき、ふと思いついた。「わたし、メイドを探しているんだけど」

全員がメグスを見た。

「本当に?」レディ・ケールが尋ねた。

「ええ」サラがはじめて会話に加わった。「セイントハウスの兄のところには、男性の使用人がひとりいるだけなんです」

「あら」テンペランスが心配そうに言った。「ケールは、ミスター・セントジョンがそんな大変な状態だなんて知らないと思うわ」

「お金のことではないんです」サラは皮肉めいた目でテンペランスを見た。「いくらでも雇えるんですが、新しい人を入れる気がないんです」

「なんて言ったの?」エルビナがサラに体を近づけた。

サラはエルビナのほうを向いてはっきりと言った。「兄は、使用人を増やす必要があるなんて考えたこともないんじゃないかしら」

「男性はそういうことに疎いのよ」エルビナは承服しかねるといった様子で頭を振った。

「本当に」レディ・ケールが同意する。「でも、大変そうだからお力になるわ。いつでも奉公に出られる子が何人かいるわよね?」彼女はイザベルを見た。

「ええ、四人。でも、みんなまだ一二歳になっていないから、ちゃんと監視して、仕事を教えてやる人がいないと」

「その点は大丈夫よ」レディ・ケールは請けあった。「マナーがよくて、知性があって、信用できる家政婦を紹介できるわ」

「ありがとうございます」メグスはこれまでレディ・ケールのことを厳しい人だと思っていたが、どうやら親切でもあるらしい。とにかくありがたい。あっという間に、セイントハウスの家政婦とメイドが決まってしまったのだから。

レディ・ケールはうなずいた。「よければ今夜、そちらに行かせるようにするけれど？」

「お願いします」そのとき何かが膝に触れ、メグスは見おろした。

アナリーズがメグスの膝に片手をついて、椅子の下をのぞき込んでいた。椅子の下からは弱々しい鳴き声が聞こえてくる。

女王陛下は見つかってしまったのだ。

アナリーズが笑い声をあげてメグスを見あげた。小さな歯を見せて笑うアナリーズを見て、メグスは喉が詰まりそうになった。これこそ、わたしが心から欲しいものだわ。わたしは、自分の子供が欲しい。

昨夜は勇気がなくて失敗したけれど、今夜は同じ過ちを繰り返さないつもりだ。

今夜こそ、夫を誘惑しよう。

だけど、どうやって夫とはいえよく知らない相手を誘惑すればいいの？　メグスはその日の午後と夜じゅう、セイントハウスの掃除をしながら考えつづけた。今朝のふるまいは、とても成功とは言えない。なんとか彼の注意を引くことはできないかしら？　メモを渡してみる？　〝わたしとベッドをともにすることに同意していただければ、大変うれしく存じます。あなたの愛する妻より〟

「それでよろしいでしょうか、奥さま？」

メグスははっとして、新しい家政婦、ミセス・クラムの生まじめな黒い目を見た。ふたりはいま食堂にいた。セイントハウスのなかで、ミセス・クラムがまだましだと判断した数少ない部屋のひとつがここだった。「ごめんなさい、最後のほうがよく聞こえなかったわ」

有能なミセス・クラムは、いましがた言ったばかりだということはおくびにも出さずに繰り返した。「よろしければ、わたくしが責任を持って新しい料理人を探してまいります。いままでの経験から、料理人はとても大事だと思っているんです。栄養が行き届いていれば、使用人たちの働きもよくなります」

ミセス・クラムは敬意と自信に満ちた顔でメグスを見つめた。彼女が並の家政婦ではないことは疑いようがない。セイントハウスに足を踏み入れたとたん、孤児院から来た少女たちに掃除や整頓を始めさせ、モルダーにまで有無を言わせずに、不潔な厨房に残っていた食料を片っ端から捨てさせた。女性としては背が高く、立ち居ふるまいは堂々としている。黒髪を白いキャップにしっかりとしまい込み、黒い目は、少女たちだけでなく大人の従僕たちをも従わせる力を持っているようだ。メグスを驚かせたのは、そんなミセス・クラムがまだせいぜい二五歳ぐらいらしいことだった。メグスは、若くしてレディ・ケールという強いうしろ盾を持つほどの優秀な家政婦になった経緯をぜひ聞きたいと思ったが、実を言うと、ほんの少しだが彼女が怖かった。

「ええ」メグスはうなずいた。「そうしてちょうだい」

「承知しました」ミセス・クラムはうなずいた。「勝手ながら、夕食用にガチョウの丸焼きとパンとパイにゆで野菜、それから使用人の食料を宿屋から取り寄せました」

「まあ、うれしいわ！」メグスは微笑んだ。夕食もゆで卵——まだ卵が残っていればの話だが——かと思ってげんなりしていたし、ガチョウの丸焼きは大好物だった。でも、ゴドリックはどうなのかしら？　見当もつかない。手紙では食べ物のことについて何も書いてこなかったし、厨房の食材の乏しさからいって、彼にとって食事は優先順位が高くはないようだ。もったいないことだわ。おいしい食事は何もかもを楽しくしてくれるのに。ゴドリックが何を好きなのか、一刻も早く探りださなければ。

ミセス・クラムは、メグスがほかのことを考えているのに気づかないふりで言った。

「奥さまがご承知くだされば、夕食はここで八時に始めたいと思いますが」

メグスは炉棚の時計に目をやった。すでに七時半になっている。「じゃあ、それまでに着替えてくるわ」

ミセス・クラムはお辞儀をした。「わたくしは準備が進んでいるかどうか見てまいります」

そう言って、部屋を出ていった。

メグスは息を吐くと、自分の寝室に急いだ。ふだんなら家での食事にわざわざ着飾ったりしないけれど、今夜は特別だ。

「深紅のシルクにしてちょうだい」メイドのダニエルズに着替えさせてもらいながら、メグスは落ち着かなかった。

深紅のドレスはまだロンドンにいたころのもので、仕立ててからもう四年以上になる。アッパー・ホーンズフィールドで出席した社交界の催し物は、ロンドンと比べるとはるかにくだけていた。手持ちの服だけでも地域の貴族社会のなかで充分に目立つので、ドレスを新調する必要がなかったのだ。

メグスは胴着《ボディス》を強く引っぱられて顔をしかめた。田舎の豊富な食べ物のおかげで、胸のあたりが成長したらしい。できるだけ早く、ロンドンの仕立屋に行かなければ。

それでも、深紅のドレスはメグスの濃い茶色の髪とクリーム色の肌を引きたててくれた。古い鏡台の上の曇った鏡に顔を近づけて、髪をうしろに払う。全部おろして、もう一度ダニエルズに結ってもらいたいところだが、時間がなかった。すでに八時を五分過ぎている。

急いで寝室を出たとたん、メグスは夫の大きな背中にぶつかりそうになった。

「あら！」

思わず発した叫び声にゴドリックが振り返ったので、メグスは彼の目を見あげた。ゴドリックの胸がボディスに触れそうなほど、ふたりの距離は近かった。

彼の視線が、ほんの一瞬メグスの胸を見おろしてから顔に移った。表情にはまったく変化がない。

「悪かった」

「いいのよ」彼女は大きく息を吸い、にっこりしてゴドリックの腕に腕を絡めた。「ちょうど食堂までわたしをエスコートしてもらえるわ」

ゴドリックは礼儀正しくうなずいたものの、メグスは彼の体がわずかにこわばるのを感じた。

でも、ここであきらめるつもりはない。ロジャーと赤ちゃんを失った悲しみでしばらく田舎に引っ込んでいたけれど、いま、闘うこともせずにあきらめたりはしない。

赤ちゃんが欲しいのだから。

メグスはゴドリックに体を押しつけ、手をつないで自分から離れないようにした。

「今日はあなたがいなくて寂しかったわ」

孤児院から帰るとすぐに、彼は女性たちを残してセイントハウスを出ていった。男性が好きな娯楽にでも出かけたのだろう。

ゴドリックが疑うような目でメグスを見た。

彼女は咳払いをした。「サラとわたしは、あなたに会いにロンドンへ来たのよ」

「きみたちの目的は買い物だと思っていたが」ゴドリックがそっけなく言う。「それから、この家をひっくり返すことだ。何しろ大勢引き連れてきているからな」

メグスは頭に血がのぼるのを感じた。「サラはあなたの妹だし、わたしにとってはいいお友だちで、わたしたちには使用人が必要なの」

「庭師まで?」よそよそしくしながらも、ゴドリックはメグスに歩調を合わせている。

「ここの庭は手直しをしないとだめよ」メグスは真剣な顔で言った。「二年前のローレルウッドの庭を見ればわかるわ」

「なるほど。それで、エルビナ大おばさんまで来たのはなぜだ? いつもご機嫌が悪いじゃないか」

食堂に向かう階段をおりながら、メグスは声をひそめた。大おばの聴覚は、ときどき正常に戻ることがあるのだ。「たしかに気難しいところもあるけれど、本当はとってもやさしい人よ」

ゴドリックは黙ったまま彼女を見おろし、信じられないと言わんばかりに眉をあげた。

メグスはため息をついた。「大おばさまは寂しがり屋なの。ひとりでローレルウッドに置いてきたくなかったのよ」

「一緒に暮らしているのか?」

「ええ」彼女は唇を噛んだ。「実を言うと、大おばさまは親戚じゅうをたらいまわしにされていたの」

ゴドリックが口をゆがめる。「つまり、きみが最後のとりでだったわけだな」

「そうね。大おばさまは思っていることを遠慮なく口にする癖があって、わたしのまたいとこのアラベラに、娘の鼻が豚みたいだって言ってしまったのよ。たしかにそのとおりなんだけど、口に出すのはよくないわ」

「それなのに、きみはそんな大おばさんを引き受けたわけか」

「誰かがしなければならないことだもの」メグスは深く息を吸ってゴドリックを見あげた。彼の顔は少しだが明るくなっていた。彼女は勇気を振り絞って続けた。「この滞在で、あなたのことをもっと知りたいと思っているの、ゴ……ゴドリック」

いくら頑張ってみても、夫をはじめて洗礼名で呼ぶのはすんなりとはいかなかった。

彼が皮肉のこもった目でメグスを見た。「それは立派な目的だな、マーガレット。だが、すでに充分知りあっているんじゃないか？」

「まだ何も一緒にやっていないわ」ふたりは一階に着いた。彼女は気を取り直して、ゴドリックの腕に指を滑らせた。「ずっと離れて暮らしていたから。それと、お願いだからメグスと呼んで」

ゴドリックは、彼の上着の袖に円を描きはじめたメグスの指を見つめた。

「きみは幸せだと思っていたんだが」

名前を呼んでくれない。

「幸せよ。少なくとも満足はしているわ」メグスは鼻にしわを寄せた。彼はどうしてこんなに話をややこしくするのかしら？「でもいままでの生活を変えて、もっとよくしてもいいでしょう？　努力すれば、何か一緒に楽しめることが見つかるわ」

ゴドリックが眉をひそめた。まったく同意していないようだ。

だが、すでにふたりはサラとエルビナが待つ待合室に着いていた。

「今日はちゃんとしたディナーが食べられるんですってね」ふたりが姿を現すと、サラが言った。

ゴドリックは眉をあげてメグスを見た。「新しい料理人を雇えたのか?」

「いいえ、もっといい人を雇ったの」メグスはまじめな顔をしている彼に微笑みかけた。「どうやら、わたしはロンドンでもいちばんの家政婦を雇ったみたいなのよ。ミセス・クラムというんだけど」

背後で鼻を鳴らす音がした。メグスが振り返ると、そこには変貌を遂げたモルダーが立っていた。かつらには新たに髪粉がかかっているし、靴はぴかぴかに磨いてある。そして上着は、汚れを落としてアイロンまでかけてあった。「口うるさい人ですよ、あの家政婦は」

「モルダー」ゴドリックのあの顔は、おもしろがっているのだろうか?「実に……執事っぽいな」

モルダーは何やらつぶやいてから食堂のドアを開けた。なかに入って、メグスは昨夜からの変わりように満足した。頭上のクモの巣はなくなっていた。炉床はきれいに掃いてあり、いまは火がぱちぱちと音をたてている。部屋の中央の大きなテーブルは、蜜蠟《みつろう》で磨かれて輝いていた。

ゴドリックが足を止めて眉をあげた。「わずかな時間でこの部屋を変えてしまうとは、本当に有能な家政婦だ」

「ディナーもすばらしいことを期待しましょう」エルビナが大きな声で言う。

蓋を開けてみれば、ミセス・クラムは家政婦の鑑《かがみ》で、料理の腕前も見事だった。オリバーとジョニーがにこやかに料理を運んできてテーブルに並べた。メグスは勢い込んで、自分の分のガチョウを切り分けた。

肉汁がたっぷりの肉を頬張りながらため息をつき、ふと視線をあげると、ゴドリックもこちらを見ていた。その目からは、何を考えているのかはわからない。

メグスはあわてて肉をのみ込み、腹をすかせた子供ではなくレディに見えるよう努めた。

「おいしいわね」

ゴドリックは冷めた目で皿を見おろした。「ああ、ガチョウが好きなら」

「わたしは好きよ」メグスは心が沈んだ。「あなたは違うの?」

彼が肩をすくめる。「ガチョウは脂っこい《グリーシー》」

「不気味《グリスリー》ですって?」エルビナが戸惑ったように眉を寄せて尋ねた。

「脂っこい、ですよ」ゴドリックは声を大きくして繰り返した。「ガチョウは脂っこいと言ったんです」

「ガチョウは脂っこいわ」エルビナが大声で言った。「だから、ぱさぱさしないのよ」そう言って皿からひと切れ取ると、堂々と女王陛下に与えた。

メグスは微笑んだ。「ガチョウが嫌いなら、何が好きなの?」

夫は肩をすくめた。「きみが食べさせたいと思うものなら、なんでもいい」

笑みを絶やさないようにするのはひと苦労だった。「でも、あなたが何を食べたいか知りたいの」

「だから、なんでもいいと言ったんだ」

微笑みすぎて頬が痛くなってきた。「ハム？　牛？　それとも魚？」

「マーガレット――」

「ウナギ？」メグスは目を細めた。「胃？　脳みそ？」

「脳みそは嫌いだ」ゴドリックが低い声でぴしゃりと言う。

彼女はようやく心からの笑みをこぼした。「脳みそは嫌いなのね。覚えておくわ」

サラがナプキンで口を押さえて咳をした。

エルビナが、女王陛下にもうひと口食べさせながらつぶやいた。「わたしはバターで焼いた脳みそが好きだけれど」

ゴドリックは咳払いをしてワインを飲んでからグラスを置いた。「ぼくは鳩のパイが好きだ」

「そうなの？」メグスは身を乗りだした。お祭りで賞品を手に入れたような気分だ。「新しい料理人に伝えるよう、ミセス・クラムに言っておくわ」

彼はかすかに口の端をあげてうなずいた。「ありがとう」

サラがふたりを見比べて微笑んでいる。メグスは顔が熱くなった。「わたしたちが家の手入れをしているあいだ、あなたは何をしていたの？」

ゴドリックは目をそらしてワインを飲んだ。まるで、わたしの問いかけを避けているみたいだわ。「たいていは〈バシャムのコーヒーハウス〉に行く」

エルビナが眉をひそめ、メグスはいやな予感がした。大おばはそういう場所が大嫌いなのだ。

「コーヒーハウスだなんて、ぞっとするわ。噂話ばかりのくだらない新聞と身を持ち崩した女たちと煙草だらけじゃないの」

「それにもちろん、コーヒーもありますよ」ゴドリックは澄ました顔で言った。

「女王陛下の今夜のご機嫌はどうなの？」メグスは急いで割って入った。テーブル越しに夫が皮肉たっぷりの視線を向けてきたが、無視することにした。「よく食べているみたいだけれど」

「一日じゅう、ベッドでひどくあえいでいたのよ。あの赤ん坊に追いかけまわされて、すっかり疲れたんだわ」エルビナはにんじんにフォークを突き刺した。「赤ん坊というのは、かわいいけれど本当に厄介なものね。女王陛下みたいに繊細な動物に近づかせないような方法があれば――」

「小さな檻とか？」サラが何食わぬ顔で言った。

「あるいは、地面に打ち込んだ杭《くい》に紐でつないでおくとか」ゴドリックが言う。

全員が彼を見た。

サラの唇が震えている。「家のなかではどうするの？」

ゴドリックは眉をあげ、まじめくさった顔で答えた。「ばかげた質問だ。もちろん、外の新鮮な空気のなかに出しておくのさ。だがどうしても家のなかに入れるというなら、壁に鉤《かぎ》をつけて、そこにつないでおけばいい」

エルビナが思いきり眉を寄せた。彼女に冗談は通じないのだ。「ミスター・セントジョン！」

ゴドリックはエルビナのほうを向いて愛想よく応えた。「なんでしょう？」

「子供を壁につないでおけばいいだなんて、信じられないわ」

「違いますよ」彼は自分のグラスにワインを注ぎ足した。「ぼくの言ったことを完全に誤解なさっていますね」

「それなら安心――」

「ぼくは子供を壁にかけておくべきだと言ったんです。絵みたいに」

喉の奥からわき起こる笑いを隠すために、メグスは片手で口を覆った。まじめでおもしろみがないと思っていた夫がこんなことを言うなんて、誰が想像するだろう？

目をあげて、思わず息をのんだ。ゴドリックがじっとこちらを見つめていた。ワインを飲む口元は、端がわずかにあがっている。ふいに妙な考えが浮かんだ。この人はわたしを楽しませるためだけに、大おばさまをからかっているのだろうか？

「ゴドリック」サラがたしなめ、彼は妹を振り返った。

それとも、彼が楽しませようとしているのはサラなのかしら？　単なる兄と妹のあいだのおふざけを深読みしてしまったの？

それでも、ゴドリックと何かしらのつながりを持っておきたい。そのときが近づいていた。彼とベッドをともにするときが。ほとんど知らないも同然の相手をベッドに誘うのは大仕事だ。目的を遂げるために別の方法があるのなら、喜んでそちらを選ぶだろう。でも、別の方法などない。子供を持つには、夫とベッドをともにするしかないのだ。

次第に緊張が増してきて、メグスは食欲を失いながら残りの料理を食べた。

夕食が終わると、四人は掃除したばかりの図書室に移動した。サラにせがまれて、ゴドリックが歴代のイングランド王に関する本を朗読し、エルビナは安楽椅子で居眠りをした。サラは刺繡《ししゅう》道具を持ってきて、じきにそちらに夢中になった。だがメグスのほうは、裁縫が得意ではない。夫の低くかすれた声のせいでさらに緊張が高まり、しばらく部屋のなかを歩きまわったが、しまいにはサラに気が散ると言われてしまった。

メグスは座って、朗読するゴドリックを見つめた。横に置かれたろうそくの炎が、彼の高い頬骨とわずかに伸びたひげと上唇を照らしている。目は本を見おろしていて、長いまつげの影が顔にかかっていた。おなじみのグレーのかつらをつけ、読書用の半月形の眼鏡をかけているのに、いつもより若く見える。それで少しは気が楽になりそうなものだが、メグスはかえって落ち着かなくなった。

そのとき、ゴドリックが目をあげた。何を考えているのかわからないグレーの目。メグスは微笑んで誘うように彼を見返そうとしたが、唇が震えた。ゴドリックが物思わしげな顔で、その口元を見つめる。彼女は息をのんだ。わたしはこの人のことを、本当に何も知らない。

やがて一同は解散し、メグスは逃げるようにして階段をのぼった。寝室ではダニエルズが待っていて、ドレスを脱いでいつも寝るときに着るシュミーズに着替えるのを手伝ってくれた。ダニエルズが髪にブラシをかけるあいだ、メグスは鏡のなかの自分を見つめ、新しいシュミーズを買っておけばよかったと後悔した。夫を誘惑できるようなシルクのシュミーズを。いま着ているのも古くはないけれど、白い綿の平凡なもので、腰のあたりに小さな刺繍がしてあるだけだ。

「ありがとう、ダニエルズ」メイドがふだんの倍の時間をかけて髪をとかし終えると、メグスは言った。

ダニエルズはお辞儀をして出ていった。

メグスは夫の寝室に続くドアの前に立った。もう緊張しないこと。そう自分に言い聞かせる。言い逃れも、言い訳も、時間稼ぎも、もうおしまい。彼女は取っ手をつかんでドアを開けた。

しかし、部屋には誰もいなかった。


「やつを追うんだ！」

竜騎兵隊の隊長の低い声が周囲の建物にこだまし、ゴドリックは全速力で狭い路地に逃げ込んだ。今夜セントジャイルズに来たのは、こんなことをするためではない。古くからの知人に、少女誘拐団のことを尋ねようと思って来たのだ。それなのにセントジャイルズに足を踏み入れたとたん、運悪く竜騎兵隊に出くわしてしまった。

路地からはいくつかの中庭に入れるが、竜騎兵があたり一帯を囲んでいるのは間違いないので、ゴドリックは近くの建物の、地下に続く階段の吹き抜けに身を潜めた。

足音が路地を走っていく。

彼は壁にぴたりと張りついて祈った。

「神が味方してくださるなら、今夜こそ、やつをつかまえられるはずだ」頭上からジョナサン・トレビロン大尉の声が聞こえてきた。

大尉の率いる竜騎兵隊は、ジンの密売の撲滅とセントジャイルズの亡霊の逮捕を目的として、数年前にセントジャイルズに送り込まれた。だが、まだどちらも成功していない。ジンのほうは、いくら密売者を逮捕しても、次から次へと新しい売人が出てくる。まるで、錫《すず》のカップでテムズ川の水を全部すくおうとするようなものだ。亡霊のほうは、大尉自身が躍起になっているにもかかわらず、まだつかまえられずにいる。

今夜も、トレビロン大尉の運はいつもと変わらないだろう。

兵士たちの足音が通り過ぎてもしばらく待ってから、ゴドリックは隠れ場所から出た。路地には誰もいなかった。

少なくとも、一見したところは誰もいない。トレビロンは策略家で、獲物が油断したところで戻ってくることで有名なのだ。

今夜は亡霊の活動には向いていないようだ。

ゴドリックは路地の入り口まで戻った。間一髪だった。危惧したとおり、トレビロンの部下が三人、路地を引き返してきたのだ。男たちとの距離はわずか二〇メートルで、ゴドリックは悪態をついて逃げるしかなかった。

三〇分後、ようやく自宅の庭にたどりついた。セイントハウスは、テムズ川に出やすいことが貴族階級にとって何より大事だった時代に建てられた。それが一家の威信を表すと同時に、交通手段としても便利だったからだ。庭は家の裏から、川岸に出る古い門まで続いている。大きなアーチ型の門は崩れかかっていた。先祖たちはテムズ川に専用のはしけを浮かべて富を誇示していたのかもしれないが、ゴドリックがセイントハウスを気に入っているのは、大きな声では言えない理由――誰にも見られずに亡霊の姿で出入りできるためだ。

いま、ゴドリックはいつものように庭の物陰にしばらく潜んで様子をうかがい、誰もいないのを確かめた。彼の存在などおかまいなしに通り過ぎていく野良猫の影以外、動いているものはない。息を吸い、屋敷へと続く小道を進んだ。そっとドアを開けて自分の書斎に入る。周囲を見まわしてひとりきりなのを確認してから、やっと緊張を解いた。

暖炉の火は消えており、室内は暗かった。暖炉脇の壁を手探りし、目的の羽目板を見つけて押した。羽目板が外側に開き、隠し棚と寝間着が現れた。ゴドリックは手早く亡霊の衣装を脱ぎ、寝間着とガウンと室内靴を身につけた。

それから書斎を出て、自分の寝室へ向かった。長い一日のあとでへとへとだった。マーガレットがいつまでロンドンにいる気か、まだわからない。妹のサラと口うるさいエルビナは滞在期間をはっきりさせてはいないものの、長くいるつもりがないのはたしかだ。しかし、マーガレットは違うような気がしてならない。長く滞在するか、悪くするとずっと住みつくことを考えているのではないだろうか？

安全な自宅に戻って警戒心を解いていたうえに、物思いに沈んでいたゴドリックは、寝室に入ったとたんに襲われた。首に腕がまわされ、壁に体が押しつけられて、後頭部をつかまれた。オレンジの花の香りが漂う。

そして、マーガレットがキスをしてきた。

4

やがて、エルカンは肩をすくめて彼女の顔から目をそらしました。そして死んだ若者の胸に手を突っ込んで魂を引っぱりだし、その魂にクモの糸を反時計まわりに三回巻きつけてから、カラスの皮でできた袋にしまいました。エルカンはその場を立ち去ろうとしましたが、そのとき、若者の恋人が叫んだのです。「待って！」

『エルカンの伝説』

メグスがまず思ったのは、ゴドリックの体がかたいということだった。人間の体がここまでかたくなれるとは。まるで、彼女が触れたとたんに全身の筋肉が石になったかのようだ。キスの勢いに押されて壁まで後退したゴドリックに自分の体を押しつけたときに、それがわかった。彼の胸、腹部、腕、そして腿は、やわらかいメグスの体にも動じなかった。彼女は頭を傾けて口を開き、ゴドリックの冷たい唇に残るワインを味わった。しかし、何も起きなかった。上品とは言いがたい手まで使ったというのに。この人は本当に岩でできているのかしら？

いらだちとともに大きく息を吐いてから、メグスは唇を離して彼の顔をのぞき込んだ。それが間違いだった。

ゴドリックはクリスタルのようなグレーの目を細め、口元を引きしめて、鼻孔をわずかにふくらませていた。彼女を奮いたたせるような表情ではない。

「マーガレット、何をしているんだ?」

メグスはひるんだ。こんなふうに尋ねられるのは、誘惑がうまくいっていないという証拠だ。

赤ちゃんを作る——その目的を常に忘れないようにしなければ。

彼女はなんとか引きつった笑みを浮かべた。「こ……今夜は、お互いをもっとよく知るいい機会だと思って」

「よく知る……」その言葉が彼の口からこぼれた。

メグスは説明しようと息を吸ったが、ゴドリックは彼女の腰を持ちあげるようにしてどかすと、暖炉に向かった。

メグスは目をむいた。わたしはお菓子や苺を食べて生きている妖精のような女ではない。身長は平均より少し高めだし、体つきだって、田舎のおいしい料理のおかげで細くはない。それなのにわたしの夫——老いた夫——は、子猫のように簡単にわたしをどかした。

彼女は目を細めてゴドリックを見た。彼は暖炉の横で片膝をつき、メグスが彼を待ってうたた寝しているあいだに消えた暖炉の火をおこしている。今夜は何もかぶっておらず、メグスははじめて、地肌ぎりぎりまで刈り込まれた夫の髪を見た。黒と言ってもいいぐらいの濃い色だが、左右のこめかみのあたりが幅広く白髪になっている。

「あなたはいくつなの？」深い考えもなしに尋ねた。

ゴドリックは火をおこす手を止めずにため息をついた。「三七歳だ。こういう不意打ちを喜ぶ年はとっくに過ぎている」

彼が立ちあがって振り返った。どういうわけか、今日はいっそう背が高く、肩がたくましく見える。グレーのかつらと半月形の眼鏡をつけていないゴドリックは……若くは見えないが、ふだんより男らしく見えた。

メグスは身震いした。男らしいのはいいことだわ。子供の父親にもっとも必要なのがそれだもの。

でも、同時にいきなり威圧的になったのはなぜだろう？

ゴドリックは暖炉の前に置かれた椅子のひとつを示した。「座ってくれ」

彼女は言われたとおりにした。砂糖がけのアーモンドをつまみ食いしたのを家庭教師に見つかった子供のころのような気分だ。

彼が炉棚にもたれて眉をあげた。「それで？」

「わたしたち、結婚してもう二年になるのよ」メグスは腕を組んで話しはじめたが、すぐにその腕をほどいた。

「きみはローレルウッド・マナーで幸せに暮らしているじゃないか」

「ええ、そうだけど……」首を横に振った。「いいえ」ごまかすのは、もうやめにしなければ。「不満はないけれど、幸せとは言えないわ」

ゴドリックは眉を寄せて見つめた。「それはすまない」

メグスは身を乗りだした。「あなたを責めているわけじゃないの。ローレルウッドは、住むにはとてもいいところよ。庭園もすてきだし、アッパー・ホーンズフィールドも、そこに住む人たちも、あなたの家族も大好き」

彼が片方の眉をあげた。「だが、幸せではないのか？」

「寂しいの」メグスは椅子から立ちあがって、落ち着きなく歩きまわった。どう言えばわかってもらえるのかしら？　そのとき、自分がベッドのほうに向かって歩いていることに気づいた。足を止め、ゴドリックを振り返る。「わたし……子供が欲しいの」

驚きのあまり口がきけないのか、彼はしばらく黙ったままメグスを見つめた。それから暖炉の炎に視線を落とした。横顔が照らしだされ、広い額とまっすぐな鼻の線がくっきりと見える。この角度からだと、彼の唇はまるで女性のようにやわらかく見えた。

「わかった」

メグスは頭を振り、また歩きまわった。「本当に？」ベッドに近づかないようにしなければ。「あなたと結婚したとき、わたしは妊娠していた。いけないとわかっていたけれど、その子を――ロジャーの子を産みたかったわ。彼が亡くなった悲しみのなかで、それだけが生きがいだった」洗面器と水差しと小さな皿が等間隔で置かれているだけの簡素な鏡台の前でい。


立ちどまり、皿を手に取る。「赤ちゃんが欲しいのよ」

「母親になりたいと願うのはふつうのことだ」

ゴドリックの声が遠くなった。わたしは彼を失いかけている。でも、その理由がわからない。


メグスはゴドリックと向きあい、皿を持ったまま両手を彼のほうに差し伸べた。

「赤ちゃんが欲しいの。最初の話と違うのはわかっているわ」苦々しく笑う。「そうは言っても、そもそもあなたと兄のあいだでどういう話になっていたのか、知らないんだけれど」

ゴドリックが顔をあげた。その顔には感情がこもっていなかった。

「グリフィンから聞いていないのか?」

彼女は裸にされたような気がして顔をそむけた。結婚の話を聞いたときは、恥ずかしさと悲しみで、兄の顔を見ることすらできなかった。何かを尋ねることなど考えもしなかった。

そして、それ以来……。

大好きだった兄を長いあいだ避けてきたことを改めて思い知りながら、メグスは目を閉じて答えた。「ええ」

ゴドリックがかすれた声で言った。「ベッドをともにするかどうかについては話しあっていない」

メグスはぱっと目を開いて夫を見た。話しあっていないですって? いまになってはじめて、ゴドリックがなぜ結婚を承諾したのだろうと疑問に思った。わたしが悲しみに暮れ、未婚のまま妊娠したことに恐れおののいていたあのときに。わたしはただ、兄の言うとおりにすることしかできなかった。でも、彼は……なぜ？　無事に生まれていれば、子供はゴドリックの後継者となるはずだった。古くから続く家を他人の子供に継がせることに抵抗はなかったのかしら？　鍵となったのはお金に違いない。リーディング家の財力なら、充分な金額を渡して、後継者の出自に目をつぶらせることができるだろう。けれどもゴドリックは、お金に惑わされるような人ではない。彼自身かなり裕福で、ローレルウッド・マナーのほかにもオックスフォードシャーとエセックスに領地を持っている。セイントハウスは最初に来たときは手入れが行き届いた状態ではなかったが、新しい使用人を雇ったり、屋敷を改装したりするのにかかる費用を伝えても、ゴドリックはまばたきひとつしなかった。

メグスは小さな皿をもてあそんでいる自分の手を見おろした。当然、彼はグリフィンとの友情のために結婚したわけでもない。ゴドリック・セントジョンとの結婚が決まったと告げられた晩まで、兄の口から彼の名を聞いたことは一度もなかった。

お金のためでもなく、友情のためでもないとしたら、いったいなんのために結婚したの？

「マーガレット」

物思いを破られて顔をあげると、ゴドリックがじっと見つめていた。

彼はそのまま近づいてきて、メグスの手から皿を取った。「ぼくが以前にも結婚していたことは知っているだろう？」

メグスはつばをのみ込んだ。クララ・セントジョンの病気と夫の献身ぶりは、ロンドン社交界で有名だった。「ええ」

ゴドリックはうなずいて鏡台に向かうと、皿をもとの場所に置いた。皿の縁にすらりとした指をかけたまま言う。「ぼくはクララを心から愛していた。チェシャーで隣同士だったんだ。旧姓はハミルトンといってね、彼女の兄とその家族はいまもハミルトン家の領地に住んでいるはずだ」

メグスはうなずいた。ハミルトン夫妻とは一度夕食会で会ったことがあるが、そのときはゴドリックとの関係を知らなかった。ハミルトン夫妻は実直な地主だった。

「クララのことは子供のころから知っていた」悲しみを隠そうとしている分、ゴドリックの声は余計に痛々しかった。「だが彼女が気になりはじめたのは、大学を卒業して帰ってきてからだ。あるパーティーで、友だちと一緒に来ていたクララに会った。淡いブルーのドレスが髪の色によく似合っていたよ。ひと目見たとたん、ぼくは残りの人生を彼女とともに過ごすのだと感じた」

ゴドリックは言葉を切った。沈黙のなかで、暖炉の火がぱちぱちと音をたてる。彼は結局、残りの人生を彼女とともに過ごすことができなかった。

愛する人を失う喪失感、愛が砕け散るつらさはメグスも知っている。

「ゴドリック――」

彼は皿から指を離し、こぶしを握った。「最後まで言わせてくれ」

メグスはうなずいたが、それをゴドリックは見ていなかった。

彼は肩を上下させて大きく息を吸った。「クララが病気になったとき、ぼくは神に祈った。彼女の痛みをやわらげるためならなんでもすると言って。もし悪魔が目の前にいたら、自分の体と命を彼女と交換するために魂さえも売っただろう」

メグスは低くうなった。ゴドリックはこちらに顔を向けたが、彼女を見はしなかった。彼の顔には、妻を失った苦しみが刻み込まれている。

その顔が大きくゆがんだかと思うと、まつげの下から涙がひと粒こぼれて、こけた頬を伝った。

そして、ゴドリックはまた感情を消した。

「グリフィンの突拍子もない話を受けたのは――」ひどくかすれた声だった。「きみが、ぼくにも結婚にもなんの興味も示さないと思ったからだ」

「でも――」突然、この話の終着点がわかった。メグスは一歩前に出て彼に触れようとしたが、指は空気をつかんだだけだった。

「だめだ」残酷なほど決定的なひとことだった。「ぼくはクララと結婚してから、ほかの女性とベッドをともにしていないし、これからもそうするつもりだ。ぼくは本当の愛を知っていた。それ以外は見せかけでしかない。だから、だめなんだ。悪いが、子供をもうけるためにきみと寝るつもりはない」

ゴドリックは、マーガレットの背後でふたりの部屋をつなぐドアが閉まるのを見つめた。

彼女の傷口に塩を塗り込むことになるのはわかっていたが、念のためにかんぬきをかけた。

両手で頭を撫でる。マーガレットがそんなつもりでロンドンに来たとは夢にも思っていなかった。拒絶したときの彼女の傷ついた顔を思いだし、ゴドリックは顔をしかめた。

悪態をついて小さなテーブルまで行き、ワインをグラスに注いだ。

酸味の強いワインをごくりと飲んで、ため息をつく。なぜいまになって、彼女はあんなことを言いだしたのだろう？　何不自由ないと思っていた。彼女は幸せなのだと。

ゴドリックは視線を鏡台にさまよわせた。グラスのワインを飲み干し、鏡台に向かった。いちばん上の引き出しの鍵は、銀の鎖に通して常に首からかけている。モルダーのことは心から信用しているが、この中身に関しては別の話だ。木の引き出しが音をたてて開いた。ゴドリックは息を吸ってなかを見た。クララの手紙が黒いリボンで丁寧に束ねてある。結婚後、離れていたことはほとんどなかったため、束は悲しいほど薄い。その隣の小さな琺瑯《ほうろう》の箱には、彼女の髪がふた束入っている。交際していたころに切った最初の束は金色がかった美しいダークブラウンだが、埋葬するときに形見として切ったふたつ目の束は、髪が細くぱさついていて、白髪がまじっていた。

ゴドリックは自分のこめかみの髪に手をやった。ぼくも白髪がまじってきた。若すぎるふたり目の妻とは大違いだ。ぼくとクララは一緒に年齢を重ねていくはずだった。夫と妻として、生涯続く愛情と友情を持ちながら。

それなのに、いまクララは土のなかにいて、ぼくはまだ人生のせいぜい半分までしか来ていない。

マーガレットの人生と永久に絡みあう人生の。

引き出しの手前の、ちょうどゴドリックがいま指を置いている下には、乱雑にまとめた手紙の束が入っている。彼はためらったのち、一通を取って広げた。便箋いっぱいに大きな字が書かれている。マーガレットの頭のなかから次々とわきでる言葉に、手が追いつかなかったのだろう。ゴドリックは手紙を読んだ。

一七三九年九月一八日

親愛なるゴドリック

信じてもらえないかもしれないけれど、ローレルウッド・マナーでは猫の数がどんどん増えています！　この春、グレーのぶちと、黒とオレンジと白のまだらの子がそれぞれ子猫を産んで、今度は三毛がまた妊娠しているの。わたしがミネルバ（トンプソンから譲り受けた小さな鹿毛のこと、以前に書いたでしょう?）のところに行こうとすると、いつも猫がぞろぞろとついてきます。黒い子たち、グレーの子たち、それからたくさんいるまだらの子たち（足の不自由な廏番《うまやばん》のトビーに言わせると、全部雌ですって）、あと、一匹だけいるオレンジの子もみんな、何かききたそうに尻尾を立ててついてくるの。トビーには、前の晩に残った肉の切れ端をやるのをやめるように言われているのだけど、それって猫たちにとって親切なことかしら?　みんな、それを期待してついてくるわけだし――

手紙は便箋の裏まで続いていた。

いまやめたら、わたしはみんなに嫌われて、家じゅうを追いかけまわされるかもしれません！

話は変わりますが、サラは鼻風邪が治り、鼻づまりの低い声ではなくなりました。ちょっと残念です（治ったことがではなくて、声が戻ったことがですよ！）。まるで酒びたりのおじさんみたいな、おもしろい声だったんですもの。まあ、わたしにはそんなおじさんなんていませんけど。

洗面所の天井が雨漏りしているという話、覚えていますか？　一週間どしゃぶりが続いた結果、どうなったと思います？　天井が完全に落ちてしまったんです。ダニエルズの話だと、料理人がひどくおびえたそうです。真夜中のことだったので、キリストの再臨かと思ったんですって。料理人は夜じゅう祈りを唱えていたから、おかげでわたしたちは翌日の朝食に、冷たいビスケットしか食べられなかったんですよ。料理人は自分のせいじゃないと言います。彼女、死人がよみがえるのを恐れていたけれど、夜明けに執事のバトルフィールドに声をかけられただけだったそうです。もっとも、バトルフィールドに突然声をかけられたら、死人に声をかけられたみたいな気になるとサラは言っていますけどね。

あら、書くところがなくなってしまいました。それでは、また。

メグス

彼女からの手紙はだいたいがこんな調子だ。せっかちで、軽妙で、田舎の領地での生活に満ちあふれている。そして生命に満ちあふれている。

ゴドリックは丁寧に手紙をたたみ、束に戻した。クララとの、愛の記憶を裏切ることはできないが、マーガレットに対して嘘をついていたことは否定できない。実を言えば、マーガレットに抱きつかれてまったく平気だったわけではない。あのキスはとても彼女らしかった。無計画で、無鉄砲で、不器用で……そして何よりも官能的だった。

マーガレットのおかげで心の奥底の何かが目覚め、自分がまだ生きていて、この人生に希望を持てるような気がした。

ゴドリックは引き出しを閉めて鍵をかけてから、ガウンと寝間着を脱いだ。ろうそくの火を吹き消し、裸のまま冷たいベッドに入ると、横向きになって火の消えた暖炉のほうを向いた。

マーガレットの誘いがいかに魅力的であろうと、それは幻想にすぎない。

クララが息を引き取ったあの晩に、ぼくも死んだのだ。

「あの木はもう死んでます」

翌朝、庭師のヒギンズが自信たっぷりに告げた。彼はそれを強調するかのように、セイントハウスの庭を覆っている朽ち葉につばを吐いた。

あるいは、庭の残骸とでも言うべきだろうか？

メグスは問題の木を見た。これまで見たことがないほど醜い木だった。かつては実をつけていたのだろうが、樹齢と、長いあいだ手入れをされていなかったせいで、低いところの枝がねじれている。そして根元やあちこちの枝からは、鞭《むち》のような細い枝が出ていた。

「まだ生きているかもしれないわ」メグスはあいまいに言った。「今年の春は寒いから」

ヒギンズが、まさかと言いたげにうなった。

木は庭の真ん中に立っている。この木がなければ、庭は締まりのない印象になるだろう。メグスは枝を曲げてみた。枝はぽきんと音をたてて折れ、彼女はその断面の中心を調べた。茶色くなっている。たしかにこの木は死んでいるのかもしれない。

顔をしかめて、折れた枝を放った。死というものにはうんざりだ。新たな命を作りだそうとしているわたしへの協力を渋る相手にも。まだゴドリックを説得できないなら、できるまではほかのことで忙しくして気を紛らわそう。

「余計な枝を全部、切り落としてちょうだい」ヒギンズの咳払いを無視して言った。そして幹に巻きついている、茶色くなった蔓を指さした。「それからこれも」

「奥さま――」ヒギンズが言いかけた。

「お願い」メグスは彼を見て言った。「ばかなことをしているのはわかっているけれど、たとえ木は死んでいても、蔓薔薇か何かを絡ませることはできるわ。まだあきらめたくないのよ」

ヒギンズが大きくため息をついた。彼はO脚で、年齢は五〇歳前後だ。下半身が上半身の重みを支えきれないのか、がっしりした胸と肩はわずかに前かがみになっている。庭の手入れに関しては非常に頑固で、そのせいで何度か勤め先を首になっていた。アッパー・ホーンズフィールドの教区牧師が、気の進まない様子でメグスに紹介してくれたときも、ヒギンズは無職だった。笑みひとつ見せないヒギンズだが、ローレルウッドの改装をまかせられる経験豊かな庭師を探していたメグスは、彼を雇うことに決めた自分の直感に大満足だった。ぶっきらぼうだが、植物のことをよく知っている。

「たしかにばかげてるが、やってみますよ」ヒギンズはつぶやくように言った。

「ありがとう、ヒギンズ」メグスは微笑んだ。

本人はそんなつもりがなくても、彼はついつい愛想が悪くなってしまうのだろう。メグスに雇われて一年半になるが、そのあいだ一度も辞めると言いださないところを見ると、ヒギンズも彼女のことが気に入っているに違いない。少なくとも、そう思いたい。

「あそこはどう思う？」メグスが指さすと、ヒギンズは頭をかきながら、庭の縁に沿って並ぶふぞろいな柘植《つげ》の木について率直な意見を述べた。

彼女はうなずき、真剣に考えているふりをしたが、実際は半分しか聞いていなかった。空は晴れていて、冷たい風は心地よく、荒れた庭のまわりを散歩するのにぴったりな朝だ。昨夜は子供を作る計画に失敗したけれど、これで終わりというわけではない。なんとかしてゴドリックをその気にさせるか、あるいは……。

あるいは浮気をしてもいいのかもしれない。わたしみたいな状況に置かれた女性――そんな女性がほかにもいるとして――なら、そうしてもおかしくはないだろう。

だが、メグスはすぐさま考え直した。いくら子供が欲しいからといって、ゴドリックにそそんな仕打ちはできない。未婚で身ごもって別の人と結婚するのと、友人や家族の前で生涯の愛を誓った相手に不義を働くのとでは大違いだ。その相手がどんなに頑固であろうと。

彼女は肩を落とした。ゴドリックに悪いことをしている。それが自分でもわかっているから、なおつらい。わたしも心から人を愛したことがあるし、彼が亡くなったときには自分も死んだように思えたものだ。そこまで考えて、ふと思った。ロジャーがいないのに新しい命を作りだそうとしているわたしは、彼を裏切っていることになるのかしら?

けれど、わたしが求めているのは赤ちゃんであって、ベッドでの睦《むつ》みあいではない。睦みあいなしで赤ちゃんを産めるなら、そうするところだ。それにゴドリックとの体の関係を楽しめるとは思っていない。楽しめるわけがない。でも、そんなことはどうでもいい。子供が欲しいという思いは無視できないほど強かった。

しかしロジャーのことを考えるうちに、彼の仇《かたき》を討つのを長く忘れていたことに思い至った。ロンドンに来たのは、夫とベッドをともにして結婚を正式なものにするためだけではない。セントジャイルズの亡霊を探しだして、罪を償わせるためでもある。片方の目的が行きづまっているいま、もう一方に力を注げばいいのだ。ヒギンズが黄色いクロッカスを見つけて満足げにしているのを見ながら、メグスはあることを思いついた。亡霊とのはじめての対決は、うまくいったとは言えない。ふたたびあいまみえる前に、少し情報を集めたほうがいいかもしれない。

メグスは気難しい庭師に声をかけてから、サラを探しに屋敷へ戻った。

「ここにいたのね」最上階にほど近い部屋で義妹を見つけたとき、メグスは叫んだ。

「そうよ」サラはそう答えて、立てつづけにくしゃみをした。孤児院から来た四人のうちのふたりに手伝ってもらい、窓からカーテンを外そうとしているところだった。

そばかすが浮いた顔にグレーがかった茶色の髪をした一一歳ぐらいのメアリー・イブニングが、くすくすと笑った。もうひとりのメアリー・リトルはもっとまじめで、細い亜麻色の髪をしている。

メアリー・リトルはたしなめるようにメアリー・イブニングを見てから言った。

「お大事に」

「ありがとう、メアリー・リトル」サラはそう応えて、メアリー・イブニングにウィンクした。「わたしがレディ・マーガレットと話しているあいだに、ふたりでカーテンを外してくれる？」

「はい！」少女たちは大量のほこりにも動じずに窓へ駆け寄った。

「ここはなんの部屋?」メグスは室内を見まわして尋ねた。寝室のようだが使用人用ではない。

「よくわからないけれど……」サラは口ごもってから先を続けた。「なんにしろ掃除が必要だわ」

「そうね」カーテンが床に落ちてほこりが立つのを見ながら、メグスは同意した。

「わたしに何か用があったんでしょう?」サラが促した。

「そうそう。昨日のディナーの席で、招待状がたくさん届いていると言わなかった?」

「ほとんどはゴドリック宛よ」サラは言った。「兄の机の上に山積みになっていたの。一年前のものまで積まれたままよ。秘書を雇わなきゃだめね」

「本当だわ」

「でも、なかにはあなたやわたしやエルビナ大おばさま宛のもあるのよ。ロンドンに来て、まだ数日だっていうのに!　この街では噂が広がるのが本当に早いわね」

「そうね。カーショー伯爵からの招待状はあった?」

サラはドレスに留めつけたエプロンの汚れをこすりながら考え込んだ。「あったけれど、ゴドリック宛だったわ。今夜、伯爵夫妻が主催する舞踏会の招待状よ」

「完璧だわ」メグスは微笑んだ。カーショーはロジャーの友人だった。ロジャーが亡くなった数カ月後、彼女はカーショーがセントジャイルズの亡霊を探していることを知った。今夜、舞踏会に出て伯爵に亡霊のことをきいてみよう。「馬車は一台で充分ね。大おばさまも行くかどうかきいてみるわ。舞踏会は好きだから、女王陛下の出産が近くても――」

「何をしているんだ？」

メグスとサラはびくりとして、不気味なほど穏やかな声がしたほうを振り向いた。入り口にゴドリックが立っていた。その静かな顔に、メグスは彼が怒りに震えていることが一瞬わからなかった。「この部屋に入っていいと言った覚えはない」

少女のひとりが金切り声をあげてカーテンを落とした。

サラが咳払いをして言う。「あなたたち、カーテンをミセス・クラムのところに運んでくれる？　ミセス・クラムなら、正しい洗い方を教えてくれると思うわ」

ゴドリックはメイドたちに道を空けたが、その目はメグスの顔を見つめたままだった。

「きみはここにいてはいけない。この部屋に入ってほしくないんだ」

顔が熱くなるのを感じて、メグスは彼の燃えるような視線をとらえたまま顎をあげた。

「ゴドリック……」

彼はメグスに近づいて見おろした。「きみはぼくを自分の気まぐれに合わせて動く操り人形のように思っているのかもしれないが、そうじゃない。これまで、きみに家のなかを引っかきまわされるのを我慢してきた。しかし、これはやりすぎだ」

彼女は目を見開いた。喉が激しく脈打つ。何を言うべきか途方に暮れたまま、口を開いた。けれども先に、サラが震える声で言った。「ごめんなさい。悪いのはわたしよ。メグスはいま入ってきたところなの。わたしたちはただ、全部の部屋を掃除していただけ。なんの部屋だか知らないけれど、ここのものは何も動かしていないわ」

「クララの部屋だ」ゴドリックは淡々と言った。「この部屋には触らないでほしい」

「ゴドリック、わたしは――」

だが、すでに彼は背中を向けていた。メグスは泣きそうなサラの顔をちらりと見てから、夫のあとを追った。

彼は妹を傷つけたことにも気づかずに廊下を歩いていた。

「ゴドリック！」

足を止めようともしない。

メグスは前にまわり込み、階段の手前で彼を止めた。ゴドリックの顔は……どうしようもなくつらそうだった。

ふいに不安になって、メグスは息を吸い込んだ。「サラは知らなかったのよ」

ゴドリックは唇を嚙みしめて目をそらした。

「ごめんなさい」彼女はささやき、ゴドリックの上着の袖口に触れた。きっと振り払われるに違いない。

しかし、彼はメグスの指を見おろしただけだった。「サラは先にぼくにきくべきだった」

「そうね。わたしたち全員が、この家を引っかきまわす前にあなたにきくべきだった」……」メグスは袖口を親指と人差し指でつかんだまま、さらに近づいた。いまにもボディスがゴドリックの上着に触れそうな近さだ。彼の目をのぞき込む。「もしわたしたちがきいていたら、あなたはだめだと言ったでしょう？」

彼は何も言わなかった。

「あなたは自分でなんでもできる」メグスは小さく笑った。「それって、わたしたちにとっては残念なことなのよ。あなたの妹たちやお母さまは――」

「継母だ」ゴドリックが彼女の目を見た。考えを変えるつもりはないようだが、少なくとも聞いてくれてはいる。

「そう、継母ね。でも、ミセス・セントジョンはあなたのことがとても好きよ。あなたの家族はみんなそう。それなのにあなたはほとんど手紙をよこさないし、たまによこしても、ひどくそっけない手紙だし。みんな、あなたのことを心配しているのよ」

ゴドリックはいらだたしげに顔をしかめた。「心配する必要はない」

「そう？」

彼がメグスを見おろした。その顔は疲れきっていて、しわができている。ふいに彼女は悟った。厳しくて無表情ないつもの顔は仮面なのだ。

「本当は必要なんじゃない？」メグスはささやいた。「あなたを愛する人たちには、あなたのことを心配する理由があるのよ」

「マーガレット」

「サラはあなたの態度に傷ついているわ」

ゴドリックが怒りのまなざしを向けてきた。

「サラはあそこがクララの部屋だなんて知らなかったのよ。それにもし彼女が知っていたとしても、あなたはあの部屋をどうするつもりなの？　あのままにして、クララをまつる神殿にでもするつもり？」

ゴドリックが目の前に迫り、メグスの顔に自分の顔を突きつけた。彼女は動けなくなった。

「きみは――」唇と唇が触れそうなほど近づいて、彼は静かに言った。「出すぎたまねをするべきではないということを学んだほうがいい」

メグスはつばをのみ込んだ。「そうかしら？」

一瞬、息ができなかった。ゴドリックとの距離が近すぎる。彼の体が緊張したようにこわばり、メグスにもその緊張が伝わってきて、バイオリンの弦のように体が張りつめた。

ゴドリックが小声で何やら悪態をついてから一歩さがった。「サラにはあとで謝っておく」

そう言い残して、階段をおりていった。

メグスは息を吸うと、ゆっくりクララの部屋に戻った。サラの顔を見た瞬間、彼女に近づいて抱きしめた。「男って頑固よね」

「いいえ」サラは鼻をすすり、レースのハンカチを押し当てた。「ゴドリックは正しいわ。この部屋を片づける前にきくべきだったのよ」

メグスは体を離した。「でも、ここがクララの部屋だなんて知らなかったんだから」

「わかっていたわ」サラはハンカチをたたむと、震える手で部屋の中央の大きなベッドを示した。「そうでなければ、あれがここにあるわけないもの。ほかに誰がこの部屋で生活していたっていうの？」

「だったらなぜ――」

「この部屋をクララの神殿みたいにしておくべきじゃないと思ったからよ」

「わたしも彼にそう言ったわ」

サラの目が見開かれた。「ゴドリックはなんて？」

メグスは顔をしかめた。「いい顔はしなかったわ」

「ああ、メグス。こんなことに巻き込んでしまってごめんなさい。でも……来て」

サラはカーテンが外された窓のひとつに駆け寄った。

そのあとをメグスはゆっくりと追った。「なんなの？」

「見てちょうだい」サラは窓の外の鉄の手すりを指さした。部屋の住人を守るための手すりだ。「ここは昔、子供部屋だったのよ。あなたはゴドリックとまだ正式な結婚の契りを結んでいないでしょう？　今回の滞在でうまくいけば……」彼女は言葉をのみ込み、両手を握りあわせてささやいた。「わたしたちみんな、ゴドリックのことをとても心配しているの」

メグスはうなずいた。「知っているわ。実を言うと、わたしもゴドリックともっと親密になりたいと思っているの」顔が赤くなったが、勇気を出して続けた。「ただ……どうすればいいのか、よくわからないのよ。やってはみたけれど、彼はかたくなで。よほどクララを愛していたのね」

「ええ、そうよ」サラは暗い声で言った。「でもクララは亡くなり、いまはあなたがここにいる」

メグスはうなずいた。だがサラを安心させるために微笑みはしたものの、自分の人生をあきらめた男性にどう手を差し伸べればいいのかわからなかった。

5

人間の目にエルカンが見えるのは、きわめてまれなことでした。夜と死に属するエルカンは、ふつう人の目には見えない存在なのです。でも、若者の恋人は違いました。彼女は名を〝信頼《フェイズ》〟といい、生まれながらにして透視能力を持っていたのです。彼女はエルカンのことを知っていたし、彼がどこに向かっているかも知っていました。「わたしの恋人は、人も動物も傷つけたことはないわ」彼女は泣きました。「彼の魂を地獄に運んで永久に燃やしつづけるのはやめて」

『エルカンの伝説』

「マーガレットがどこに行くって?」その晩、ゴドリックは首巻き《クラバット》を外す手を止めてモルダーを見た。

「舞踏会です」モルダーが繰り返した。「みなさん行くそうです。メイドたちが使用人用の階段を何度も行ったり来たりするのを、旦那さまにもお見せしたかったですよ。ご婦人が舞踏会に出かけるには、大変な準備がいるらしい」

なぜ、今夜出かけることをマーガレットは黙っていたのだろう？　それはもちろん、彼女と言いあいになったあと、ぼくが家を出ていたからだ。帰ってきたのは、セントジャイルズを巡回する準備をするためだった。妻が夜に何をしようと、ぼくには関係のないことだ。

だが、ゴドリックは尋ねた。「誰の舞踏会だ？」

「カーショー卿です」モルダーはすぐに答えた。「社交シーズンに行われるなかでも、特に大きな舞踏会だそうです。カーショー卿は何年か前に、外国の金持ちのお嬢さんと結婚しましたから」

ゴドリックはしばらくモルダーを見つめた。いつから噂話に詳しくなったのだろう？　一日じゅう、聞き耳を立てているに違いない。ゴドリックは頭を振った。カーショー――ウィンター・メークピースが挙げたなかに入っていた名だ。舞踏会に出れば、少女誘拐団に関する手がかりが得られるかもしれない。それはつまり、美しい妻と一緒に夜を過ごすことだという心の声はわざと無視した。

「いい上着を出してくれ。それから馬車の用意も頼む」

「賢明なご判断ですね」モルダーは指示に従いながら言った。

ゴドリックは清潔な白いシャツを着た。「どういう意味だ？」

「奥さまが向こうで誰にお会いになるかわかりませんから」

「いったいなんの話だ？」ゆっくりと尋ねる。

モルダーが目を見開いた。立ち入ったことに踏み込んだと気づいたのだろう。

「いえ、その……なんでもありません。馬車の準備をしてきます」

「そうしてくれ」

モルダーはそそくさと出ていった。

ゴドリックは不機嫌に上着を着たが、自分が理不尽なのはわかっていた。ベッドをともにできないと言った一方で、妻が愛人を探すのではないかと懸念するのは理不尽というものだ。悪態をつきながら部屋を出た。問題は、その懸念が本心からであることだ。それはマーガレットが自分以外の男の子供を宿すかもしれないことへの屈辱感のせいだけではない。ろくに知らなかったころに、彼女がほかの男の子を身ごもったのとはわけが違う。一年以上にわたって彼女の手紙を読みつづけ、向かいに座って夕食をとり、甘い唇の感触を味わったいまは……。

ゴドリックは階段の踊り場で立ちどまった。ぼくはマーガレットがほかの男をベッドに招き入れることに耐えられない。実に単純なことだ。

しかし、それに気づいたからといって機嫌が直るわけではなかった。

深く息を吸って、ゆっくりと階段をおりた。今日の舞踏会に出席する目的を忘れてはいけない。シーモアが少女誘拐団を使ってセントジャイルズでしていたことを、友人だったカーショーは知っているのか——それを探りだすのが目的だ。

外に出ると、女性たちはすでに馬車に乗っていた。だがモルダーからゴドリックが同行することを聞いていたので、待っていてくれた。彼が馬車の扉を開けて飛び乗ると、みなは好奇心もあらわにこちらを見た。

最初に口を開いたのは、もちろんマーガレットだった。彼女の目が薄暗い馬車のなかで光る。「舞踏会に興味があるなんて知らなかったわ。知っていたら誘ったのに」

ゴドリックは愛想のいい顔を装った。「当然のことだが、きみたちの夜の外出にはお供する」

「当然のことだけど――」サラの声は最初そっけなかったが、次第にやさしくなった。「一緒に来ることにしてくれてうれしいわ」

ぼくはそんなに無愛想なのだろうか？　ゴドリックは罪悪感に胸を突かれた。サラは妹なのだ。父が亡くなったいま、ぼくは一家の長として継母や妹たちを守り、導いていかなければならない。

「すまない」彼は謝った。妻も妹も、驚いた顔になった。エルビナは鼻を鳴らしただけだったが、そちらの反応は気にしないことにした。「あんな言い方をして悪かった」

「いいの」サラは首を横に振った。「謝らなければならないのはわたしのほうだわ。クララの部屋のものを動かすべきではなかったのよ」

「おまえがいいと思うようにやってくれ。もう、そうするべきときなのだろう」

「本気なの？」サラが探るように見つめる。

ゴドリックは笑みを作った。微笑むのはそれほど難しいことではなかった。

その後、彼はあまり話さずに、女性たちがおしゃべりをするのにまかせた。二度、マーガレットがじっとこちらを見ているような気がした。クララを裏切ることなくマーガレットの夢を実現させる方法を、なんとか見つけたい。

カーショーは最近改装されたらしい古いタウンハウスに住んでいた。女性たちをエスコートして邸内に入りながら、ゴドリックはモルダーから聞いた噂話を思いだした。改装の費用はカーショーの妻の持参金から出ているのだろうか？

広い待合室に入ると、ゴドリックはエルビナに手を貸してマントを脱がせ、それを従僕に渡した。振り返ると、ちょうどマーガレットがマントを脱いだところだった。

一瞬、ゴドリックは混雑した広間でよろめきそうになった。

妻は濃い茶色の巻き毛と完璧な対照をなす、サーモンピンクのドレスを着ていた。髪はふだんより凝った形にまとめてあり、束のあいだにさしてある宝石が、高い天井からつりさがるシャンデリアの光を浴びてきらきらと輝いている。ドレスの胸元は深く開いていて、そこからやわらかそうなふくらみがのぞいていた。マーガレットがサラの言葉に振り向いて笑ったときには、ゴドリックは快活な女神がこの世におりてきたのかと思った。

そんな彼女がぼくと結婚しているとは、なんという皮肉だろう。

ゴドリックはマーガレットに腕を差しだした。「きれいだ」

彼女は驚いたように目をしばたたき、ゴドリックの腕を取った。「ありがとう」

ふとわれに返って、彼はサラとエルビナにも同じような言葉をかけた。エルビナは眉をあげ、はじめて愛嬌のある表情を見せてから、ゴドリックの差しだしたもう一方の腕を取った。

舞踏室では、大勢の客たちがゆったりと動いていた。

「まあ」エルビナが叫んだ。「こんなに混みあったパーティーは子供のころ以来だわ」

「メグス、お友だちのレディ・ピネロピがいるわよ」サラが告げた。

「あら、本当」マーガレットはうわの空で応えた。「カーショー卿はどこかしら？」

ゴドリックは目を細めて妻を見た。

だがサラがマーガレットとエルビナを促して、三人はレディ・ピネロピのほうに向かいはじめた。レディ・ピネロピは美しいとされているが、ゴドリックに言わせれば、彼女の浅はかさがその美しさを台なしにしている。

「ぼくは飲み物を探してくる」そう言って、女性たちに背を向けた。

マーガレットが輝くような笑みを見せて振り返ってから、人込みのなかに消えていった。

なぜか、ゴドリックはふいに寂しさを感じた。

喪失感を振り払い、食べ物や飲み物が置かれている部屋へと向かう。人が多くてなかなか前に進めないが、気にはならなかった。ゴドリックはカーショー伯爵を探した。前にも会ったことがあり、愛想がよくて誠実な男だったと記憶している。とてもセントジャイルズで違法な作業場を経営しているようには見えないが、シーモアだって、そんな悪人には見えなかった。一五分後、パンチの入った巨大なボウルの前で、ゴドリックはどうやって三つのグラスを運ぼうかと思案していた。

「セントジョン」斜めうしろから低い声がした。

ゴドリックは振り向き、親友のケール男爵ラザルス・ハンティントンの青い目を見つめた。

「ケール」

「ここできみに会うとは思わなかった」ケールはパンチをくれと従僕に合図しながら言った。

「こっちも同じことを言いたいよ」

ケールが茶化すように眉をあげた。「社交界で誰よりも暗い男が結婚によって変わるとは、不思議なものだな」

「同感だ」ゴドリックは短く応えた。「ひとつ持ってくれ」

ケールは差しだされたパンチのグラスを戸惑ったように見おろしたが、そのまま受け取った。「奥さんと来たんだろう?」

「ぼくの妹と、妻の大おばも一緒だ」ゴドリックはグラスを持ちながら言った。

「一家をあげて来たわけか」

ゴドリックは眉をあげてケールを見た。

友人のいつもの退屈そうな表情がかすかにやわらいだ。「それはよかった」

ゴドリックは目をそらした。「ああ……」

「奥さんにきちんと紹介してくれ。先日彼女が〝〈恵まれない赤子と捨て子のための家〉を支える女性たちの会〟に現れたおかげで、テンペランスが好奇心でうずうずしている」

ゴドリックはうなずいて、人込みのほうに向かった。それ以上言葉は交わさなかったが、ケールがうしろからついてきているのはわかった。

舞踏場を半分ほど横切ったところで、ケールがつぶやいた。「あそこにテンペランスがほかの女性たちと一緒にいる。あれはきみの奥さんか？」

目をあげると、マーガレットが男性の浅黒い顔を見あげて笑っていた。相手はダーク子爵アダム・ラトリッジ。ロンドンでもとりわけ悪名高い放蕩者だ。


「ずいぶんお久しぶりですわね、ダーク卿」

とてつもなくハンサムだわとメグスは思った。ダーク子爵自身、それを自覚している。明るいグレーの瞳はこう言っているようだ。〝ぼくほどハンサムな男には会ったことがないだろう？　ほら、ぼくに見とれたまえ！〟

実際、メグスは子爵の頬や輪郭のはっきりした唇に見とれていた。だが、彼のありふれた冗談に笑っているいちばんの理由はそれではない。ダーク子爵はロジャーの親友だった。ロジャーが生きていたころ、未婚の娘としては、社交界きっての危険な遊び人と言われていた彼には近づかないほうが賢明だと思われた。

でも、すでに結婚したいまなら話は別だ。

結婚にもいいところがあるのね。メグスは苦々しく思った。遊ぶためじゃなくても、遊び人に近づくことができる。そう思ったところで、こんなことより本当はゴドリックと議論するほうが、よほど楽しいと思っていることに気がついた。

その思いが伝わったかのように、人込みのなかからゴドリックが現れて、難しい顔をしながらこちらに向かってきた。

「あなたほど美しいレディと会わずにいれば、どんな短い時間も永遠に思われますよ」ダーク子爵はやさしくそう言って目を伏せてから、メグスの目を見つめた。

わたしのボディスを見ていたのかしら？　男の人って、本当に油断も隙もないのね。彼女は微笑んだ。「わたしたちには共通のお友だちがいますのよ。いえ、いたと言うべきかしら」

子爵の顔から笑みは消えなかったが、その目は心なしか用心深くなった気がする。

「本当ですか？」

「ええ」ロジャーとメグスは交際していることを秘密にしていた。当時はそのおかげで、何もかもが余計すてきに思えたものだ。そしていよいよ婚約を発表しようとしていた矢先に、ロジャーが……。メグスは息を吸って言った。「ロジャー・フレイザー＝バーンズビーです」

ダーク子爵の美しいグレーの目が鋭くなった。

「パンチだ」背後からゴドリックの声がして、メグスはびくりとした。

「あら」振り向くと、いつも落ち着いている夫が短剣のように目をぎらつかせてダーク子爵をにらんでいた。目の力で人を殺せるなら、いまごろ子爵はのたうちまわり、ピンクの大理石の床を血で汚していただろう。

夫がそんな反応を示したのは意外だった。気の毒に、ダーク子爵は生まれつきの遊び人らしい行動を取ったにすぎないのに。でも、夫が自分のために別の男を殺さんばかりににらむのを見るのはなんだか気分がよかった。

パンチを受け取りながら、メグスはゴドリックに微笑んだ。

彼は目を細めてメグスを見てから、子爵に視線を移した。「ダーク」

子爵の唇が、笑みとは呼べないほどかすかに動いた。「やあ、セントジョン。きみの美しい奥さんと話していたところだ。それにしても、きみはぼくよりはるかに我慢強いな」

「そうか？　なぜだ？」

ダーク子爵は無邪気に目を見開いてみせた。「ぼくだったら、こんなにきれいなレディをはるか遠い田舎に追いやることなどできない。いつも隣にいてほしいと思うだろう――夜は特にね」

なんて陳腐なせりふだろう。鏡の前で練習でもしているのかしら？　困ったものだわ、ダーク子爵がほのめかしていることも、ゴドリックの反応を楽しんでいるわたし自身も。けれど、もう終わりにしなくては。

メグスは口を開きかけた。

だが、先にゴドリックが言った。「それは驚きだ。きみの隣が空いているとは――特に夜に」

横のほうから低い笑い声が聞こえた。見ると、銀髪を黒いリボンで束ねたハンサムな紳士が立っていた。

紳士はメグスと目が合うと会釈をした。ダーク子爵はゴドリックに向かって何やら言い返している。「レディ・マーガレット、自己紹介するわたしを厚かましいなどと思わないでいただけるといいのだが。ケールです」

ケール卿。かつてはダーク子爵に負けず劣らず悪名高かった。

メグスはお辞儀をした。「光栄ですわ、ケール卿。奥さまとは親しくさせていただいています」

ケール卿は笑みをたたえたままだ。ダーク子爵とゴドリックの皮肉の応酬はまだ続いている。「あなたがたの結婚式には、残念ながらわたしたち夫婦は出られなかったが、内々の式だったと聞いています。セントジョンとは古いつきあいなんです」

「そうですの?」ケール卿と話しながらもメグスは心配になって、ゴドリックと子爵に目をやった。まだ殴りあいにはなっていないようだわ。でも、もしわたしをめぐって殴りあいが始まったら、ちょっとおもしろいかも……。

まったく、わたしったら何を考えているの?

「こんなに元気なセントジョンを見るのは久しぶりです」ケール卿は悲しげな目になったが、メグスと視線が合うと微笑んだ。「男はたまに癇癪《かんしゃく》を起こすほうがいいんですよ。願わくは、あなたにはしばらくロンドンにいてほしいのですが」

彼女は唇を噛んだ。妊娠後もロンドンにいつづけるつもりはなかった。ローレルウッドが好きなのだ。田舎暮らしが性に合っているとわかったし、あそこは子供を育てるのに最適な環境だ。

メグスの考えが読めたらしく、ケール卿の顔から笑みが消えた。「そうですか。残念だが、少しでもセントジョンと一緒に過ごしてくださってうれしいですよ」

「彼とのあいだに亡霊が立ちはだかっていなければ、もっと長い時間を一緒に過ごせるんですけれど」自分本位に聞こえないように言った。亡霊に消えてほしがっているのはゴドリックなのだ。

「ああ」ケール卿がうなずいた。「クララですね」

メグスは顔をしかめた。「嫉妬しているつもりはないんです。ふたりがとても愛しあっていて幸せだったことは知っていますから」

「とても深く愛しあっていました」ケール卿は考えながら言った。「だが幸せだったというのは、誰から聞いたのか知りませんが、間違いです」

メグスは驚いて、彼に一歩近づいた。「どういう意味ですか?」

「クララは結婚後一年かそこらで病気になったんです。イングランドやヨーロッパじゅうの医者に診てもらいましたが、結局どうすることもできないとわかりました」ケール卿は顔を動かさずに、サラとしゃべっているテンペランスを見た。「愛する女性が苦しみながらゆっくりと死に向かうのを見るなんて、どんなにつらいことか、わたしには想像もつきません」

メグスは息を吸い込んだ。ケール卿は人生に飽きたようなふりをしているけれど、妻のことを無条件に心から愛しているんだわ。わたしもかつてはそうだった——少なくとも、その入り口にいた。ロジャーと交際していたのは、たった三カ月あまりだった。情熱の炎は熱く明るく燃えていたが、いま思えば、ふたりの関係は始まったばかりだったのだ。長い年月を経て豊かに実った愛――それこそがわたしの求めているものなんだわ。

そして、手に入れることができなかったもの。

メグスは唇を噛んだ。この先誰かとそういう愛を築くことなんて無理だろう。ゴドリックとも。彼はまだダーク子爵とやりあっているけれど、それは彼自身のプライドのためであって、わたしへの愛のためではない。

そんな思いが顔に出たらしい。

「申し訳ない」ケール卿が言った。「あなたにつらい思いをさせるつもりはなかった」

「なんでもないんです」微笑もうとしたが、うまくいかなかった。「ただ、できれば……」

ケール卿は先を待ったが、メグスが言葉を続けられずにいると、顔を近づけて言った。

「彼がクララを愛していたからといって、あなたを同じように愛せないということにはなりません。勇気を出してください。ゴドリックは扱いにくいが、中身はいい男なんです。あいつを扱える女性がいるとしたら、あなたしかいません」

そのときゴドリックが目をあげた。暗く、怒りと悲しみに満ちたその目を見て、メグスはケール卿の言葉を信じたくてたまらなくなった。

アーティミス・グリーブズは、ダーク子爵がにこやかな顔でミスター・セントジョンに何かひどいことを言うのを、はらはらしながら見ていた。レディ・マーガレットの夫は、いつ見ても悲しげだが冷静沈着な紳士だ。そんな紳士ですら腹を立てて、しまいには……。

「決闘よ!」レディ・ピネロピが、いささか大きなささやき声でうれしそうに言った。「決闘になってほしいわ」

アーティミスはぎょっとしていとこを見つめた。ピネロピのことはたいてい――いや、ときどきは――好きだと思えるのだが、その愚かさに啞然とさせられることがある。

「ダーク子爵のこと、お好きなのだと思っていましたけど」かすかに怒りをにじませながら、アーティミスは言った。

ピネロピが頭を傾けた。鏡の前でいつも練習しているのだろう。髪にさした櫛《くし》の宝石が、きらきらと輝いた。櫛は三本あり、どれにも小さなルビーと真珠の花がついている。花は茎が細い針金でできていて、ピネロピが動くたびに揺れた。この櫛だけでも、アーティミスの持っている服を全部合わせた値段より高いに違いない。けれども、漆黒の髪に櫛はよく似合っていた。

「ええ、好きよ。でもあの人、公爵じゃないでしょう?」

アーティミスは目をぱちくりさせた。よくあることだが、いとこの思考回路にはついていけない。「それは――」

そのとき、人込みのなかを背の高い男性が歩いてきた。少しいらだっているようだ。地味な紺の上着と黒いベスト姿だが、あの立ち居ふるまいは見間違えようがない。男性はダーク子爵に近づき、同時にケール卿が前に進みでて、ミスター・セントジョンの耳に何ごとかささやいた。

「ああいう公爵がいいのよ」ピネロピの満足げな声がかすれているので、アーティミスは本気で心配になった。

「風邪ですか？」

「ばかね、違うわよ」ピネロピは怒ったような顔で答えてから、われに返って無表情に戻った。顔にしわが定着するのがいやなのだ。「わたしもそろそろ結婚を考える年だし、当然、相手は公爵よ。あの人がいいわ」

そう、いまダーク子爵と話しているのは、ウェークフィールド公爵マキシマス・バッテンだった。

ピネロピは伯爵、それもとてつもなく裕福な伯爵の娘だ。たしかに公爵はとてつもなく裕福な家の娘と結婚するものと相場が決まっているが、ウェークフィールド公爵は本当に、朝のココアに挽《ひ》いた真珠を入れると言って聞かない愚かな妻を欲しがるだろうか？　ピネロピは真珠が自分の顔色を明るくしてくれると言い張る。真珠の無駄使いだし、ココアの舌触りが悪くなるだけだと、アーティミスはひそかに思っている。

もっとも、わたしがどう思おうと何かが変わるわけではない。ピネロピが公爵と結婚すると決めたなら、来年のいまごろ、彼女は公爵夫人となっているだろう。

けれど、その相手がウェークフィールド公爵ですって？

アーティミスは面長の顔にいらだった表情を浮かべている公爵を見た。背は高いものの高すぎるほどではなく、肩は広いが痩せている。とても厳しい顔をしているので、ハンサムとは言われない。ウェークフィールド公爵をひとことで表すとしたら、〝冷たい〟しかないだろう。

アーティミスは身震いした。数えきれないほどの舞踏会で、誰にも見られない物陰から公爵を観察してきたが、彼はユーモアや思いやりといったものはかけらも持ちあわせていないようだ。ピネロピの結婚相手には、そのどちらも必要なのに。

「ほかにも公爵はいらっしゃいますよ」アーティミスは言った。「スカーバラ公爵なんてどうです？　一年前に奥さまを亡くされてますし、お嬢さましかいらっしゃらないから、また結婚したいと思っておいでに違いありません」

ウェークフィールド公爵を見つめたまま、ピネロピは鼻で笑った。「どう見ても六〇歳にはなっている人よ」

「でも、とてもやさしい方らしいですよ」アーティミスは静かに言った。そしてため息をついてから、次の作戦に移った。「じゃあ、モンゴメリー公爵は？」

その名を聞くと、ピネロピは振り返って恐怖に満ちた目でアーティミスを見つめた。

「あの人はいつも田舎か外国で過ごしているのよ。あなた、彼を見たことある？」

アーティミスは鼻にしわを寄せた。「いいえ……」

「みんなそうなのよ」ピネロピはふたたび計算高い目でウェークフィールド公爵を見つめた。「長いこと、誰もモンゴメリーを見ていないの。外見に何か問題があるか、それとも――」体を震わせる。「頭がどうかしているのよ。そんな人の出た家に嫁ぐ気はないわ」

アーティミスは鋭く息を吸って目を伏せた。頭がどうかしている人の出た家に嫁ぎたがる者などいない。この二年、なんとか悲しみを忘れようとしてきたけれど、いまのように不意を突かれるとそれもできなくなる。

幸い、ピネロピは気づいた様子がない。「それに、大陸を放浪するうちに財産を使い果たしていたらどうするの？」

「あなたはお父さまから莫大な財産を受け継ぐことになっているじゃありませんか」

「そうだけど、自分のお金は自分のことに使いたいの。どこかの荒れ放題のお城の改築になんて使いたくないわ」

アーティミスは眉を寄せた。「そうすると、残るのはダイモア公爵ですね」

「そうね」ダイモアは改築が必要な城を少なくとも三箇所に持っている。ピネロピは満足げにうなずいた。「やっぱり、わたしの目当ての公爵はひとりだけよ」

アーティミスは振り返り、その場から去っていくウェークフィールド公爵を見た。どうやったのか、ダーク子爵を説得して——というより脅して——一緒に退散させることに成功したようだ。誇り高くて冷たい人かもしれないが、アーティミスは公爵に同情を覚えた。なにしろレディ・ピネロピ・チャドウィックは、欲しいものは絶対に手に入れる女性なのだから。

「ダーク子爵には近づかないようにしてもらえるとうれしいんだが」

ゴドリックは妻をダンスフロアに誘いながら言った。堅苦しい口調にわれながらひるんだが、自分でも理由がわからない。

マーガレットはぼくの妻だ。あちこちで寝られては困る。

彼女は頭を傾けた。怒りよりも好奇心に駆られているようだ。

「それは命令なの？」

とたんに、ゴドリックは自分が愚か者になったような気がした。

「もちろん命令ではない」

音楽が始まってダンスの輪が動き、彼がそれ以上説明しないうちにふたりは離ればなれになった。ゴドリックは大きく息を吸って動きながら、マーガレットとダークが一緒にいるところを見た怒りを静めようとした。

ふたたび彼女と向かいあったとき、まわりに聞こえないよう低い声でささやいた。

「子供が欲しくてしかたないのはわかるが、こんなやり方はだめだ」

「どんなやり方？」マーガレットは用心するように尋ねた。その用心深さが気にかかる。

だが、正直に答えるしかなかった。「ダークを愛人にすることだ」

一瞬、マーガレットの目が傷ついたように光ったが、すぐに彼女は感情を隠した。ぼくはどうやら墓穴を掘ってしまったらしい。

「あなた、わたしを売春婦だと思っているの？」

穴はかなり深いようだ。

「まさか、そんなことは――」

マーガレットはまたダンスの輪とともに去っていった。今回は彼女が気がかりで、目を離せなかった。ぼくはマーガレットのことをほとんど知らない。クララだったら、ひどく侮辱されたと感じ泣くだろう。あるいは腹立たしげに去っていくかもしれない。はっきりとはわからない。何しろ、クララとはこんな会話をしたことがなかったのだから。彼女に関してこんなふうに考えること自体がばかげている。

しかしマーガレットは、顔をまっすぐあげてこちらを見ている。その頬は赤く染まっていて、まるで怒りに燃える女神だ。ここにいるのがふたりだけなら、ぼくに襲いかかってきただろう。そう考えるとなぜか興奮してきた。

また向かいあったとき、ふたりはほぼ同時に口を開いた。

「ぼくは決して――」

「あなたは裁判もせずにわたしを有罪と決めつけた」マーガレットはゴドリックの言葉にかぶせるように言った。「証拠が不充分なのに」

「きみは媚を売っていたじゃないか」

「舞踏室で媚を売る女性がみんなふしだらだと言うなら、尼僧と赤ちゃん以外は全員ふしだらよ。あなたは本当に、わたしがダーク子爵と浮気をしようとしていると思ったの?」

ゴドリックはためらった。その時間が少し長すぎた。

マーガレットの美しい眉が大きく寄った。「まったく癪に障る人だわ」

周囲の注目を浴びていたが、彼女の言葉を聞き流すわけにはいかない。

「ぼくが？　ぼくが癪に障るというのか？　癪に障るのはそっちだ。前の妻とは、公衆の面前で騒いだことなど一度もなかった」

「それがいまはふたり目の妻と騒いでいる」マーガレットが言い放った。

子供じみた言葉だが、ふたりがまた離れる直前に発せられたので、ゴドリックとしては腹立たしかった。言い返せないではないか。

マーガレットの動きを目で追いながら、彼は不機嫌を隠そうともしなかった。小太りの女性がゴドリックの顔を見たとたんにつまずいて、隣のカップルにぶつかった。

彼はさらに苦い顔になった。

「わたし、あなたに貞節を疑われるようなことをした？」次に向かいあったとき、マーガレットが尋ねた。

「いいや、だが――」

「それなのに、あなたは女性が男性にいちばん言われたくないことを言って、わたしを責めるのね」

「マーガレット」それしか言えなかった。

彼女は息を吸い込んで、ゆっくりと言った。「あなたはわたしに興味がないとはっきり言ったじゃない。なぜこんな理不尽なことを言ってわざわざわたしを傷つけるの？　そもそも、どうしてわたしと結婚したの？」

ゴドリックはマーガレットの顔から目をそらした。まわりの人々が無関心を装いつつ聞き耳を立てている。「きみの兄上から頼まれ――」

「グリフィンはあなたのことをろくに知らないわ」

彼はふたたびマーガレットを見た。一歩も引く気はないようだ。「ここで話すのはよくないし――」

「なぜ結婚したの？」

「そうするしかなかったからだ！」

ついに言ってしまってから、すぐに後悔した。

マーガレットはひどく衝撃を受けたようだった。

「マーガレット」ゴドリックは言いかけたが、すでに彼女は離れていた。それを喜ぶべきか悲しむべきかわからない。彼女に関心など持つべきではないのだ。マーガレットが誰かと寝ようと寝まいと、気にするべきではない。以前は、ほかの男の子供でさえ受け入れようとしていた。だが、いまはそれができない。

そんなことを考えている自分に仰天した。ほんの数日で何もかもが変わった気がする。セントジャイルズで妻に出くわした、あのときから。

いったいぼくはどうしてしまったんだ？

いまはゆっくり考えていられない。ここはダンスフロアで、まわりにはロンドン社交界の半数がいるのだから。妻に言うことを聞かせて、平静を取り戻さなければならない。

ようやくまた彼女と向かいあったとき、ゴドリックは落ち着いた声で言った。

「マーガレット、今夜これまでのきみの態度はひどいものだが、軽蔑したりはしない。むしろ、その情熱的すぎる性格のせいできみが道を踏み外さないか心配なんだ」

それを聞いて、マーガレットが顔を寄せてきた。「情熱的すぎるかもしれないけれど、わたしは少なくとも死んでいるみたいにふるまったりはしないわ。それから、マーガレットと呼ばれるのは嫌いなの！」

彼女は背を向けると、いらだたしげにダンスフロアを離れていった。そのあとにオレンジの花の香りが漂う。

ダンスの輪の真ん中にひとり取り残されながらも、ゴドリックはその香りにうっとりせずにはいられなかった。

右手から大きな影が近づいてきた。

「結婚はきみの性格を変えたようだな」ケールがゆっくりと言った。「きみがあわや決闘かと思うまで激高したのを見たのははじめてだし、ダンスフロアで奥さんとやりあうのを見るのもはじめてだ」

ゴドリックは目を閉じた。「悪かった――」

「勘違いしないでくれ」

目を開けると、なんとケールが笑っている。「よかったよ、セントジョン。きみは死んだも同然とあきらめかけていたんだ」

「ぼくはまだ生きている」ゴドリックはつぶやくように言った。

「ああ、いまではロンドンじゅうが知っている。行こう。ここの主人がどこにブランデーを隠しているか、見当がついているんだ」

ゴドリックは喜んで古い友人のあとに続いた。これが生きているということなら、ぼくの記憶のなかにあるより、はるかに複雑だ。

エルカンは口を開きかけ、そこで考えました。最後に口をきいたのはいつだったろう？　数年前？　数十年前？　数千年前？　やっと出た声はしわがれていました。

「生きているときにどれほどの善人だったかは関係ない。彼は告解をせずに死んだ」

エルカンは、フェイズの悲しげな顔に心を動かされたでしょうか？　たとえ動かされたとしても、規則は規則なので、彼にできることはありません。エルカンは馬の向きを変えて去ろうとしました。けれどもそのとき、フェイズがうしろに飛び乗ったのです。


『エルカンの伝説』

6

メグスは注目を浴びているのもおかまいなしに舞踏室から走りでた。どういうつもり？　ダーク子爵と談笑していただけで、わたしをふしだらな女だと思うなんて。わたしはただ、子爵がロジャーの死について何か情報を持っていないか探ろうとしただけなのに。

頬を流れる熱い涙を拭き、階段を駆けおりた。セントジャイルズの亡霊のことすらダーク子爵に尋ねる間もなくゴドリックがやってきて、子爵と、そしてわたしを侮辱しはじめた。

「メグス！」

彼女は踊り場で振り返った。

サラがうしろで息を切らしていた。どうやら、さっきから何度も呼んでいたらしい。

「大丈夫なの？」サラは心配そうにメグスの顔をのぞき込んだ。

「わたし……」落ち着いたレディらしい声を出そうとしたが、結局叫ぶように言った。「ああ、サラ、いつか絶対に彼を叩いてやるわ」

「あなたがそうしても責めたりしないわ」サラは忠実に言った。いや、実の兄よりメグスの側についている時点で、不実と言うべきだろう。

サラのやさしさがうれしかった。「あの部屋には戻れないわ……いまはまだ」

サラが眉をひそめた。「どこに行くの？」

「どこって……」グリフィンと話がしたかった。その思いが頭のなかでかたまると、絶対にそうするべきだという気になった。遅くなってしまったが、兄にきいておきたいことがある。

メグスはサラを見つめた。「帰らなきゃ。兄のグリフィンと大事な話があるの。伯爵夫妻に謝っておいてもらえる？」

「もちろん」サラの目に同情とかすかな好奇心が浮かんだ。「でも、馬車は一台しかないのよ」

「そうだったわ」メグスはがっかりした。

だが、サラはすでにいい案を思いついていた。「エルビナ大おばさまがレディ・ビンガムと噂話に花を咲かせているから、わたしたちはレディ・ビンガムにお願いして、家まで送っていただくわ」

「本当にやさしいのね、サラ」メグスは義妹にキスをしてから階段をさらにおりた。

一五分後、彼女はひとりで馬車に乗って、グリフィンとヘロのタウンハウスに向かっていた。そのときになってはじめて、この時間だと兄は出かけているかもしれないことに気づいた。けれどもロンドンの暗い通りを馬車で進みながら、今夜は家にいる可能性が高いと考え直した。ヘロからの手紙によると、かつては社交界でも名うての遊び人だったグリフィンも、いまは妻と幼い息子とともに自宅で夜を過ごすことが多いという。

兄に嫉妬しないようにしよう――メグスは心に決めた。

二〇分後、馬車はこぎれいなタウンハウスの前で止まった。結婚したときに、グリフィンは独身時代を過ごした家を手放し、もっと環境のいいここに引っ越してきたのだ。

メグスは正面階段をのぼった。外にはランプがふたつ、明々とともっているが、家のなかは暗く、彼女は心が沈んでしばらくためらった。でも、事態は急を要する。謎が解けない限り、夫と顔を合わせる気にはなれなかった。

ノッカーで二回、ドアを叩いた。

だいぶ経ってから、執事がドアを開けた。執事はこんな夜遅くに訪ねてきたのが主人の本当の妹であることをなかなか信じてくれなかったが、やがてメグスを小さな居間に通した。眠たげなメイドが消えかけていた火をおこして部屋を出ていったと同時に、グリフィンが入ってきた。

彼は大股で近づいてくるとメグスの肩をつかみ、突き刺すような緑色の目で妹を見つめた。

「どうしたんだ、メグス？　大丈夫か？」

どうしよう？　驚かせるつもりはなかったのに。「大丈夫よ。ただ……お兄さまに話があって来たの」

グリフィンは目を白黒させながら、うしろにさがった。「話だって？」炉棚に置かれた真鍮製の時計に目をやる。「真夜中過ぎに？　メグス、おまえはずっとわたしを避けていたじゃないか」

彼女はつばをのみ込んだ。「気づいていたのね」

「かわいがっていた妹が、わたしよりもわたしの妻によく手紙を書いてくるし、何度遊びに来いと誘っても断ってくる。ウィリアムが生まれたときにようやく来たはいいが、わたしとはほとんど言葉を交わさなかった。それで気づかないほど、わたしは愚かではないぞ」

「そう」なんと応えればいいのかわからない。ただ、ドレスのほつれた糸を引っぱる自分の指を見つめることしかできなかった。

グリフィンは咳払いをした。「おまえに時間をやれとヘロに言われた。彼女は間違っているか？」

「いいえ」メグスは息を吸って顔をあげた。わたしはすっかり臆病者になっている。こんな調子ではだめだわ。「これ以上ないほど正しいわ」

兄は微笑んだ。「そうだろう」

「わたしったら、ばかだった。ごめんなさい」

「おまえがばかなことをしているのはいまだ」グリフィンがいらだったように言った。「わたしに謝る必要などないのだから」

メグスは息をのんだ。熱い涙で目がうるんできた。そう、悪いのはグリフィンだわ。こんなにやさしくしてくれるなんて。わたしはなぜ兄を避けてきたのかしら？

涙目のまま微笑んで、淡い黄色の優美な長椅子に座った。「話したいことがあるの」

兄は急に疑うような目つきになった。「メグス？」

彼女は自分の隣の座面を叩いた。

グリフィンは目を細め、安楽椅子をメグスの正面に置いて座った。いままでベッドに入っていたのだろう。黒と金の縁取りがされたダークブルーのガウンを着て、室内靴を履いている。しかしメグスの夫と違って、帽子はかぶっていない。多くの男性がしているように、髪を短く刈ってかつらをつけている。

「それで、話とはなんだ？　わたしをあたたかいベッドから引っぱりださなければならないほど緊急の話とは？」

メグスは赤面した。兄のような階級の夫婦は寝室を別にするのがふつうだが、グリフィンとヘロは同じ部屋で寝ているに違いない。

彼女は息を吸った。「ゴドリックがわたしと結婚した理由が知りたいの」

グリフィンの表情は変わらなかったが、彼が口を開く前に、淡い緑色の部屋着を着たヘロがドアのところに現れた。美しい赤毛が片方の肩に寄せられている。

「メグス？　何があったの？」

グリフィンはすぐに立ちあがってヘロのもとへ行った。顔を寄せて何かをささやき、片手でそっと彼女の頬を撫でる。どんな抱擁よりも雄弁に、妻に対する愛情を示す仕草だ。

またしてもメグスは嫉妬を覚えて唇を噛んだ。兄に幸せな結婚生活を送ってほしくないわけではない。でも、ゴドリックとのあいだにそういう生活を望むことはできないだろう。

そう思うと悲しみに近い感情がわいた。わたしには心配してくれる友人や家族がいる。財産も特権もある。ゴドリックの気持ちを変えられれば、赤ちゃんを産むことだってできるかもしれない。

それで充分、幸せじゃないの？

ヘロはグリフィンにうなずいてから、メグスに微笑んで小さく手を振った。

メグスはささやいた。「ごめんなさい」

義姉はふたたびうなずき、部屋を出てドアを閉めた。

グリフィンはまた安楽椅子に身を沈めた。

「そんなことをききに来るとは、セントジョンが何かしたのか？」

ヘロが来て会話が途切れた一瞬のあいだに、グリフィンは考えをまとめたらしい。

夫がベッドをともにするのを断ったことは、兄に話すつもりはない。それにグリフィンは聞き返すことで、先ほどの質問をはぐらかそうとしている気がする。

「ゴドリックは何もしていないわ」メグスはあっさり答え、兄が疑わしげに眉をひそめると、ため息をついて続けた。「彼は完璧よ。わたしがここへ来たのは、彼が何かしたからではなく、お兄さまが彼に何をしてわたしと結婚するよう仕向けたかをききたかったから」

グリフィンの眉があがった。「仕向けた、だって？」

「彼は、結婚するしかなかったと言ったわ」ゴドリックにそう言われたときの衝撃を思いだし、膝の上に置いた手を握りしめた。「なぜなの？」

グリフィンは息を吸い、目を閉じて首をのけぞらせた。このまま何も言ってくれないんじゃないかしら？　メグスは一瞬、そう思った。

だが、兄は目を開いた。その目には妹への愛があふれていた。

「おまえは打ちのめされていた。悲しみにとらわれて、心の一部をなくしたかのようだった。それに、おなかには赤ん坊がいた」

メグスは真っ赤になってグリフィンから目をそらした。気まずさと恥ずかしさとで、兄の次の言葉を聞き逃すところだった。

「おまえの恋人が亡くなっていなかったら、わたしがこの手で殺すところだった」

彼女は口を開けて兄を見つめた。「ロジャーはいい人だったのよ。わたしが愛した人、わたしを愛してくれた人で――」

「わたしのかわいい妹を誘惑し、身ごもらせた男だ」グリフィンの緑色の目が怒りに燃えた。

「おまえが彼を愛していたことはわかるよ。だが、わたしが彼を褒めたたえると思ったら大間違いだ。彼はおまえに触れるべきじゃなかった」

「彼が生きていたら、わたしたちは結婚していたわ」メグスは毅然《きぜん》として言った。「お兄さまにとやかく言われたくない」

グリフィンの頬が赤く染まった。彼がヘロと結婚したときは大騒ぎになった。ヘロがもともとはトマスの婚約者だったためだ。「話をそらすんじゃない。おまえは傷ついていたし、夫が必要だった。セントジョンの評判は申し分なかった。昔ながらの貴族の家の出だし、何よりも、おまえを生涯幸せにできるだけの財産を持っている。あのときはあまり時間がなかったが、できる範囲では最善の選択だった」

「それは感謝するわ」メグスは心から言った。兄がいなければ、わたしは社交界から永久に追放され、家族の恥として死ぬまで人前に出られなかっただろう。「でも、それではまだ質問の答えになっていないわ。ゴドリックはどうしてわたしと結婚したの？　彼は最初の奥さまをとても愛していた。自分の好きなようにできるなら、絶対に再婚などしなかったはずよ」

「だが、そうはできなかったんだ」グリフィンは穏やかに言った。

兄の知性的な顔を見つめながら、ふいにメグスは気づいた。「彼を脅迫したの？」

グリフィンが顔をしかめる。「メグス……」

「なんてことを！」愕然《がくぜん》として、思わず立ちあがった。「だからなのね、彼が……」わたしと寝たがらないのは。察しのいい兄に、言わなくていいことまで言ってしまうところだった。メグスは息を吸った。「なんて脅迫したの？　結婚したくないのにさせられるなんて、どんなにいやだったでしょうね」

グリフィンがいぶかしげに目を細めた。「おまえが思うほどひどいことじゃない」

「彼になんと言ったの？」

しかし、兄は首を横に振って立ちあがった。

「彼の秘密は墓まで持っていく。それも取引の一部だ。おまえに教えるわけにはいかないんだよ。本当に知りたいのなら、自分でセントジョンにきくんだな」

ゴドリックは、グリフィン・リーディング卿のタウンハウスの道をはさんだ向かいで息を整えた。妻が何か大事な話をしに兄の家へ向かったことをサラから聞きだしたのは、マーガレットが舞踏会を抜けだして一五分後のことだった。さらに一〇分かけてサラとエルビナを家まで送り届けてもらう手はずを整えてから、苦しい言い訳をして、舞踏会の会場をあとにした。それから急いで家に戻り、万が一のために亡霊の衣装に着替えた。何が起こるかわからないからだ。

あわてて帰ってきたのはまずかったかもしれないが、ほかにどうしようもなかった。

マーガレットがリーディングのもとに行ったのは、結婚の経緯を尋ねるためとしか思えない。

自宅の図書室でリーディングが待っていたあの晩も、心のどこかではわかっていた。彼の要求をのめば、いつかしっぺ返しに遭うだろうと。しかし、ほかにどうすればよかったのだ？　リーディングは知っていた――ゴドリックがセントジャイルズの亡霊だということを。彼はそれを公にすると脅した。好きにしろと言いたかったが、セントジャイルズのことを考えて言わなかったのだ。

いまもゴドリックは夜のセントジャイルズを仕切っている。そこに住む人々のことが気になるし、手を差し伸べたいと思う。クララの死は彼を変えたが、その思いだけは変わらなかった。

だから脅しに屈してマーガレットと結婚し、いまになって、理由をききに彼女を兄のもとへ行かせる羽目になってしまった。

ぼくは彼女に真実を知ってほしいのだろうか？

ゴドリックはわれに返った。ばかな。知ってほしいわけがない。

それ以上、考えている余裕はなかった。タウンハウスのドアが開き、マーガレットが出てきたのだ。ドアのランタンが一瞬、後光のように彼女に差した。振り返って兄に何か言うと、マーガレットは階段をおりた。サーモンピンクのドレスに、白と金のマント姿の彼女はいつものように美しく、そして好奇心旺盛に見える。

見ただけでは、夫の重大な秘密を知ったばかりかどうかわからない。

マーガレットが馬車に乗ると、御者は馬に鞭をくれた。馬車は走りだしたが、ロンドン特有の道路の狭さのおかげで、あとをついていくのは簡単だった。ゴドリックは馬車のうしろを走った。物陰を選んで進んだので、歩いている人々の目にもほとんどつかなかった。

もっとも汲み取り人夫は例外で、亡霊の姿を見たとたん、小さな叫び声をあげて悪臭を放つバケツを落とした。

その横を駆け抜けながら、ゴドリックは顔をしかめた。

セイントハウスの前で馬車が止まると、彼は安堵のため息をついた。裏口にまわらなければならない。マーガレットが書斎に来たとき――ぼくを探しに来るとしての話だが――そこにいなければ。

だが、なぜか動く気にならなかった。恋する少年のように、もう一度マーガレットの姿が見えないかと馬車を見つめた。

従僕が馬車からおりてステップを置き、扉を開けた。けれどもマーガレットはおりてこず、従僕が上半身を車内に乗り入れるようにして耳を傾けている。従僕は御者に何か言ってから、ふたたび馬車に乗った。

なんだ？　何をするつもりだ？

馬車が向きを変えて走りだすのを、ゴドリックはただ見ていた。

悪態をついてあとを追う。亡霊の衣装に着替えておいてよかった。もしマーガレットが愛人と会うつもりなら……。

胸が締めつけられるような感じがした。マーガレットに言われたように、理不尽かもしれないが、いまはただ、彼女をほかの男に取られたくない。取られる前に殺してやる。

馬車はがたがたと音をたててロンドンの街を北西に――セントジャイルズの方角に――向かった。

まさかセントジャイルズに行くつもりか？　最初の晩、あんな目に遭ったばかりだというのに？

いや、マーガレットなら行くだろう。馬車は襲ってくれと言わんばかりにセントジャイルズに入った。

ゴドリックは二本の剣を鞘《さや》から抜いてあとを追った。


メグスは馬車の窓から外を見つめた。セントジャイルズは暗く静かで、一見平和に見える。でもそれは見せかけで、ここはロンドンでもっとも危険な地域だった。

ロジャーは二年前のまだ寒い春先の夜、ここで刺し殺された。彼の最後の血は道の中央を走る水路に流れ込み、汚い排泄物やごみとまじりあったのだ。

彼女は目をしばたたいて涙をこらえ、息を吸って馬車の扉を開けた。

オリバーがおりようとしたが、メグスは制止した。「ここで待っていて」

「連れていったほうがいいですよ、奥さま」トムが御者台から忠告した。

「少しひとりになりたいの。お願い」

メグスは馬車の座席の下から拳銃を取りだした。少し迷ってから、小型の短剣も出して慎重に袖のなかに隠した。装飾用の剣だが、もし追いはぎにあった場合、トムとオリバーが駆けつけるまで相手をたじろがせるぐらいはできるだろう。

もちろん追いはぎに会いたいわけではない。馬車からあまり離れるつもりはないけれど、トムに言ったことは本当だった。

ひとりになりたかったのだ。ロジャーの思い出とともに。

男の頑固さを思い知った晩だったからかもしれない。グリフィンも、ゴドリックも、そしてダーク子爵まで。子爵はわたしに言い寄ることにばかり熱心で、なぜわたしが近づいたかには興味がないようだった。何をしても、ことあるごとに壁にぶつかる。せっかくロンドンへ来たのに、やろうと思ったことはどれもうまくいっていない。

ロジャーが最後にいた通りを歩いているというのに、これまでにないほど彼を遠く感じる。

メグスは足を止め、誰もいない通りを見渡した。多くのロンドンの道路よりも暗かった。セントジャイルズの商人や住人は、明かりを買う金を持っていないか、明かりがなくても気にしないかのどちらからしい。どちらにせよ、とにかくこの一帯は薄暗く、背の高い建物が覆いかぶさるように立っていて物陰が多い。どこからか、何かが壊れる音とばたばた走る足音が聞こえた。特に寒い晩でもないが、メグスは体を震わせ、マントをしっかり体に巻きつけた。ここでは音の出どころを見きわめるのが難しい。建物と狭く曲がりくねった道はささやき声を反響させ、叫び声を吸収する。

ここに取りついているのは、ロジャーの思い出だけではないようだ。

メグスは振り返った。ほんの数メートル離れたところに自分の馬車が待っているが、それでも孤独感を覚えた。

あの晩、ロジャーはどうしてここに来たのかしら？

近くに住んでいたわけでもなく、メグスの知る限り、このあたりには知りあいもいなかった。わたしは彼を愛していたし、彼も間違いなくわたしを愛していた。でも、彼が最後にここへ来たことについては説明できない。

わかっているのは、ロジャーがセントジャイルズに来たこと。そしてセントジャイルズの亡霊が、ここで彼を殺すべきだと思ったことだ。

なぜ？　どうしてよりによってロジャーが？

メグスは彼が剣を突きつけられ、かなわぬ相手と知りながら抵抗するさまを思い浮かべようとした。

だめだわ。ロジャーの顔がぼんやりとしか思い浮かばない。彼が殺されたと聞いたとき、追いはぎに不用意に抵抗するような人ではないと確信を持って思えた。

それなのに、いまは彼の思い出が――彼のことが――一部、頭から消えている。わたしはロジャーのことを以前ほど覚えていない。そう思うと恐怖が胸を刺す。

陰で何かが動いた。

メグスは両手に持った拳銃を構えた。暗がりから、セントジャイルズの亡霊が姿を現した。

彼女は激しい怒りに襲われた。よくものうのうと、わたしにとっての聖地――ロジャーの思い出の聖地——を汚してくれたわね。

「ここはきみが来るところでは——」

引き金を引いた。だが、音とともに小さな火花が散っただけだった。

相手の大きくてかたい体が襲いかかってきて、メグスの手から拳銃を奪い、石畳の上に放り投げた。

彼女は怒りの声をあげようと口を開いたが、片手でふさがれ、もう一方の腕で両腕ごと強く抱きしめられてしまった。

正気を失いそうだ。男というのはみんながみんな、わたしにああしろこうしろと指図し、やさしく扱うだけの礼儀すら見せない。メグスは身をよじって肘鉄を食らわせようとした。足を踏んでやろうとしたが、ダンス用の靴は相手の革のブーツの上でむなしく滑るだけだった。彼女は激しく体をねじり、口をふさいでいる手に向かって怒りと不満の声を発した。亡霊がよろめき、メグスを抱いたまま建物の壁にぶつかる。彼女は顎を引いて頭突きをした。顎を狙ったが、狙いは外れて胸に当たった。痛みと怒りでメグスは震えた。

「くそっ」亡霊が低い声でうめいた。

だが、彼はなんともないようだった。わたしの最愛の人の命を奪った、この男は。メグスは顔をあげ、挑発的に相手をにらみつけた。

ふざけた仮面の下で亡霊の目が細くなる。彼は口をふさいでいた手を外した。息を吸おうとした瞬間、亡霊の唇がメグスの唇をふさいだ。

キスをしているの？

世界がまわるような感覚に襲われた。どちらも怒りに燃えていて、キスはやさしさのかけらもない。それなのに――いや、だからこそ――胸が騒いだ。どこかなじみのあるキスの感触に体が熱くなり……。

だめよ！　こんなことはだめ。それもよりによって、この男となんて。メグスは顔を離そうとしたが、亡霊は片手で彼女のうなじを押さえて口を開き、キスを続けた。メグスは彼の下唇を噛み、血を味わいながら甘い声を出した。これ以上、続けられない。そう思うのに彼は放そうとしない。大きくてあたたかく男らしい体に彼女を抱きしめたままだ。メグスは、彼の下腹部がかたくなって自分に押しつけられるのをスカート越しに感じた。それは嫌悪感と恐怖をもたらすはずだった。

けれどもそうなる代わりに、潤いをもたらした。

メグスは息をのみ、亡霊が勝ち誇ったように口のなかに舌を差し入れてきた。

だめよ。だめだめ。わたしはそんな女じゃないわ。

彼はやめようとしない。このままでは、わたしは自分を、そしてロジャーを裏切ることになってしまう。それだけは避けなければ。そんなことになれば、わたしに残されたすべてが壊れてしまう。亡霊の念入りなキスは、こんなふうに舌を差し入れられれば相手が誰であろうと変わらないということを教えようとしているかのようだ。

亡霊がメグスの腕を放した。

彼女は両腕を相手の背中にまわし、袖から短剣を取りだして力いっぱい刺した。恐れと悲しみのありったけをこめて。

亡霊が顔をあげた。驚きと悲しみのこもったグレーの目で彼女を見つめ、血のにじんでいる唇を開いて言った。

「ああ、メグス……」

7

小鬼のデスペアとグリーフとロスがフェイズを馬から突き落とそうとしましたが、彼女は見た目よりも力があって、しっかりエルカンにしがみつきました。エルカンは振り返らなかったものの、フェイズには、馬を駆る彼の肩の筋肉の動きが感じられました。

「どういうつもりだ」エルカンがかすれた声で尋ねます。

「恋人の魂を解放してくれるまで、わたしはあなたにしがみついているわ」

エルカンはうなずきました。「それなら、悲しみの河を渡る覚悟をしろ」

『エルカンの伝説』


セントジャイルズで警戒を解くのは愚か者だけだ。

その言葉が、亡き師、スタンリー・ギルピン卿の声となってゴドリックの頭のなかに鳴り響く。妻のちっぽけな短剣を背中に突き立てられているいまのぼくを見たら、スタンリー卿は間抜けと呼ぶだろう。

「ゴドリック！」

まばたきをしてメグスの顔に焦点を合わせる。ゴドリックが名をささやいた瞬間、彼女は目を見開いて真っ青になった。しかし恋人を殺したのが亡霊だと信じていることを思いだせば、それもすぐに変わるだろう。

近くで蹄《ひづめ》の音がした。

ゴドリックは肩に手を伸ばし、かろうじて短剣を握った。

「なんてこと、あなたを……あなたを殺してしまったわ」メグスの目に涙が浮かんだ。

その美しさを愛《め》でる時間がないのが残念だ。

「そんなことはない」短剣を引き抜くと熱い血が噴きだし、ゴドリックはめまいを覚えた。短剣をブーツのなかに押し込んで、彼女の肘をつかむ。「おいで」

セントジャイルズの住人には馬を持つ余裕などない。蹄の音が意味するところはひとつだ。

「でも、背中が」メグスが泣きながら言った。「横にならなきゃ。オリバーとトムを呼んでくるから――」

「急ごう」ゴドリックは仮面と帽子をはぎ取りながら、メグスの馬車に向かった。この暗さなら御者も従僕も、彼の着ているチュニックの柄や短いケープ、革のブーツに気づかないだろう。

気にする必要はない。当面は、使用人に秘密を知られることよりもっと恐れるべきことがある。

ありがたいことにメグスもおとなしくついてきた。いまの自分には、彼女が暴れたら馬車まで引きずっていく自信はない。戦うときの彼女は驚くほど力が強いのだ。

馬車に乗り込んだふたりをトムが振り返ったが、何も言わなかった。

「うちまで帰ってくれ。できるだけ早く」

ゴドリックがメグスを席に座らせたと同時に馬車は走りだした。運よく彼女の馬車には、座席の下に隠し場所が作られていた。あの最初の晩に彼女が拳銃を取りだしたのを見て、そうではないかと思っていた。ゴドリックはそこに剣とケープと帽子、それに仮面を放り込んだ。蓋となる座面をおろして座ろうとしたところでちょうど馬車が角を曲がり、いささか唐突に腰をおろすことになった。

外から叫び声が聞こえてくる。

メグスが隣に移動してきた。「まだ血が出ているわ。チュニックが濡れて光ってる」

ゴドリックは何も言わずにチュニックを脱いだ。その下は白いシャツだった。

「おいで」

もう時間がない。

彼女も小さな刺し傷より差し迫った問題があることを悟ったらしい。

「なんなの?」

「もうすぐ竜騎兵に馬車を止められる」厳しい声でそう言いながら、メグスを膝の上にのせてまたがらせた。「ぼくが亡霊だとばれたら、ぼくたちふたりは大変なことになる。わかるか?」

彼女は勇敢であると同時に聡明だった。目を丸くしたものの、何も言わずに一度だけうなずいた。

馬車はすでに速度を落としており、窓の外には馬に乗った兵士が近づいてきていた。兵士たちの声と、それに応える御者の声が聞こえる。

「よし、ぼくに合わせてくれ」

ゴドリックはブーツからメグスの短剣を出すと、彼女のボディスとその下のコルセット、シュミーズを切り裂いた。高価なシルクのドレスを裂かれれば、ほかの女性だったら悲鳴をあげるだろう。だが、メグスは驚いたようにゴドリックを見つめただけだった。

彼は裂いたところをつかんで、さらに大きく左右に開いた。これまで見たことのないほど美しい胸が飛びだした。丸く豊かなふくらみに、濃い薔薇色の先端。いま危険にさらされているのが自分の命だけなら、ゆっくり眺めていたかもしれない。しかし、メグスの命——いや、命とは言わないまでも彼女の評判——もかかっている。ぼくが殺人犯として絞首刑になったら、彼女には家族以外、誰も近づかなくなってしまう。

ゴドリックがメグスを引き寄せて顔をさげたと同時に、馬車の扉に兵士の手がかかった。彼は胸の先端を口に含み、強く吸った。女性の香りとオレンジの花の香りが頭のなかに渦巻く。彼女のやわらかそうな喉が、羽ばたこうとする鳥の羽のように脈打つのが見えた。

ゴドリックの下腹部は岩のようにかたくなっていた。

扉が乱暴に開かれた。

メグスが背中をそらしてびくりとしながら、刈り込んだゴドリックの髪に指を差し入れる。

「何を――」威圧的な声だった。竜騎兵隊の隊長だ。

ゴドリックは顔をあげ、目を細めて彼女の胸を隠すように抱き寄せた。メグスは恥ずかしそうな声をもらし、彼の肩に顔を押しつけた。

突然、ゴドリックは本当に腹が立ってきた。

「いったいどういうつもりだ？」うなるように言う。

トレビロン大尉は思わず赤面するような事態に慣れていないらしい。「だ……第四竜騎兵隊のジョナサン・トレビロン大尉です。セントジャイルズの亡霊の追跡をまかされています。亡霊がこの馬車に乗るところを見たという部下がいるのですが、よろしければ――」

「きみが何をまかされていようと、ぼくには関係ない」ゴドリックは低い声で言った。「目玉をくりぬかれる前にぼくの馬車からおりろ。さもないと――」

だが、トレビロンはすでに詫《わ》びながら馬車から身を引いていた。扉が音をたてて閉まる。

メグスが体を起こした。

「待て」ゴドリックは彼女のやわらかい背中に手を置いたまま言った。

トレビロンは慎重な男だ。

馬車が走りだしてから、ようやくゴドリックはメグスを膝からおろした。

「うまくやったわね」彼女がささやく。「背中はどう？」

「なんでもない」ゴドリックもささやき返した。馬車の車輪の音にかき消されて誰かに聞かれるはずはないのだが、いまはささやくのが正しい気がする。彼はメグスの引き裂かれたボディスに目をやった。片方の乳首が赤く腫れ、まだ濡れている。つばをのみ込んで視線をそらした。彼の下腹部は愚かにも、すでに芝居が終わっていることに気づいていないらしい。

「ドレスを破ってすまなかった」

「ばかなことを言わないで」そう言いながらも、メグスの頰はピンクに染まった。さっき背中をそらしてぼくの口に向かって胸を突きだしたのは、純粋な興奮からだろうか？　それともあれは演技だったのか？　「背中を見せてちょうだい」

ゴドリックはため息をついて前のめりになった。思わず顔をしかめる。背中をクッションに押しつけているあいだに血が乾きはじめていた。いま動いたためにまた傷口が開いたらしく、あたたかいものが背中を流れるのを感じた。

メグスが息をのんだ。「背中全体が血まみれだわ」

その声が震えている。

「たいしたけがじゃない」ゴドリックは安心させるように言った。「血は傷を大げさに見せるものなんだ」

メグスは心配と疑いと好奇心のまじった奇妙な顔でこちらを見た。

それから、彼の背中に手を伸ばして傷に何かを押しつけた。その動きのせいで彼女の胸が腕に当たり、ゴドリックは一瞬目を閉じた。

「ゴドリック」メグスがあわてたようにささやく。「ゴドリック！」

目を開けると、彼女の顔がすぐそばに迫っていた。ふたたび膝に抱きあげたくてたまらない。

彼はまばたきをした。馬車ががたんと沈んで揺れる。

「本当にごめんなさい」メグスはゴドリックの背中に何かしている。何にせよ、血を止める役には立っていないようだ。「お医者さまに診ていただかないと。家に帰ったら、すぐ呼びにやるわ」

「医者はだめだ」ゴドリックは首を横に振ろうとしたが、吐き気を覚えてやめた。「モルダーがいる」

「えっ？」彼女は取り乱した様子でこちらを見た。視線が一瞬ゴドリックの唇に移ってから、もとに戻る。「亡霊の正体があなただと知っていたら、絶対に刺したりしなかったわ」

「ぼくではないときもある」そう告げたが、混乱したようなメグスの顔を見る限り、言いたいことは伝わっていないようだ。口がまわらなくなってきたものの、ふいに、どうしてもひとつだけわかってほしいと思った。「ぼくはロジャー・フレイザー＝バーンズビーを殺していない」

彼女の視線がゴドリックの目を離れて背中に移る。「わ、わたしは――」

彼はメグスの腕をつかんで自分のほうを向かせた。髪はほとんどほどけていて、白い胸を濃い茶色の雲のように覆っている。もし今夜このまま死ぬなら、彼女のこんな姿を見られたことを感謝しつつ地獄に堕《お》ちよう。

「ぼくはダークの舞踏会に出ていた」あえぎながら言った。「あの晩、ぼくは……」

ロジャー・フレイザー＝バーンズビーの死を知ったメグスは、ゴドリックの目の前で倒れた。亡くなった男の恋人だったとは、そのときは知らなかった。彼女が大理石の床に頭を打つ寸前、ゴドリックは抱きとめた。そしてぐったりしている彼女を誰も来ない部屋に運び、あとをイザベル・ベッキンホールにまかせたのだ。

ゴドリックはまばたきをして、メグスの顔に目の焦点を合わせた。その顔は真っ赤で、瞳はきらきらしていた。「ぼくはセントジャイルズにいなかった」

「わかってる」メグスは自分の手が血だらけなのも忘れたように、一本の指で彼の頬に触れた。「わかってるわ」

ゴドリックのまぶたが震えた。気を失ったのかしら？

「ゴドリック！」彼の頭ががくりとさがると、メグスは心臓が止まりそうな気がした。けれども次の瞬間、意志の力を働かせたかのようにゴドリックは頭を戻し、顔は真っ白なものの、鋭いグレーの目でメグスを見た。「御者は信用できるか？　従僕は？」

「もちろんできるわ」すぐさま答えながら、気づいた。ゴドリックの命はオリバーとトムの口のかたさにかかっているのだ。メグスはつばをのみ込み、じっくり考えてから言った。「ふたりとも、これまでずっと忠実だった。わたしの使用人はみんなそうよ」

「よし。馬車が止まったら、オリバーにモルダーを呼びに行かせてくれ。どうすればいいかは、モルダーがすべてわかっている」ゴドリックは口元に細いしわが刻み込まれるほど強く唇を強く噛みしめた。ひどく痛むのだろう。

「これまでにも何度かこういうことはあったの？」メグスは小声で尋ねた。

彼はかすかに頭を振った。「これが致命傷じゃないことがわかる程度には」

彼女はあきれてゴドリックを見つめた。ほんの数日前まで、わたしはこの人をよぼよぼの老人のように思っていた。いまよく見れば、肩幅は広くて白いシャツがきつそうだし、手は優美で力強く、厳しい顔は知性を感じさせる。とにかく生命力にあふれているのだ。

なぜ老けた見せかけにだまされてしまったのかしら？

体が震えた。メグスはウエストまでむきだしになったままだった。ゴドリックがドレスを切り裂き、官能的な唇で胸を愛撫したから。その衝撃のせいで、さっきは自分たちが危険にさらされていることを忘れかけた。大尉が馬車の扉を開けたときは、本当に驚いて声をもらしてしまった。

メグスは頭を振った。この厄介な感情については、あとでゆっくり考えることにしよう。馬車はセイントハウスに近づいていた。ボディスをかき寄せて体を隠し、マントのボタンを首までしっかり留めた。誰かにまじまじと見られなければ、何食わぬ顔で自分の部屋までたどりつけるだろう。

馬車が揺れて止まった。メグスはゴドリックの指示を思いだし、急いで扉を開けて、モルダーを連れてくるようオリバーに命じた。オリバーとトムが今夜の出来事をどう思っているかは知る由もない。ゴドリックが馬車に乗るときに一瞬とはいえ衣装を見ているはずだし、見ていなかったとしても、竜騎兵隊の隊長が亡霊のことを口にしている。

でも、ゴドリックは逮捕されなかった。

メグスはふたりの使用人が黙っていてくれたことに礼を言おうと心に誓った。

ふたたび扉が開き、モルダーが言った。「また危ない目に遭ったんですね。だから言わんこっちゃ――」メグスを見て、言葉は尻すぼみになった。「奥さま」

「背中を短剣で刺された」ゴドリックは静かに言ったが、その手は震えていた。

モルダーが目をしばたたいて主人を見た。「まず、なかにお連れしましょう」

「ああ、慎重に頼む」ゴドリックはモルダーを見た。ふたりのあいだに暗黙のやり取りがなされたようだ。

「もちろんです」モルダーは古いケープでゴドリックの肩を包み、うまく亡霊の衣装を隠した。それから、もっと大きな声で言った。「飲みすぎですか？」

モルダーに腰を支えられて馬車をおり、ゴドリックは答えた。「よしてくれ。それではまるでぼくが大ばか者みたいじゃないか」

「追いはぎに背中を刺されるなんて、大ばか者としか言いようがありませんよ」モルダーが小声で言った。石畳を歩きながら彼はうめき、ゴドリックはよろめいた。

「追いはぎではないんだ」

「そうなんですか？　じゃあ、誰です？」

本当に酔っ払っているかのようにふたりがふらついているのを見て、メグスは大急ぎで馬車からおり、モルダーと反対側からゴドリックの腕を取って自分の肩にかけさせた。

「わたしなの」

モルダーが目を丸くして彼女を見たのは、今夜これで二度目だった。「本当ですか？　ぜひこの目で見たかったですよ」

「血に飢えたろくでなしめ」ゴドリックが吐き出すように言ううちに、三人は玄関に着いた。

「あんなこと、するべきじゃなかったわ」メグスはみじめな思いで言った。

ゴドリックが顔を向けた。グレーの瞳がクリスタルのように輝いている。

「きみが悪いわけじゃない」

モルダーが何やらつぶやき、三人は階段の踊り場で立ちどまった。メグスの肩にかかるゴドリックの腕が鉛のように重い。明日は肩が痛むだろう。でも、心配なのはそんなことではない。ゴドリックが震えているのがわかるし、彼の脇腹に触れているところが濡れているのを感じる。

「お願い、頑張って」メグスはやさしく励ました。「あなたの部屋まで行けば休めるから」

一瞬モルダーと目が合い、彼が自分と同じ心配をしているのがわかった。ゴドリックが階段の途中で倒れたら、従僕の手を借りなければならない。このことを知っている使用人は、少なければ少ないほどいい。

メグスの思いが呼んだかのように、ミセス・クラムが階段の下に現れた。「何かお手伝いいたしましょうか？」

メグスは振り返った。早朝と言っていい時間だというのに、ミセス・クラムはいつもの糊のきいた黒いドレスと白いエプロン、縁なし帽を身につけている。彼女は居間に紅茶を持ってきてほしいかと尋ねているみたいに落ち着いた様子で見あげた。

「お湯を頼む」メグスが答えを考えつく前にモルダーが言った。そして次の言葉で、彼がこういう事態に慣れているのがわかった。「清潔な布を数枚と、ミスター・セントジョンの書斎にあるブランデーも」

メグスは息を詰めて、家政婦が怒りだすのを待った。雇い主の前で命令されるのは、明らかに使用人同士のエチケットに反する。

だが、ミセス・クラムは少し間を置いてから言った。「すぐに持ってまいります、ミスター・モルダー」

執事の指示に従うために向きを変えた彼女の表情は穏やかだった。

メグスはモルダーを見た。

彼も驚いているようだ。「あの人のことが好きになってきましたよ」

三人は階段の残りをのぼった。時間はかかったが、何ごともなかった。ずっと亡霊を憎み、その死を願ってきたのに、いまでは彼を無事にベッドまで連れていくことだけを願っている。それが自分でも不思議だった。メグスは唇を嚙んだ。朝になればわたしはまたロジャーを殺した犯人探しを始めるのだろうか。ただ、いま考えられるのは、ゴドリックによくなってほしいということだけだった。

やっとのことで部屋に着いたときには、ゴドリックの息は荒く、青白い額には汗が光っていた。モルダーは彼を木製の椅子に座らせると化粧室に消えた。ゴドリックが血の筋がついたシャツを引っぱりはじめたので、メグスは急いでそばに行った。

「手伝うわ」そう言って、シャツのボタンを外す。

シャツは背中に張りついていて、はがすときはひどく痛むだろうと思われた。彼女はゴドリックと目が合わせられず、震える指に神経を集中させた。彼のあたたかい息が髪を揺らす。

「メグス」ゴドリックがささやき、メグスは彼が愛称で呼んでくれていることにぼんやりと気づいた。

ふいに涙が浮かんで視界がぼやけた。「本当にごめんなさい」

彼の手が、頬に触れようとするかのようにあがった。

「さあ、持ってきましたよ」モルダーが明るすぎる声とともに、小さな木箱を持って戻ってきた。

同時にドアをノックする音がした。

メグスはこっそり涙をぬぐってドアに急いだ。

廊下にはミセス・クラムが立っていた。きれいにたたまれた真っ白な布の山とブランデー、湯気の立つケトルを手にしている。

「ありがとう」メグスはそれらを受け取った。

「ほかに必要なものはありますか？」

「これで充分よ」彼女は唇を噛んだ。「今夜目にしたこと、ほかの使用人には黙っておいてもらえるかしら？」

ミセス・クラムの左の眉がわずかにあがった。「もちろんです、奥さま」そう言うと、家政婦はお辞儀をして去っていった。

なんてこと。わたしはいま、頼りになる家政婦を侮辱してしまった。メグスはドアを閉めてため息をついた。朝になったら埋めあわせをしなければ。

振り返ると、すでにゴドリックはシャツを脱ぎ終え、椅子にまたがって背中をモルダーに向けていた。モルダーは傷口の血を手早く洗い流している。

メグスはそちらに歩きかけたが、近づくと速度をゆるめた。ゴドリックの背中は、とても中年男性のものとは思えなかった。両腕を椅子の背にかけているので、上腕と肩の筋肉が盛りあがっている。たくましくて、たとえば斧や長剣を振るうのに向いた筋肉だ。彼が頭をさげると、首にかかった細い銀の鎖が光った。うなじから細いウエスト、ぴったりしたタイツに包まれた臀部へと続く背骨は、隆起がとても男らしい。

そちらを見ないようにしながら、メグスは布とブランデーとケトルをテーブルに置いた。どうも落ち着かない。自分が知っていると思っていたゴドリックと、いま目の前にいる、生きて呼吸をしている彼とが結びつかないのだ。

彼女の戸惑いを感じ取ったかのように、ゴドリックが少しこちらに顔を向けた。立派な鼻と唇と顎が横から見える。「モルダーがすべてやってくれる。きみは疲れているはずだ」

「でも、何かしたいの」

「必要ありませんよ、奥さま」モルダーが振り向いて木箱を開けた。なかには鋭いナイフが数本と、はさみ、針、糸が入っている。彼は針を手に取り、すでに穴に通してある糸を調べた。「あまり気持ちのいいものじゃありませんから」

たしかに傷口を縫うところを見るのは気持ちよくないだろうが、彼女はここにいてゴドリックの慰めになりたかった。

「メグス」彼が威厳に満ちた声で言った。「頼むからもう寝てくれ」

彼ははっきりとは言わなかったものの、メグスにはわかった。わたしが邪魔なのだ。わたしの慰めなどいらないんだわ。

「わかったわ」なるべく平気なふりをして応えた。「おやすみなさい」

そしてドアに向かい、自分の寝室に入った。


翌朝、ゴドリックは絶え間ない背中の痛みでゆっくりと目覚めた。しばらく目を閉じたまま、明るい日差しと花盛りの木の夢を振り返った。夢のなかでは、メグスがサーモンピンクのスカートを広げて枝に座っていた。そして下にいるゴドリックに向かって、笑いながら身を乗りだして手を差し伸べた。ボディスの前が開いていて、丸く美しい胸が彼の顔にぶつかった。だが、その夢はもう醒めてしまった。彼の下腹部はかたくこわばっていた。

誰かが部屋にいる。メグスだ。

ゴドリックは横になったまま、なぜそれが彼女だと確信できるのか考えようとした。しかし、結論は出なかった。思考力とは関係のないところで妻の存在を感じ取ったらしい。目を開けて仰向けになろうとしたが、激しい痛みに襲われ、昨夜の記憶が洪水のように押し寄せてきた。豊かな胸を持つ愛しいメグスがぼくを刺し、ぼくがセントジャイルズの亡霊であることを知った。実に複雑な状況になってしまった。

メグスは黄緑とピンクのゆったりしたドレスを着て、鏡台のそばにいた。彼女は水差しを洗面台に置くと、ゴドリックがふだん硬貨を入れておく小さな皿を手に取って裏を見た。それから暖炉に向かい、ぼんやりした様子で皿を炉棚の隅に置いた。ちょっと触れたら下に落ちて割れてしまいそうな場所だ。

そのとき、メグスが振り返った。どうやらゴドリックは音をたててしまったらしい。彼女の顔がほっとしたように輝いた。「目が覚めたのね」

痛みに顔をしかめたいのをこらえて体を起こした。「そうらしい」

メグスは炉棚に指を走らせ、小皿の反対の端に置かれた、点火用の木片が入った瓶を見て眉をひそめた。木片をひとつ、つまみながらこちらを見ずに言う。「具合はよくなった？ゆうべよりはよさそうに見えるけれど。昨夜はまるで……亡霊みたいに真っ白だったもの」

ゴドリックはつばをのみ込んだ。「メグス……」

彼女は木片を炉棚に戻して振り向いた。肩を怒らせて顎をあげている姿勢は、ゴドリックに銃を向けたあの最初の晩とまったく同じだ。

「ゆうべ、グリフィンから聞いたわ。わたしとの結婚を無理強いされたんですってね」

メグスがいまその話をするとは思っていなかった。ゴドリックは彼女を見つめて慎重に答えた。「ああ、そうだ」

彼女がうなずく。「ごめんなさい。グリフィンは無理強いなどするべきではなかったわ」

「彼はきみの兄上だ。そしてきみは苦境に立たされていた。ぼくはグリフィンに脅迫されるのをよしとしていたわけではないが、彼がそうした理由に疑問を持ったことはない」

「でも……」メグスはしかめっ面で自分の足元を見おろした。「事情をわかっていたにしても、わたしのことは憎んでいるでしょうね」

「ばかなことを言うな」思った以上にいらだった口調で言ってしまったが、背中がひどく痛むせいだ。「ぼくはきみを責めたりしない。きみだって知っているはず――」

「知っている?」メグスが顔をあげた。茶色の目が光り、結ってあった髪はすでにほつれかけている。彼女は暖炉の前を行ったり来たりしながら言った。「ゆうべまで、わたしはあなたのことを知っていると思ってたわ。ほこりっぽい屋敷にひとりで暮らし、ときどきコーヒーハウスに行くのを唯一の楽しみにしている、退屈な年寄りの学者だと思っていたのよ。それなのに……」部屋の向こう端でこちらに向き直り、頭をつつこうとする鳥を追い払うかのように両手を振る。「それなのに、おかしな仮面をつけてセントジャイルズを走りまわり、追いはぎと戦う、あの有名な変人だとわかった。いまでは、あなたのことをまったく知らないような気がしているわ」

メグスは口をつぐみ、胸を大きく上下させながらゴドリックをにらんだ。怒っているときの彼女はなんと美しいのだろう。

ゴドリックは咳払いをした。「年寄りだって？」

「年寄りだって？」彼女はわざと高い声でゴドリックのまねをした。「言うことはそれだけ？わたしはロンドンに着いた最初の晩に、あなたが追いはぎを殺すのを見たのよ」

「ああ、たしかに殺した」

「何人？」

「なんだって？」

メグスの下唇が震えている。その姿がゴドリックにはひどくこたえた。それよりも彼女の怒りを見るほうがましだ。怒っているメグスは美しい。恐怖にとらわれている彼女は見たくない。

「これまでに何人殺したの？」

彼は震えている口元から目をそらした。「覚えていない」

「いったい……」メグスはいったん言葉を切って息を吸った。「いったいどうしたら、自分が何人殺したか忘れられるの？」

ゴドリックは臆病者ではないので、顔をあげて彼女の目を見つめた。メグスはその視線から、彼の答えを読み取ったようだ。

彼女はごくりとつばをのみ込んだ。「でも、悪人ばかりなのよね？」その声には不安がにじんでいた。自分を納得させようとしているが、それができずにいるようだ。「あなたが……あなたが殺したのはみんな追いはぎとかで、ほかの人たちを助けるためにしかたなく殺したのよね？」

メグスの目には、彼が怪物ではないことを信じたいという思いが表れている。だからゴドリックは、彼女を安心させることにした。だが本当は、セントジャイルズでは善と悪の線引きがはっきりしていない。たしかに自分よりも弱い者を餌食にする人殺しや盗人がいる。しかしそういった連中も、自分やほかの者の腹を満たすためにやっている場合が多いのだ。誰が善人で誰が悪人かなんてわからない。

だからといって、ゴドリックが思いとどまったことはないが。

「そうだ。弱い者を襲う連中しか殺していない」

メグスの目に安堵が浮かんだ。彼女は喜びと光のなかで生きている。ゴドリックが毎晩セントジャイルズで闘っている闇について、頭を悩ませる必要などないのだ。

「よかった」メグスは一瞬眉をひそめてから、心ここにあらずといった様子で、木片をいくつも瓶から出しては炉棚の上に積んだ。それから何かを思いだしたように振り返った。「グリフィンはそれであなたを脅迫したんじゃないの？　あなたが亡霊だと知っていたのね？」

「ああ」

「そう」彼女は考え込むようにうなずき、まだ手に持っていた木片を暖炉の前の椅子に放った。いくつかが床の小さな敷物の上に落ちた。「わかってよかったわ。妻というものは、たとえ変わった経緯で結婚した妻であっても、夫の過去を知るべきだと思うの。そうでしょう？　それに、あんな恐ろしかったことも、もう終わったことだし――」

「メグス」ゴドリックは恐怖を覚えてささやいた。

だが、彼女には聞こえなかったようだ。「これからはもっとうまくやっていけるわ。わたしは本当のあなたを知り、あなたは……」何かがおかしいとようやく気づいたらしく、メグスは言った。「どうしたの？」

「セントジャイルズの亡霊をやめるつもりはない」

彼女はゴドリックを見つめた。「でも……やめないと」

「なぜだ？」

「だって――」メグスは大きく腕を広げ、危うく炉棚の上の小皿を落としそうになった。「危険だし、それに人を殺すことなんて、もうやめるべきよ」

ゴドリックは彼女を見ながらため息をついた。先月、乱暴されそうだった未亡人を救った話をしようか？　その一週間後に、年老いた花売りを襲おうとしていた強盗を追い払った話はどうだ？　それともメグスを救った同じ晩に、親のいない少女ふたりを救った話をするか？　だが、自慢話をしても意味がない。心の底では自分でもわかっている。たとえ誰かの命を救っていなかったとしても、ぼくの答えは同じだ。

「いいや、やめない」

メグスの目が大きく見開かれ、ゴドリックは一瞬、彼女が裏切られたと感じているのかと思った。

やがてメグスは顎をあげ、怒りに燃えた目で彼をにらんだ。「わかったわ。それがあなたの選んだ道なのね」

メグスにまだ言いたいことがあるのはゴドリックもわかっていた。次に彼女が何を言うにせよ、ぼくには受け入れがたいことだろう。

そう思ってはいたが、実際にメグスが発した言葉に大きな衝撃を受けた。

「わたしの選んだ道は、ロジャーを殺した犯人を見つけて殺すことよ」

8

フェイズが顔をあげると、目の前に、黒く渦巻く河が左右に果てしなく流れていました。エルカンはためらうことなく、大きな黒馬を河のなかに進めました。フェイズはさらに力をこめて彼の肩につかまり、馬が泳ぎはじめると下を見ました。墨のように黒い水のなかを、白いふわふわふわとしたものが次々に流れていくのが見えます。目を凝らせば凝らすほど、それは人間のように見えてくるのです。

『エルカンの伝説』

その日ゴドリックが二度目に目を覚ましたのは、抑えたような笑い声が聞こえたせいだった。窓のほうを見て、光の差し具合から午後遅い時間だろうと思った。メグスとの言い争いのあと、ほぼ一日眠っていたらしい。セントジャイルズに乗り込んで最愛の恋人を殺した男を殺すという彼女の言葉を思いだすと、頭がずきずき痛んだ。

メグスはぼくの妻だ。そんな危険なことから彼女を守り、愚行を思いとどまらせるのはぼくの義務だ。何があってもそうするつもりだ。たとえ、この数日間で彼女のことをかなり好きになっているという事実がなかったとしても……。

そこまで考えたところで、左目の奥に激しい痛みを感じた。ため息をついて、そろそろと起きあがる。昨夜モルダーが、ほんのかすり傷程度なのにと文句を言いつつ縫ってくれた傷口は、決してかすり傷とは思えなかった。シャツを着るために左腕をあげるのがひと苦労だったし、靴下と膝丈ズボン《ブリーチ》と靴を履くのにずいぶん時間がかかった。だが、過去にはもっとひどいけがをしたこともある。

何日もベッドから起きあがれなかったことだって一度ではない。

ベストを着てボタンを留め、妻の寝室との境のドアに向かった。ふたたび聞こえてきた笑い声に好奇心を刺激され、一回ノックをしてからドアを開けた。

メグスがベッドの横の丸い敷物に、緑色とピンクのスカートを広げて座っている。そのまわりには孤児院から奉公に来た四人のメイド見習いたちが、まるで異教の美しい女司祭の信奉者のようにしゃがんでいた。メグスの膝にはみんなを笑わせているもの――太ったネズミのような生き物――がのっている。

ゴドリックが入っていくとメグスが顔をあげた。その顔は輝いている。まるで彼女から光があふれているかのようで、ゴドリックは息をのんだ。メグスはどうやら言い争いを蒸し返すつもりはないらしい。それが彼には何よりうれしかった。

「ゴドリック、見て！　女王陛下が子犬を産んだの」

そう言って、メグスは仲直りの印のプレゼントのようにパグの子犬を持ちあげた。

彼は椅子に座りながら眉をあげた。「そいつはかわいい……のかな?」

「まあ」メグスは子犬に頬をすり寄せた。「ミスター・セントジョンの言うことは聞かなくていいのよ」内緒話をするように子犬にささやきかける。「あなたはこれまで見たことがないぐらいかわいいわ」

四人の少女がくすくす笑った。

ゴドリックは片方の眉をあげて穏やかに言った。「ぼくはかわいいと言ったんだ」

メグスの茶色い目が、淡い黄褐色の子犬越しに彼を見た。「ええ。でも、口調は逆のことを言っているみたいだったわよ」

彼は肩をすくめようとしたが激痛が走り、やめておけばよかったと後悔した。

顔には出していないつもりだったが、メグスが目を細めた。「四人とも、ありがとう。メアリー・コンパッション、みんなを階下《した》まで連れていってくれる? きっとミセス・クラムがあなたたちの手を必要としているわ」

少女たちは残念そうだったが、おとなしく立ちあがり、最年長の少女を先頭に寝室を出ていった。

ドアが閉まるまで待ってから、メグスが言った。「具合はどう?」

彼女はまるで盾にするかのように子犬を顔に近づけて抱いている。子犬をおろしてくれれば表情が見られるのだが。

「だいぶいい」

メグスはうなずき、ようやく彼と目を合わせた。彼女の瞳に涙が光り、ゴドリックは胸が締めつけられた。「あなたを傷つけてしまって、本当にごめんなさい」

彼女が朝方の言い争いを蒸し返したくないというなら、こちらは大歓迎だ。

「きみはもう謝ったじゃないか。それに謝る必要などない。きみが悪いわけではないんだ。ぼくに襲われると思ったんだろう?」

メグスが視線をそらし、ゴドリックは心が沈んだ。あのとき、自分でもなぜだかわからない思いでとっさに彼女を抱きしめ、キスをしてしまった。ぼくのキスはそんなに不快だったのか?

一瞬、気まずい沈黙が流れた。

彼は子犬を指して言った。「母犬が返してほしがっているんじゃないか?」

「ああ、そうね」驚いたことに、メグスは腹這いになって子犬をベッドの下に入れた。

暗いベッドの下から、甲高い声と、がさごそという音が聞こえた。

メグスが体を起こして振り返る。

ゴドリックは眉をあげた。

「女王陛下は子犬と一緒にここにいるの。子犬は全部で三匹よ」彼の無言の問いに答えて、メグスは言った。「たぶんゆうべ産んだんでしょうけど、今朝遅くに子犬の鳴き声を聞くまで気づかなかったの」

「妙だな」床から立ちあがる彼女を見ながら言う。「きみの部屋を選んで産むとは」

メグスは肩をすくめてスカートを振った。「とにかく見つかってよかったわ。今朝、女王陛下が部屋にいないとわかって、大おばさまはすごく心配していたの」

ゴドリックはうわの空でうなずいた。どうすればメグスを守れるのだろう？　彼女は勇敢だ。だからこそ、守らなくてはいけない。

メグスが勇気を奮い起こすように息を吸ってから言った。「ゴドリック」

「なんだ？」

「どうしてセントジャイルズの亡霊になったのか、話してくれる？」

彼はうなずいた。

ゴドリックがなぜあんな恐ろしいことを始めたのか知れば、やめるように彼を説得できるかもしれない。メグスはそう思った。

彼はまだ顔色が悪かった。メグスは不安を隠して夫の様子を観察したが、視点は定まっているし、体もしっかりしている。自分がゴドリックを虚弱だと思っていたことに改めて驚いた。背が特に高いわけではないし、大柄なわけでもないけれど、しっかりしたかたい体をしている。まるで絶対に壊れない耐久性の高い素材でできているみたい。花崗岩《かこうがん》かしら？　それとも決してさびない鉄？　強くて、筋肉質で……そして男らしい……。

夫の体のことを考えている自分に戸惑いながら手を見おろしているうちに、つい彼の言葉を聞き逃しそうになった。

「スタンリー・ギルピン卿という名前を聞いたことがあるか?」

メグスは目をあげた。「いいえ」

予想どおりだというように、ゴドリックがうなずいた。「父の遠い親戚で、もう何年か前に亡くなっている。ロンドンで事業に成功したが、彼の興味の対象はそれだけではなかった」

「たとえば?」

「芝居だ。いっときは劇場を持っていたし、自分で脚本も書いた」

「まあ」この話がセントジャイルズの亡霊とどう結びつくのかわからなかったが、メグスは両手を行儀よく膝の上に重ね、我慢して椅子に座っていた。せっかちなのが欠点なのだ。「なんていう題名のお芝居? 見たことがあるかもしれないわ」

「それはないだろう」ゴドリックは苦笑した。「スタンリー卿はぼくにとって父のような人だが、脚本家としてはお粗末なものだった。上演されたのは最初の作品だけだと思う。『ネズミイルカとハリネズミの恋物語』という題だったがね」

思わず好奇心を引かれた。「ネズミイルカ?」

「それにハリネズミ。ひどいものだろう? 話が脱線してしまった」彼は前かがみになり、少し顔をしかめてから肘を膝について両手を組みあわせ、メグスを見つめた。「きみが知っているかどうかわからないが、ぼくが一〇歳のときに母が亡くなった」

サラの母親がゴドリックの継母になるので、実母が亡くなったことは知っていたものの、そんなに早かったとは知らなかった。一〇歳というのは難しい年ごろだ。「お気の毒に」

「母が好きだったから、亡くなったときはつらかった。三年後に父は再婚したが、ぼくはそれを受け入れることができなかった」

感情のこもらない淡々とした声だったが、子供のころはこんなに冷静ではいられなかったはずだ。心の葛藤に相当苦しんだのだろう。「何があったの？」

「父はぼくを寄宿学校にやった。そして休暇のあいだは、スタンリー・ギルピン卿が自分の屋敷に滞在させてくれたんだ」

メグスは眉を寄せた。「家族に会いに家へ帰らなかったの？」

「ああ」ゴドリックが軽く突きだした唇に彼女は目を引かれた。彼の体のほかの部分はかたいかもしれないけれど、唇、特に下唇だけはやわらかそうに見える。

実際そうだった。ふいにゴドリックの口が胸に触れたときの感覚がよみがえった。彼のやわらかな唇は胸を愛撫するときはやさしかったが、口にキスをするときは容赦なかった。

メグスはつばをのみ込んで、その光景を頭から追いやった。わたしったら、どうしてしまったのかしら？　スカートの糸をつまんで言う。「つらかったでしょうね、お父さまと離れて暮らすのは」

「そのほうがよかったんだ。しょっちゅう喧嘩をしていたからね。全部ぼくが悪いんだ。母が死んだのを父のせいにして、再婚したことを責めた。継母にもひどい態度を取った」

「まだ一三歳だったんでしょう」胸が締めつけられそうになりながら、小声で言った。「お母さまは、あなたの悲しみや混乱をきっとわかってくださっていたわよ」

ゴドリックは顔をしかめて首を横に振った。メグスの言葉を信じていないのだろう。

「とにかく数年はそんな調子だった。学校がないときはスタンリー卿と過ごす。そしてそのあいだ、彼はぼくに教えてくれた」

メグスはスカートの糸を強く引っぱりながら尋ねた。「何を?」

「セントジャイルズの亡霊になるのに必要なこと、と言っていいだろう」彼は両手を広げた。「もっとも当時のぼくは、ただの運動だと思っていた。トレーニング室のようなものがあって、そこにはおがくずで作った実物大の人形や的があった。そこで宙返りや剣術、格闘技を習ったんだ」

「宙返り? 曲芸師がやるみたいな?」彼女はゴドリックが宙返りしている姿を思い浮かべて身を乗りだした。

「そうだ、喜劇俳優みたいにな」彼がメグスを見た。目尻にしわが寄る。「ばかげた話に聞こえるだろうが、動きを身につけるのはけっこう難しいんだ。それに大きな怒りを抱え込んだ少年にとって……」

メグスは唇を噛み、家族から切り離され、怒りと孤独を感じている少年のことを思った。突然、いまは亡きスタンリー・ギルピン卿に対して感謝の念がわいてきた。少し風変わりだったかもしれないけれど、若者の気持ちがよくわかる人だったのだろう。

ゴドリックの視線が彼女の口元に向いてから、膝のあいだで握っている自分の両手に移った。「それを何年か続けた。ぼくが一八歳になったとき、いろいろな証拠や人の出入りから、ぼくらは知ったんだ。スタンリー卿がセントジャイルズの亡霊だということを。そして――」

「待って」急に両手をあげた拍子にスカートの糸を切ってしまったが、そんなことはどうでもよかった。「スタンリー卿がもともとのセントジャイルズの亡霊なの？」

「そうだ。少なくとも……」ゴドリックは唇をゆがめて頭を傾けた。「ぼくが知っているのはスタンリー卿だけだ。セントジャイルズの亡霊は何世紀も前から伝説になっている。別の時代に別の人間が亡霊の衣装を着ていなかったとは言いきれない」

メグスはゆっくり唇を開きながら、セントジャイルズの亡霊の格好をした大勢の男たちを思い浮かべた。そんなことをするのはどんな人かしら？　ゴドリックに問いかけようとしたが、それよりももっとききたいことがあったのを思いだした。

「〝ぼくら〟って？」

「ああ」彼は背筋を伸ばし、無意識に左肩に手をやりかけたが、はたと気づいたらしくその手を膝に戻した。「それは……」

何をためらっているのかしら？「なんなの？」

ゴドリックは大きく息を吸ってから、メグスの目を見つめた。

「亡霊はぼくだけではないんだ」

「ほかにもいるの？」彼女は目を丸くした。驚きで思わず声が高くなる。「同時に？」

彼はうなずいた。「ぼくが一八歳になるころには、もうひとり一緒に訓練している少年がいた。ぼくより若かったが、一四歳のときのぼく同様、怒りを抱えていた」眉を寄せてつけ加える。「いや、ぼく以上だった」

「誰なの？」

「それは言えない」

「なぜ？　どうして言えないの？」

「ぼくの秘密ではないから」

立派なことだわ。わたしにとっては残念だけれど。「つまり、亡霊はふたりいるわけね」

ゴドリックは咳払いした。「三人だ。ぼくが訓練をやめたあと、ひとり加わった」

メグスの頭のなかで、さまざまな質問がぶつかりあう。「三人？　でも——」

彼が両手をあげて制した。「ロジャーがセントジャイルズの亡霊に殺されたと言われているのは知っている。だが、それは間違いだ。ぼくたちのうち誰ひとりとして、彼のような善良な男を殺したりしない」

メグスはうなずいた。ロジャーが殺されたときの話はたしかにどこかおかしかった。証人が間違えたのか……あるいは嘘をついたのかもしれない。彼女は眉をひそめた。

「メグス」

目をあげるとゴドリックが見つめていた。ロジャーを殺した犯人を探すことはやめないけれど、いまは彼の話を最後まで聞こう。「なぜ三人も亡霊がいるの？」

ゴドリックはため息をついた。「たぶんスタンリー卿は、冗談のつもりでセントジャイルズの亡霊の格好をしたんだろう。いたずら好きなところがあったから。だがぼくがオックスフォード大学に行くころには、自分の計画を受け継いでくれる後継者を探していた。セントジャイルズの人々にほれ込むあまり、自分が年をとったあとも彼らを守ってくれる人を見つけたいと願ったんだ」

ききたいことがいくつも口から飛びだしそうだったが、メグスは話の邪魔をしないよう、頬の内側を噛んで我慢した。そして、うなずいて先を促した。

「ぼくはさっきも言ったようにスタンリー卿のもとを去った。そのころには父とも和解していて、かつての自分が未熟だったこともわかっていた。生活を立て直し、父と継母を感心させたかった。スタンリー卿はがっかりしただろうが、理解してくれた。すでにふたり目の弟子もいたからな」

今度は爪が食い込むほど強くこぶしを握り、メグスは質問したいのをこらえた。もうひとりの弟子というのは誰？　ゴドリックはそんな若いころからセントジャイルズの亡霊になりたかったのかしら？　お父さまはスタンリー卿が息子に何を教えていたか知っていたの？

だが、ふたたびゴドリックが話しはじめた。「ぼくはオックスフォード大学に行き、さまざまなことを学び、大人に成長した。そしてローレルウッドに帰ったとき、舞踏会でクララと出会ったんだ」

彼は目を閉じた。「彼女とのことは前に話したね。一年近くはとても幸せだった。それから彼女が病気にかかった。ぼくたちは医者が近くにいるロンドンに引っ越した。病を治す秘薬か治療法が見つかることを祈ったよ。一年半祈りつづけたが、クララを救う手立てはないとわかった。彼女がこの病気で死ぬこと、ぼくはただそれを見ているしかないことを知った」美しい口の端があがり、痛々しい笑みを作った。「内側から爪を立てて襲ってくる痛みに苦しみ、だんだん痩せ細っていくクララを、ただ見守っていたんだ」

ゴドリックが澄んだグレーの目を開けた。その目に絶望がよみがえるのをメグスは見た。愛する人の苦しみを目の当たりにしながら何もできずにいるのは、どんなにつらいことだろう。

もう我慢できない。メグスは手を伸ばして、彼の冷たい手を取った。

ゴドリックは頭を垂れ、彼女の手を見つめた。握ろうとはしないが振り払おうともしない。

「頭がどうかなりそうだったとき……」彼はふたりの手に向かって続けた。「スタンリー卿が訪ねてきた。父からクララの病気のことを聞き、自分のところに来て一緒に訓練をしないかと誘ってきたんだ。そのときには三人目の仲間もいた。まだ少年と言ってもいい若者だった。ぼくも知っていたふたり目の弟子は独立していて、すでにセントジャイルズの亡霊になっていた。スタンリー卿は新しい弟子の練習相手になってほしいと理由をつけたが、ぼくにはわかっていた。ぼくを救おうとしてくれたんだ。クララが死んでいくのを見守る苦しみから、つかのまでも解放される機会をくれたんだよ。そして亡霊をやらないかと持ちかけてきた」

メグスは彼を見つめた。「わからないわ。もう亡霊がひとりいたのに、どうしてあなたも亡霊になれるの？」

「ぼくだけではない。三人目も、ぼくの少しあとにやはり亡霊になった。二年前まで、三人ともセントジャイルズの亡霊だったんだ」

彼女は額にしわを寄せた。「鉢合わせしなかったの？」

ゴドリックのまじめな目が笑った。「めったになかったね。ぼくは毎晩巡回していたわけではないし、それはほかのふたりも同じだ。もしふたりが同じ晩に活動していたとしても、亡霊は同時に二箇所に存在することができると噂になるだけだ」

「でも、三人だなんて……」頭を振った。「同一人物ではないと誰かに気づかれなかったの？」

彼は肩をすくめた。「ああ。体格が似ているからな。それに仮面にケープ、大きな帽子、道化師の衣装という姿を見たら、誰だってその仮面の下がどんな顔をしているかなど気にしないものだよ」

メグスはうなずいた。「スタンリー卿はずいぶん頭のいい人だったのね」

「そうだ」ゴドリックは静かに言った。そして思い出に浸るように頭をさげた。メグスの手と重なっていた手をいまは上に向け、親指で彼女の手に円を描いている。

メグスにはそれが心地よかった。

「ゴドリック」彼女はささやいた。

「なんだ?」

彼女はつばをのみ込んだ。この瞬間を台なしにするのはいやだったが、好奇心の強さは昔からの弱点だ。「クララは三年前に亡くなったのよね?」

最初の妻の名を聞くと、ゴドリックは体をこわばらせて彼女の手を放した。

「そうだ」

急に気持ちがくじけそうになったが、自分を奮いたたせて尋ねた。

「それなのに、なぜまだセントジャイルズの亡霊をやっているの?」


なぜまだセントジャイルズの亡霊をやっているのか?

ゴドリックは崩れかけたれんがの建物の角にじりじりと近づきながら苦笑した。先をのぞき込み、暗い路地に兵士がいないのを確認してからすばやく曲がる。ふだんは屋根を伝うほうが簡単だし、安全なのだが、今夜は背中の傷が痛むので屋根にはのぼれない。そのため、トレビロンとその部下に警戒しながら地面を移動している。

路地の先で足を止めて耳を澄ました。あの質問をしたときのメグスの戸惑った顔がよみがえる。その顔は心配そうだった。ぼくの身を案じているのだ。

思わず唇がゆがんだ。最後に誰かがぼくの心配をしてくれたのはいつだろう? クララが亡くなってからは、もちろんそんなことはなかった。その前も、ぼくがクララの心配をするのであって、その逆はなかった。クララはぼくが亡霊だと知らなかった。それでもぼくのことを強くて賢く、男らしい男だと信じていた。心配されなければならないほど弱い男だとメグスに思われているというのは、屈辱を感じるべきなのかもしれない。しかし、どうしても腹を立てる気にはなれなかった。

メグスの心配には愛情がこもっている。彼女はやさしい心の持ち主だ。そして同時に強い気持ちを持っている。ぼくが亡霊をやめないと言ったとき、彼女はひどく驚いた。がっかりさせてしまったのだろう。いまゴドリックは心のどこかで、彼女の欲しがっているものを与えてやりたいと思っていた。

彼女が欲しがっている、ふたつのものを。

ゴドリックは通りを走って渡り、足音に気づいてふたたび物陰に隠れた。ふたりの男が互いに寄りかかるようにして月に照らされた通りを歩いてくる。背の高いほうがつまずき、ぐにゃりと石畳に倒れ込んだ。もうひとりが膝をついて大笑いしたが、ゴドリックが物陰から出て走りはじめると笑うのをやめた。肩越しに振り返ってみると、酔っ払いは立ちあがって呆然とこちらを見ていた。

ただの酔っ払いのようだが、もしメグスが彼らに遭遇していたらと思うと、ゴドリックは血が凍った。酔っていようと、しらふだろうと、金持ちの美しい女性を目の前にして穏やかでいられるセントジャイルズの男はそう多くないだろう。

ゴドリックは歯を食いしばった。ふつうの女性なら、あの最初の晩のようなことがあったら二度とここには近づかないはずだ。だが、メグスは違う。昨夜の出来事も、彼女を遠ざける役には立たないだろう。ロジャーを殺した犯人を見つけるまで何度でもセントジャイルズに行く、と彼女は言った。虚勢かもしれないが、ゴドリックにはそう思えなかった。妻は身の破滅に向かっている。

みずからの頑固さゆえにメグスが傷ついたり、もっとひどいことになったりするのは、ぼくが絶対に許さない。なんとかして彼女を田舎の領地に送り返そう。それも早いうちに。

セントジャイルズ・イン・ザ・フィールズ教会が目の前に現れた。高い尖塔《せんとう》が満月を切断するようにそびえている。ゴドリックは小さな墓地を囲むれんがの塀に向かった。門は鍵がかかっていなかった。

彼はそっと門を押した。

蝶番《ちょうつがい》は油がさしてあり、音をたてずに墓地へ入ることができた。強い風が一本だけ立っている哀れな木の枝を曲げ、墓石に吹きつけている。この光景を不気味と感じる人もいるだろうが、死者の眠るここよりもセントジャイルズの町なかのほうがはるかに恐ろしいのだ。

向こう端の塀の近くから人の声が聞こえてきて、ゴドリックはほくそ笑んだ。今夜ここに来たのは無駄ではなかったようだ。陰から陰へと移りながら塀に沿って歩き、目当ての男のすぐそばまで行ってからはじめて声をかけた。

「やあ、ジャック」

ジャックは背中の曲がった小男で、ロンドンで有名な墓荒しだ。彼は驚いて背筋を伸ばした。

連れのたくましい体つきをした少年が叫んだ。「悪魔だ！」

少年はシャベルを放りだし、体格に似合わない敏捷《びんしょう》さで門まで走った。

ジャックも走りだそうとしたが、その前にゴドリックが肩に手をかけた。「話がしたい」

「くそっ」ジャックはうめいた。「なんでこんなことをするんだ？　ジェドがおびえて行っちまったじゃないか。あんだけ力のある若者を、どうやってセントジャイルズで探せっていうんだよ。こっちはどんどん年をとって、腰が痛くてたまんねえ。ジェドがいなかったら仕事にならないんだ！」

ゴドリックは仮面の下で片方の眉をあげた。「気の毒な話だが、遺体を掘り起こしている最中のおまえに言われてもあまり気の毒には思えない」

ジャックが背筋を完全に伸ばした。それでも身長は一六〇センチにも満たない。

「人間は生きていかなきゃならないんだ、亡霊さんよ。それに――」目を細めて意地悪く続ける。「少なくともおれは人殺しじゃない」

「中傷合戦はやめよう」

小男はげっぷをした。

「ジャック」ゴドリックは低い声で言った。我慢の限界に来ていた。「おまえにどう思われているかを聞くために、ここへ来たわけじゃない」

ジャックは落ち着かない様子で唇をなめ、ゴドリックから目をそらした。

「じゃあ、何しに来た？」

「少女誘拐団について何を知っている？」

小男の骨ばった肩があがった。「噂だけだ」

「聞かせてくれ」

ジャックは顔をゆがめて考えた。「噂だと、やつらは帰ってきたらしい」

ゴドリックはため息をついた。「それは知っている」

突然、ジャックは途中まで掘り起こしていた墓穴の縁を足先で蹴った。土のかたまりが音をたてずに落ちる。「もう二〇人以上、誘拐したそうだ」

二〇人以上の少女が姿を消しているのか？　ロンドンのほかの地域なら大騒ぎになっているだろう。新聞は扇情的な記事を書きたて、貴族たちは議会で怒りをあらわにするはずだ。だが、ここセントジャイルズでは誰も気づきもしないらしい。

「子供たちはどこへ連れていかれたんだ？」

「知らんね」ジャックは首を横に振った。「だけどふつうの売春宿じゃない。とにかく消息がわからないんだ」

ゴドリックは目を細めた。ジャックは少女たちが作業場で働かされていたことを知らないのだ。作業場はうまく隠されているらしい。秘密も守られているのだろう。

「だけど誘拐に手を貸してる女がいる」ジャックが思いだしたように言った。

「どんな女か知っているか？」

「それどころか名前も知ってるよ」小男は誇らしげだった。

ゴドリックはうなずいて待った。

「〝料理女〟と呼ばれてるんだ」

たいした手がかりにはならないが、何もないよりはましだ。ゴドリックは銀貨を一枚、相手の汚れた手に押しつけた。「ありがとう」

銀貨を見てジャックの顔は明るくなったが、声はあいかわらず無愛想だった。

「こりゃどうも」

ゴドリックは立ち去りかけ、ふと思いついて足を止めた。「もうひとつききたいことがある」

ジャックは大きくため息をついた。「なんだ?」

「二年前、セントジャイルズで貴族が殺された。ロジャー・フレイザー＝バーンズビーという男だ。その事件について何か知らないか?」

芳しくない噂を持つ大勢の人々に質問してまわった経験がゴドリックになければ、ジャックの体がわずかにこわばったのを見逃していただろう。

「聞いたことないな」小男はぞんざいに言った。「よければもう行ってくれ。日が出る前に終わらせちまいたいんだ」

ゴドリックは相手の曲がった鼻に黒い革の仮面が触れるほど顔を近づけた。

「ところが、よくないんだ」

ジャックが息をのみ、目を大きく見開いた。「お……おれは何も知らない、本当だ!」

「ジャック」静かに言った。「おまえは嘘つきだ」

「わかった、わかったよ」攻撃を防ぐように両手をあげる。「あのとき噂が流れたんだよ。貴族を殺したのは亡霊じゃないって」

ゴドリックは眉をあげた。「本当は誰なんだ？」

小男は盗み聞きを恐れるように背後を見た。「別の貴族だって話だ」

「ほかには？」

「それで充分じゃないのか？　ぺらぺらしゃべってるのがばれたら殺されちまう」

「誰にもばれやしない。おまえが黙っていればいいんだ。わたしはもちろん黙っている」

ジャックが鼻で笑った。

ゴドリックは皮肉たっぷりに帽子を脱いで挨拶をすると、墓地を出て徒歩でセイントハウスに向かった。メグスが血生ぐさい復讐を試みていると思うと不安だった。彼女は笑顔が似合う明るい女性だ。復讐や死は似合わない。

それはぼくの仕事だ。

メグスにやらせるわけにはいかない。仮に女性がセントジャイルズで殺人犯を探すのが危険なことではなかったとしても、あの明るい笑みが色あせるようなことはさせたくない。復讐は彼女に一生の傷を残すだろう。

メグスに復讐を忘れさせ、ロンドンから遠ざける方法はひとつしか考えられない。

二〇分後、ゴドリックはセイントハウスに近づいていた。いつものように玄関の陰に隠れて、誰にも見られていないのを確認する。セントジャイルズの亡霊になってからこれまで、真夜中に自宅の外に誰かがいたことは片手で数えられるほどしかない。そのときは用心していてよかったとほっとした。

そしていま、その片手で数えられるほどしかないことが起きていた。

一分も経たないうちに、ゴドリックは家の角に黒っぽい影が潜んでいるのを見つけた。月明かりに浮かぶ屋敷の輪郭を記憶していてよかった。そうでなかったら、静かで身動きひとつしないその影を見落としていたかもしれない。

ゴドリックは動きを止めた。脅して追い払おうか。それともここに隠れて、セイントハウスに興味を持っているのが何者なのか突きとめるか？　左肩がずきずき痛むものの、深く深呼吸をした。どうやら監視は長く続きそうだ。

結局、三時間続いた。そのあいだずっと、ゴドリックは自分のベッドで寝たいと思いながら、戸口に寄りかかったまま動かずにいた。しかしついに、セイントハウスを見張っているのが誰なのかわかった。

東の空が灰色がかったピンクに変わりはじめたとき、陰から姿を現したのはジョナサン・トレビロン大尉だった。大尉はひと晩じゅう監視してきた屋敷を振り返ることもなく、静かに去っていった。

足音が聞こえなくなってからも五分間、ゴドリックは動かずに待った。

それから裏口にまわって書斎に入った。ゆっくりと衣装を脱ぐ。疲れと痛みのせいで体が言うことを聞かず、剣帯が手から滑り落ちて大きな音をたてた。それを見つめたまま、ゴドリックは立ちつくした。トレビロン大尉はぼくが亡霊ではないかと疑っているのだ。巡回から帰ってきたぼくをつかまえるためでなければ、なんのためにひと晩じゅう家を見張っていたというんだ？　亡霊の正体が貴族だという証拠をつかんだりしたら大尉の地位が危うくなりそうなものだが、彼は気にしていないように見える。大尉は根気よく亡霊を追っている。それに命をかけているようだ。ゴドリックは皮肉な笑みを浮かべた。どうやらあの男は、亡霊を追っているときだけが本当に生きている気がするらしい。

それなら、ぼくと大尉のあいだには考えていた以上に共通点があることになる。クララの死を乗り越えられたのは、ときに亡霊を演じているからだと、ゴドリックはとうの昔に気づいていた。

大きくため息をついた。大尉をなんとかして、少女誘拐団と〝料理女〟を探しだし、メグスを本人の意思に反して守る。

そのすべてをやらなければならない。だが、いまは寝るのが先決だ。

ゴドリックは亡霊の衣装をしまい、ナイトシャツとガウンを着てから書斎を出た。寝室への階段をのぼりながら、メグスの質問をまた思いだした。ぼくがなぜ、いまだにセントジャイルズの亡霊をやっているのか？　その答えは彼女には言わなかった。

そうする以外、自分がまだ生きていることを実感できる方法がないからだ。

9

デスペアが、赤い顔に針のようにとがった黄色い歯を見せて笑いました。「天国と地獄のあいだにとらわれた魂は永遠にこの河に沈められ、いつか解放されるときを待つ。恋人の魂がここに閉じ込められなかったことを喜べ。ここにとらわれているのは自殺者の魂だ」

小鬼の言葉にフェイズは体が震えました。黒い水のなかの魂のひとつが、叫ぼうとするように大きな口を開けるのが見えましたが、声は出てきませんでした。

『エルカンの伝説』

翌日の昼近く、メグスはセイントハウスの庭園に立って、節くれ立った古い木をじっと見つめていた。二日前に見たときとまったく変わっていない。

死んでいる。

ヒギンズは切り倒す許可を欲しがっているものの、彼女はどうしてもその気になれなかった。節だらけで醜いけれど、この庭園のなかで寂しそうに見える。木に対して人間が感情を抱くなんてばかげているが、メグスはこの古木に哀れみを覚えていた。

「あの木は死んでいる」

うしろから低い声が聞こえた。

メグスは胸の高鳴りを静めようとしながら振り向いた。ゴドリックが庭の小道に立っていた。クリスタルのごとく澄んだ目で、探るように彼女の顔を見ている。

メグスは微笑んだ。「ヒギンズも同じことを言っているわ」

「ぼくが切り倒そう」

「それもヒギンズが言ったわ」

ゴドリックはけげんそうに彼女を見た。「だが、切り倒させるつもりはない。そうなんだろう？」

彼女は鼻にしわを寄せて、幹を守るように手を置いた。「ええ」

「そうだろうな」ゴドリックがつぶやくように言う。

メグスは体の前で手を組んだ。「起きられてよかったわ。今朝、あなたがまだベッドのなかだと聞いたときは、また具合が悪くなったのかと思ったのよ」

一瞬、ゴドリックが目をそらした。嘘をつこうとしたのかもしれない。でも、結局こう言っただけだった。「疲れていたから、もうひと眠りしたほうがいいと思ったんだ」

メグスはうなずき、何か言おうと考えた。ドレスを引き裂き、飢えたようにわたしの肌を味わった男性と、この人が同じ人だなんて。

「今夜はハート家の庭園に招待されているのよ。わたしの義姉のレディ・ヘロがとても気に入っていて、あそこの劇場に行きたいと言っているの。あなたもいらっしゃる？」

ゴドリックは口を引き結んだ。「グリフィンも来るのか？」

「ええ」

断られるのを半ば覚悟していたが、彼は微笑んだ。「いつかは顔を合わせなければならないと思っていた。ぼくは彼の妹と結婚したんだからな」

ゴドリックと一緒にお芝居を見に行けるのをこんなにうれしく思うなんて。メグスは念を押した。「じゃあ、一緒に行ってくれるのね？」

彼は重々しくうなずいた。「ああ」

ぼんやりとうなずきながら、メグスは彼に背を向けて、古いりんごの木の枝に指を走らせた。「ゴドリック？」

「なんだ？」彼が一歩近づいた。いま振り向いたら、腕のなかに抱かれてしまいそうな近さだ。

メグスは身震いして枝をなぞった。「兄はあなたがセントジャイルズの亡霊だということをどうやって知ったの？」

ゴドリックはしばらく黙っていた。彼が考えているのがメグスにはわかった。

「ぼくが不注意だったんだ。ある晩、セントジャイルズから帰るところをグリフィンにつけられた」

彼女は眉をひそめた。「セントジャイルズから？　どうしてグリフィンがそんなところに？」

「知らないのか？」

メグスは振り向いた。「知らないって、何を？」メグスは固唾《かたず》をのんだ。ゴドリックが戸惑ったような顔で彼女を見つめる。

「知らないでしょう。見え透いた作り話でごまかされるんだわ。わたしったら、ばかね。話してくれるはずがないでしょう。見え透いた作り話でごまかされるんだわ。紳士はいつだって、自分の庇《ひ》護《ご》下にあるレディにはそうするものよ」


だが、ゴドリックの言葉は彼女を驚かせた。「グリフィンは以前、セントジャイルズで商売をしていたんだ」

彼が正直に答えたこと、そしてその内容の両方に驚いて、メグスは目をぱちくりさせた。

「でも……兄は商売なんてしたことがないわ。そんな必要は……」ゴドリックの表情を見て言葉を切った。「本当なの？」

彼は困ったように肩をすくめた。「きみの兄上の懐具合については知らない。ぼくが知っているのは、グリフィンがレディ・ヘロと結婚する前、セントジャイルズで商売をしていたことだけだ」

「どういう商売なの？」

ゴドリックは長いことメグスを見つめていた。答えてくれるのかしら？

ようやく息を吐いてから言った。「ジンの製造だ」

「なんですって？」

メグスは口をあんぐり開けた。兄が――侯爵の息子が――よりによって不法なジンの蒸留所を経営していたなんて、夢にも思わなかった。どうしてそんなことを？　結婚前、グリフィンは不品行をきわめ、放蕩者と呼ばれていた。だが、メグスは兄のことをわかっている。本当はいい人なのだ。よほどお金に困ってでもいない限り、そんな恐ろしいことをするはずがない。お金に困っていたなんてことがあるかしら？　うちの一族は土地を所有しているし、たくわえだって充分に……。

でも考えてみたら、わたしは自分の家の経済状況を知らないのだ。わたしはレディであり、女性がそういうことを尋ねるのは品がないとされている。新しいドレスが欲しいときも、社交界デビューのために衣装戸棚の中身を一新しなければならないときも、お金の心配などしたことがない。する必要がなかったから。

本当にそうだったのかしら？

そういえば、ささいなことだが思い当たるふしがある。母が、刺繍入りのものよりも安い、縞模様の入ったシルクを勧めてきたことがあった。メグスはそちらの色のほうが気に入ったので、当時は気にも留めなかった。仕立屋から、まだ代金をもらっていないと言われたこともある。母は手違いがあったと言っていたけれど、もしそうではなかったら？

わたしがまったく知らなかっただけで、実はお金に困っていたとしたら？

「いまもその蒸留所を続けているの？」消え入りそうな声で尋ねた。

「いいや」ゴドリックは即座に否定した。「レディ・ヘロと結婚する直前にやめた。というか、蒸留所が火事で焼けたんだ」

メグスはうなずいた。「よかったわ。でもお金が必要なら、いまはどうやって稼いでいるの?」

「わからない。この二年間、そういう話をするような関係ではなかったからね。たぶん、レディ・ヘロの持参金でまかなえているんだろう」

突然、恐ろしい考えが頭をよぎった。「わたしの持参金は? 充分にあったの?」

「持参金はない」

メグスは目を丸くした。「でも――」

「いいんだ」ゴドリックが両手をあげてさえぎった。「ぼくは充分すぎるほど金を持っているから、きみの持参金は必要なかった」

少なくとも、その点は喜ぶべきなのだろう。彼女はいらだちをぶつけるようにりんごの木を叩き、ため息をついた。「いままで知らなくてごめんなさい。兄から結婚を頼まれたときは、ずいぶん腹が立ったでしょうね」

メグスは伏し目がちに夫を見あげた。

ゴドリックは肩をすくめた。その顔はやさしかった。「言っただろう。たしかに腹は立った。だが、それはきみの兄上に対してであって、きみにではない。それに、きみとの結婚はそんなに悪いものではなかった」

少しでも褒められたのは、何も言われないよりましなのだろう。樹皮に爪を立てながら、彼女は自分に言い聞かせた。「でも、兄はどうしてお金に困っていることをわたしに隠していたのかしら？」

「さあ」ゴドリックはまた肩をすくめた。「きみを守りたかったんじゃないか？」

男性というのは、何も知らせないのが女性を守るいちばんの方法だと信じているらしい。そんな男性の考え方には辟易《へきえき》するけれど、少なくともゴドリックは兄に関する真実を話してくれた。

メグスはため息をついて木から離れた。「そろそろダニエルズに、今夜着る新しいドレスの準備ができているかきいてこないと」

だがゴドリックの横を通り過ぎようとしたとき、彼に手をつかまれた。

その指が冷たくて、メグスは凍りついたように夫を見つめた。彼はメグスの体温でやけどをしたとでもいうように手を放した。

そして唇をなめた。緊張しているように見える。「きみに話があって来たんだ」

彼女は頭を傾けた。「何かしら？」

「ぼくは決めた」澄んだグレーの瞳がメグスの顔を見つめる。「今夜、きみとベッドをともにしたい」

ついに欲しいものを手に入れた。ゴドリックがベッドをともにすると言ってくれた。それなのに、どうしてわたしはこんなに臆病になっているの？

劇場の観客席から笑いの波が起こり、メグスは男装の美しい女優がもったいぶって歩いている舞台に集中した。女優は振り返り、肩越しに茶目っ気のある視線を投げて気のきいたせりふを口にし、ふたたび観客席を沸かせた。メグスの隣でヘロが笑い、グリフィンまで笑っているが、ゴドリックは笑みひとつ浮かべていない。

たぶん、彼も臆病になっているのだろう。

四人はハート家の庭園の舞台を見おろす優雅なボックス席にいた。赤いベルベットで飾られ、手すりは金箔張りだ。脇に置かれた小さなテーブルにはワイン、ひと口大のケーキ、果物、ナッツ、チーズがのっている。メグスは、このボックス席を借りるにはずいぶんお金がかかるだろうと考えずにはいられなかった。三年前は経済的に困窮していたというグリフィンだが、いまはそうは見えない。

けれど考えてみれば、ヘロと結婚する前もそんなふうには見えなかった。

メグスは落ち着きなく息を吐いた。一五分だけ、兄とふたりきりになりたい。そして今夜、家に帰ってからゴドリックとベッドをともにするという事実を忘れたい。

目を伏せてから、隣にいるゴドリックを見た。今夜は、袖口とポケットにくすんだ金の糸で飾りを施した濃い茶色の上着を着ている。その下に着ている銀色がかった青いベストが、腹部に贅肉《ぜいにく》がないのを強調している。前に彼がシャツを脱いでいるところを一瞬だけ見たとき、メグスはその姿に衝撃を受けた。すべて脱いだら、どんな体をしているのだろう？

視線を感じたらしく、ゴドリックがちらりと彼女の顔を見た。メグスは息をのんだ。まぶたを半ば閉じているものの、澄んだグレーの瞳が輝いているのは隠せなかった。彼はまるで、どうやって味わうか思案しているかのようにメグスを見た。彼女は無意識のうちに唇を開き、ゴドリックの目がそこに向いた。ふたたびゆっくり視線をあげて、メグスの目を見つめる。

そのとたん、彼女は呼吸の仕方を忘れた。

ふいに観客の拍手が鳴り響き、メグスはぎくりとした。

グリフィンが言った。「休憩のあいだにアイスクリームを取ってこようか？」

ヘロが微笑んで夫を見あげる。「ええ、お願い」

グリフィンはうなずいてから、用心深い顔でゴドリックをちらりと見た。

「一緒に行かないか？」

ゴドリックは眉をあげたが、すぐに立ちあがった。

ヘロが片手を伸ばした。「あそこに兄がいるわ。挨拶に行くから一緒に来てくれない？」

「もちろんよ」去っていく夫と兄のうしろ姿を不安な思いで見つめたあと、メグスは席を立った。

「心配しないで」ふたりで劇場の向かい側へ歩きながら、ヘロはメグスの腕に腕を絡めた。ボックス席のうしろの通路は、休憩時間を利用して知りあいを探そうという人や、自分の衣装を見せびらかしたい人で混みあっていた。「グリフィンとゴドリックはうまくいくわよ」

「わたしもそうきっぱり言えればいいんだけど」

ヘロが元気づけるようにメグスの手を握りしめた。「グリフィンはあなたを愛しているわ。そしてゴドリックはあなたをとても気に入っている。どちらも仲直りしたいのよ」

メグスは義姉を見た。金のレースで縁取りされた緑色のドレスを着て、落ち着いた様子で歩いている。「ゴドリックがわたしを気に入っている？　なぜそんなことがわかるの？」

ヘロは愉快そうにメグスを見た。

「彼があなたを気にかける様子を見ればすぐにわかるわ。ここに来たとき、おしゃべりできるよう、わたしの隣にあなたを座らせた。あなたにとって、いちばんいい席を選んだわけよ。あなたのお皿にケーキやぶどうをのせたけれど、くるみはのせなかった。あなたが好きじゃないのを知っているから。そして今夜、オペラに来たこと自体が証拠よ。実を言うとわたし、彼が断るんじゃないかと思っていたの。ここ数年は隠遁《いんとん》生活を送っていたんですもの。社交界で彼を見かけることなど、めったになかったわ。今夜ゴドリックがしているのは、どんな小さなこともすべてあなたのためなのよ」

メグスは目をしばたたいた。本当に？　ローレルウッドで、ロンドンに来て夫を誘惑する計画を立てていたころは、ゴドリックは現実味のない存在だった。たまにしか来ない短い手紙でしか、彼のことを知らなかった。そんな相手だから、ベッドをともにすることも簡単に考えていた。

けれどもいま、ゴドリックは現実の存在となった。感情――本人はそれを世間から隠そうとしているけれど――を持つ生身の人間だ。彼はやっとのことで、子供を作りたいというわたしの願いを聞き入れてくれた。それを思いだすだけで体が熱くなったが、同時に不安も覚えた。いまごろになって、メグスは彼と体を重ねたら、感情を揺り動かされるかもしれないことに思い至った。

これまで考えてもみなかった。彼女にとってはロジャーこそが生涯愛する男性であり、彼を失った悲しみを忘れた日はなかった。子供を産むにはゴドリックとベッドをともにする以外に方法がないけれど、彼に対してなんらかの感情を持つことはロジャーへの裏切りになるような気がする。

そのとき、ヘロが手をぎゅっとつかんだ。「彼女がいるわ」

「誰?」

「ヒッポリタ・ロイルよ」ヘロはささやいた。「あそこにいる、コーヒーみたいな焦げ茶色にピンクがまじったような肌の人」

メグスは義姉が首を傾けて示しているほうを見た。長身の女性がひとりで群衆を見つめていた。美人とは言いがたいが、小麦色の肌と黒髪、堂々とした様子がとても目立っている。

「誰なの?」

「二年も田舎に隠れていなければ、あなたも知っていたでしょうね。ミス・ロイルは二カ月ほど前に突然ロンドンに現れたの。イタリア育ちだと言う人もいれば、東インド育ちだと言う人もいるのよ。きっと興味深い人だと思うけれど、まだ紹介されていないの」

ミス・ロイルは向きを変え、歩き去っていった。

「どうやら今夜も、その機会はないみたい」ヘロは残念そうに言った。「ちゃんと紹介してくれる人がいないの。あら、ここがマキシマスのボックスよ。入る？」

メグスはうなずき、ヘロが先に立って豪奢なボックス席に足を踏み入れた。グリフィンが借りたボックス席のちょうど向かいにあたり、反対側から舞台を見おろす形になる。

ボックス席のなかはグリフィンのものと同じくらい――いや、それ以上に――贅沢だった。女性がふたり座っており、ヘロたちが入っていくと、年長の女性が手を差しだした。

「ヘロ、会えてうれしいわ」ヘロの両親の死後、彼女と妹のフィービーを育てたミス・バティルダ・ピックルウッドだった。白髪を巻き毛にしたふくよかな女性で、年老いた小さなスパニエルを膝に抱いている。

ヘロは優雅に進みでて、ミス・ピックルウッドの頬にキスをした。「ごきげんよう、おばさま。お元気？」

「とっても元気よ。でも、あなたったら、全然ウィリアムを連れてきてくれないじゃない」

それに同調するかのように、スパニエルが鋭くひと声吠えた。

ヘロは微笑んだ。「明日の午後、連れていくわ」

「まあ、すてき！」

「ヘロ、一緒にいるのはどなた？」ふたり目の女性が尋ねた。レディ・フィフィービー・バッテンだ。

メグスはろうそくの明かりで見えるかもしれないと思い、彼女に近づいた。

「わたしよ、フィービー。メグスよ」

「もちろんそうね」フィービーがうろたえたように言った。その目はメグスの顔に焦点が合っているが、まだちゃんと見えていないようだ。「お芝居を楽しんでる?」

「ええ」実のところ舞台にはほとんど注意を向けていなかったが、メグスは答えた。「久しぶりだから楽しいわ」

「ロビン・グッドフェローは本当に上手ね」ミス・ピックルウッドが言った。メグスはしばらく考えてから、それが男装の女優の名前だということを思いだした。「彼女の出ている舞台は全部よかったわ」

「ミス・グッドフェローを王立劇場から引き抜いたハートは先見の明があったな」背後から低い声が聞こえてきた。

メグスとヘロは振り返り、両手にアイスクリームを持って入り口に立っているウェークフィールド公爵マキシマス・バッテンを見た。

彼が片方の眉をあげた。「ヘロ、おまえが来るとわかっていたら、もっとアイスクリームを持ってきたのに」

「グリフィンとミスター・セントジョンがわたしたちの分を取ってきてくれるわ」ヘロは答えた。「レディ・マーガレットを覚えてる?」

「もちろんだ」公爵はアイスクリームを持っているにもかかわらず、優雅にお辞儀をした。

「閣下」メグスも膝を曲げてお辞儀をした。ウェークフィールド公爵は兄のトマスの政友なので、ずいぶん前からの知りあいだが、その人となりについてはあまりよく知らない。威圧的だという印象しかなかった。

「ここの持ち主のハートと知りあいなの？」ヘロは好奇心もあらわに兄に尋ねた。彼女はアイスクリームをひとつ受け取り、フィービーの手に持たせた。

「直接知っているわけではない」公爵はもうひとつをミス・ピックルウッドに渡して答えた。「実を言えば、ハートというのがひとりの人間なのかどうかもよくわからないのだ。実業家が集まってここを運営しているのかもしれない。とにかくミス・グッドフェローが、おそらくは莫大な金額を提示されて引き抜かれたことはよく知られている事実だよ。ハート家の庭園を運営しているのが誰にせよ、賢明だったな。ここには有名な女優が必要だった」

「そしてミス・グッドフェローは、ロンドンでもっとも有名な男役の女優だ」ダーク子爵がそう言いながらボックス席に入ってきた。「閣下」優雅にお辞儀をする。「レディのみなさん」

「やあ、ダーク」公爵はちらりと彼を見た。

女性たちのあいだを動いていた子爵の視線がメグスのところで止まった。彼は前に進みでて、すばやく彼女の手を取った。「レディ・マーガレット、今夜はいちだんとお美しい」

指にキスをされながら、メグスは目を大きく見開いた。

ダーク子爵のうしろにグリフィンとゴドリックが立っていた。

「あと少しで休憩が終わります」アーティミス・グリーブスは小声で言った。「そろそろボックス席に戻ったほうがいいのでは？」

「うるさいわね」レディ・ピネロピが頭を動かすと、黒髪にさしたピンの宝石が光った。

「そんなにせかさないで。まだウェークフィールド公爵にご挨拶していないんだから」

アーティミスは小さくため息をつき、ボンボンを抱きあげてボックス席の裏の廊下を進んだ。ふわふわした白い犬はうなり声をあげると、ふたたび眠りに戻った。ピネロピにわずかでも分別というものがあればいいのに。ボンボンは小さくて愛らしいけれど、どこにでも連れていくには年をとりすぎている。馬車から抱きあげたときもキャンキャン鳴いた。うしろ足はリウマチにかかっているのではないかとアーティミスは疑っている。

「どうしてみんながあんなに彼女に惹かれるのかわからないわ」ピネロピがつぶやいたので、アーティミスは彼女に注意を戻した。

「誰です？」

「彼女よ」ピネロピはボックス席に入りかけている長身の女性のほうをいらだたしげに示した。「ヒッポリタ・ロイルっていう人。そんなおかしな名前、聞いたことないわ。アフリカの奴隷のように真っ黒で、男性みたいに背が高くて、貴族ですらないのよ」

「それに、ものすごくお金持ちらしいですね」アーティミスは深く考えもせずに言った。

ピネロピが振り返って目を細めた。「イングランドでいちばん裕福な女性相続人はわたしよ。誰もが知っていることだわ」

アーティミスが目をあげると、そこはウェークフィールド公爵のボックス席のドアの前だった。
ピネロピはふんと鼻を鳴らすと、急に甘い声になって言った。「ここだわ」
「もちろんです」アーティミスはなだめるように言い、眠っているボンボンを撫でた。

なかは混みあっていた。アーティミスはいとこのうしろから入って見まわした。レディ・ヘロ、レディ・マーガレット、レディ・フィービーにミス・ピックルウッド、それに公爵。それからグリフィン卿とミスター・セントジョン。セントジョンはダーク子爵とにらみあいをしているようだ。

どうやら退屈な一夜にはなりそうにない。

ピネロピが何か――たぶん、とんちんかんなこと――を言って、紳士たちの注意を引こうとしている。アーティミスはレディ・フィービーに近づいて隣に座った。

フィービーが顔をこちらに向けて近づけた。「アーティミスなの？」

「そうよ」アーティミスは誇らしかった。レディ・フィービーがときどき匂いで人をかぎ分けていることに気づいて以来、いつも同じレモンとベイリーフの香水をつけるようにしている。おそらくフィービーは、ここのような薄暗いところでは、ほとんど何も見えていないだろう。「ボンボンを連れてきたのよ、ご機嫌斜めだけれど。リウマチじゃないかと思うの」

「まあ、かわいそうに」フィービーは犬の白い毛をやさしく指ですいた。「男の人たちのあいだで何か起きているの？　ダーク子爵が入ってきたら、なんだかぴりぴりしはじめたみたいだけど」

アーティミスはフィービーに顔を寄せた。「ダーク子爵がレディ・マーガレットに言い寄ったものだから、夫のミスター・セントジョンが怒っているのよ。カーショー卿の舞踏会でも、ひと悶着あったのよ」

「本当に？」フィービーは眉をつりあげた。丸い顔のなかではしばみ色の瞳が躍る。ヘロの妹だが、姉とはまったく似ていない。ヘロは長身で痩せているが、フィービーは背が低くてふっくらしている。「レディ・マーガレットのことを考えるとお気の毒だけど……見たかったわ」唇が悲しげに微笑んだ。家族が常にそばにいて守れるとき以外は、社交界の催しに出られないのだ。「こんなことを言うわたしを悪く思わないでね」

「思うわけがないでしょう」アーティミスは彼女の膝をやさしく叩いた。「お行儀の悪い男性たちがいなかったら、舞踏会なんて退屈でたまらないもの」

フィービーは静かに笑った。「いまは何をしているの？」

「特に何も。レディ・ピネロピが会話を独占しているわ」アーティミスはため息をついた。「どうやら、あなたのお兄さまに目をつけたみたい」

彼女は頭を傾けた。「そうなの？」

「ええ、あまり見込みはなさそうだけれどね」

フィービーは肩をすくめた。「どの女性でも同じよ。だけど兄もいつかは結婚しなければならないし、レディ・ピネロピはお金持ちの相続人だから、兄としてはいい相手だと思うかもしれないわ」

「そうかしら?」アーティミスは、左手で頭を支えながらピネロピのおしゃべりを聞いている公爵を見た。もぞもぞと体を動かしており、そのたびに金の印章付き指輪の赤い宝石が光を受けてきらめいている。いかにも退屈そうな顔だった。「お兄さまはあまり関心がないみたいよ」

「マキシマスが関心があるのは政治とジン密造者との闘いだけよ」年齢のわりに思慮に富んだ声で、フィービーは言った。「女性が入り込む余地はないわ」

アーティミスは身震いした。「レディ・ピネロピは自分が誘惑しようとしている相手がどういう人なのか、わかっているのかしら?」

フィービーはアーティミスのほうに顔を向けた。はしばみ色の瞳は少し悲しそうだった。「彼女はそんなこと気にしないでしょう? 兄そのものじゃなくて称号が欲しいだけなんだから」

「あなたの言うとおりね、きっと」アーティミスはゆっくりと言った。

ピネロピは魅惑的な笑みを浮かべながら体を寄せて公爵の袖に軽く触れると、ボックス席のドアのほうを向いた。

ハンサムな紳士相手にいつも彼女がする別れの挨拶だ。アーティミスはボンボンを抱きあげた。「もう行かなくちゃ。おしゃべりができて楽しかったわ」

フィービーはあいまいな笑みを浮かべた。「お芝居の残りを楽しんでね」

アーティミスはピネロピに追いつこうと小走りでドアに向かった。

「公爵がわたしの話をじっと聞いていたの、見た？」アーティミスが近づくと、ピネロピは小声で言った。

「ええ」

「うまくいったみたい」ピネロピは満足げだ。

「よかったですね」このいとこに何か頼むなら、機嫌がいいときに限る。アーティミスはそっと咳払いをした。「金曜日の午前中、お休みをいただけませんか？」

ピネロピはいらだったように眉を寄せた。「なんのために？」

アーティミスはつばをのみ込んだ。「面会日なんです」

「彼のことは忘れなさいと言ったはずよ」

アーティミスは黙っていた。何を言っても無駄なのは過去の経験からわかっている。

ピネロピがゆっくりとため息をついた。「わかったわ」

「ありがとうございます」

だが、ピネロピの意識はすでに自分のことに戻っていた。「閣下は少なくとも一回はわたしの胸元に目をやったわ。ミス・ロイルもこの点では、わたしに張りあえないわね。彼女の胸は男の子みたいに平らだもの」

アーティミスは眉をひそめた。「ミス・ロイルが張りあっているなんて気づきませんでした」

「何を言ってるのよ」自分たちのボックス席に向かいながら、ピネロピが言う。「勝つ可能性がある女性なら誰だって、ウェークフィールド公爵の注意を引こうと張りあうわ。幸い、そういう女性はそんなに多くないけれど」

ちょうど幕が開いたと同時に、ピネロピは赤いベルベット張りの座席に身を沈めた。アーティミスはその隣に座った。一幕目は、きわどいがとてもおもしろかった。二幕目でも、ミス・グッドフェローが男優たちとやりあうのを見るのが楽しみだ。

隣のピネロピが床を見てから、ふたりのあいだのテーブルを見た。「困ったわ」

「どうしたんです？」アーティミスはささやいた。オーケストラはすでに明るい旋律を奏でている。

「扇を置いてきちゃったみたい」ピネロピは困ったような顔をあげた。「公爵のボックス席ね、きっと。残念だわ、幕が開いていなかったらもう一度行って、もっと彼とお話しするのに」肩をすくめる。「あなた、いますぐ取ってきてちょうだい」

「もちろんです」アーティミスはひそかにため息をついた。

ボンボンをそっと自分の席におろしてからボックス席を出た。廊下には誰もいなかった。アーティミスはスカートをつかんで軽やかに走った。ウェークフィールド公爵のボックスの前で息を整えて髪を押さえていると、ドアが閉まりきっていないらしく、なかの声が聞こえてきた。

「きっとレディ・ピネロピのものよ。アーティミスのにしては高価そうだもの」ミス・ピックルウッドが言っていた。

「誰だって?」ウェークフィールド公爵の退屈そうな声が言った。

「アーティミス・グリーブズ。レディ・ピネロピのコンパニオンよ」

アーティミスはドアを開けようとした。

「幽霊のように彼女のあとをついてまわっている、あの目立たない女性のことか?」

公爵の低く男らしい声がアーティミスの体を切り裂いた。ドアにかけた自分の指が震えていることに、彼女はぼんやりと気づいた。その手をそっと握りしめておろす。

「マキシマスったら!」ミス・ピックルウッドがとがめるような声を出した。

「だが、そのとおりじゃないか」公爵がいらだった口調で言う。「それに、一生懸命隠れようとしている女性の名前を知らないぐらいで責められる覚えはないね」

「アーティミスはわたしの友だちよ」フィービーがきっぱりと言った。

アーティミスは深く息を吸うと、そっとドアから離れた。ドアが開いて、なかの人々に立ち聞きしていたのがばれるのではないかと急に怖くなったのだ。

向きを変え、廊下を走って戻った。公爵が不用意につけた傷は、フィービーのやさしい言葉で癒されたはずだった。彼はわたしのことを知らないし、知ろうともしていない。公爵のような男性がわたしみたいな女をどんなふうに思おうと、どうでもいい。

そう自分に言い聞かせても、彼の言葉の矢はアーティミスの胸に刺さったままだった。

そして、彼女の怒りも消えることはなかった。

ゴドリックは自分が賢いつもりでいたが、そのわりにはメグスがダーク子爵に近づく真の理由に気づくのにかなり時間がかかった。ウェークフィールド公爵のボックスで、ゴドリックが見ていないと思った彼女が〝ロジャー・フレイザー＝バーンズビーが亡くなって寂しいでしょうね〟とダークに言っているのを聞いて、はじめて気づいたのだ。

ダークはロジャーの親友だった。ロジャーが殺されたという知らせが届いたのも、ダークの舞踏会の最中だった。メグスが彼に求めていたのは、愛人になることではなく情報を提供することだったのだ。

それがわかると嫉妬心はなりをひそめ、ゴドリックはふたたび冷静に考えることができた。ダークはロジャーの友人だっただけでなく、ウィンター・メークピースが、少女誘拐団の背後にいるかもしれない人物として名を挙げたなかのひとりでもある。

そこでウェークフィールド公爵のボックス席を出たあと、ゴドリックは不安げなメグスとけげんそうなグリフィン・リーディングを無視して、ダークを自分たちのボックス席に招待した。

ダークは一瞬驚いたようだったが、すぐにそれを隠して招待に応じた。

そしていま、ゴドリックはこの世でもっとも苦手なふたりの男にはさまれて座っている。

芝居は再開しており、メグスとレディ・ヘロは男たちの前に座って舞台に見入っていた。

ダークが小声で言った。「きみが招待してくれるとは驚いたよ、セントジョン。ぼくの胸に短剣を突き立てる気じゃないだろうな？」

ゴドリックは無表情のまま、顔をわずかに子爵のほうへ向けた。メグスがこの気取り屋に求めているのが情報だけだとわかっていても、妻の気を引こうとしたことは許せない。

「短剣を突き立てられるようなことをしたのか？」

反対側の隣で、リーディングが大きくため息をついてからつぶやくように言った。

「間違いなくしているさ、セントジョン。だが、ボックス席が急に血だらけになったらレディたちが動揺する」

観客席から笑い声が起こった。舞台で役者が何かおもしろいことをしたのだろう。

ゴドリックは咳払いをした。「フレイザー＝バーンズビーのことで妻に何を話したのか教えてくれ」

ダークは体をこわばらせた。「真実を話した。ロジャーは親友だったと」

ゴドリックはうなずいた。「彼の死について何か知っているのか？」

子爵の目が細くなった。彼は悪名高い遊び人で常に女性の尻を追っているが、愚か者ではない。なぜそんなことをきくのかと逆に質問されるかもしれない。ゴドリックは身構えたが、ダークは肩をすくめた。「ぼくの友人がセントジャイルズの亡霊に殺されたことは誰もが知っている」

リーディングがちらりとこちらを見た。

「だが、亡霊は殺していないんだ」ゴドリックは言った。

「なぜそんなことがわかる？」あざけるような口調だが、その表情から興味を引かれていることがうかがえる。

「どうしてもだ」ゴドリックは低い声で続けた。「誰かがロジャー・フレイザー＝バーンズビーを殺し、セントジャイルズの亡霊のせいにしているんだ」

「そうだとしても、それがきみの奥さんとなんの関係がある？」ダークが尋ねる。

リーディングが口をはさもうとするように息を吸ったが、ゴドリックのほうが早かった。

「彼女はフレイザー＝バーンズビーを気に入っていたから、彼を殺した犯人を見つけだそうとしているんだよ」

「なんだって？」リーディングの声が大きかったので、レディふたりが振り返った。幸いそのとき舞台上で何かあったらしく、観客がいっせいに息をのんだ。

女性たちの注意が完全に舞台に向くのを待ってから、ゴドリックはリーディングを見た。

「なぜロンドンに帰ってきたのかをきけば、彼女はきみにも話したはずだ」

リーディングの顔が赤くなった。「わたしと妹の関係は、きみには関わりのないことだ」

「いいや」ゴドリックは言った。「きみが結婚契約書に署名したあの日から、そうではなくなった」

「実におもしろい話しあいだが――」ダークが静かに口をはさんだ。「ぼくはそんなことよりも親友の死に興味がある。亡霊じゃないというなら、誰がロジャーを殺したんだ？」

「わからない」ゴドリックは答えた。

子爵は椅子の背にもたれて顎をさすった。静かな劇場内に、女性の声による猥雑《わいざつ》な歌が響く。

やがてダークはゴドリックを見た。「ぼくはまだ完全に納得しているわけではないが、もしきみの言うとおりだとしたら、ロジャーは単に盗みのために殺されたわけでも、たまたま殺されたわけでもないことになる。誰かが彼を意図的に殺害し、それを隠そうとしたというんだな」

ゴドリックはうなずいた。

「だが、そんなはずはない」ダークは自分に言い聞かせるようにゆっくりと言った。「ロジャーには敵などいなかった。子供のころから、誰にでも好かれていた。どんなに人間嫌いなやつでも、彼が微笑みかければ愛想がよくなった。ロジャーを殺したがる人間など、ぼくには本当に思いつかないんだ」

「目撃者はいなかったのか？」リーディングが尋ねた。

ダークは彼を見た。「ロジャーの従僕が見ている。ぼくの家で舞踏会を催している最中に知らせに来たのが、その男だ」

「その従僕に尋ねたか？」ゴドリックはきいた。

「簡単にしかきいていない」子爵はためらいがちに答えた。「名前はハリスだ。それから数週間後に姿を消した。あとになって、セントジャイルズの〈一角山羊亭〉に荷物を送ってくれという伝言が来たのを覚えている」

「亡霊が犯人だと言ったのは、その従僕なのか？」リーディングが尋ねた。

ダークはうなずいた。

「たぶん買収されたんだろう」リーディングがつぶやく。

ゴドリックは身を乗りだした。「その男はフレイザー＝バーンズビーのところに長くいたのか？」

「いいや」ダークは首を横に振った。「一カ月前に雇われたばかりだった」

三人は黙って考え込んだ。結論はひとつしかない。

「くそっ！」ダークが吐き捨てるように言った。「ぼくは何カ月もロジャーを殺した犯人を探したが、セントジャイルズの亡霊じゃないとはこれっぽっちも考えなかった」

彼の言っていることは本当らしく聞こえた。だがゴドリックはこれまでに、不自由な脚が痛むと涙を流した直後に財布を盗んで走り去っていく物乞いを何度も見てきた。

「きみの友人のシーモアはどうだ？」子爵に尋ねた。「彼もセントジャイルズで殺されたのではなかったか？」

リーディングが何か言いかけて口を閉じた。

ダークが不審げに尋ねた。「それとロジャーの死になんの関係があるんだ？」

ゴドリックは肩をすくめた。シーモアの死について知っていることを明かすわけにはいかない。ダークはため息をつき、椅子にもたれて舞台に目を向けたが、実際は何も目に入っていないようだった。

「カーショー、シーモア、ロジャー、そしてぼくは友人同士だった。カーショーとシーモアはセントジャイルズの亡霊を探すのを手伝ってくれた。だが、シーモアが殺されてしまった」

ダークのまぶたがぴくぴくと動き、ゴドリックはそれに目を留めた。ウィンター・メークピースの話では、ダークはシーモアが少女誘拐団に関わっていたことを知っている。そして未亡人のために、シーモアの死の真相を隠すのにも協力したという。

ウィンターは、ダーク自身が違法な作業場や少女誘拐団に関わっているとは考えていないようだ。ゴドリックはまだ結論を出さないことにした。もしダークが作業場に関わっていたとしたら、しばらくなりを潜めて、少女誘拐団を根絶したとウィンターに思わせておくのは賢いやり方だ。

ほとぼりが冷めたころになって、また始めればいいのだから。

「妙だな」ゴドリックは言った。「四人の友人のうちふたりがセントジャイルズで殺されるとは」

ダークは眉をひそめて考え込んだ。「ぼくだって、それは考えた。だが事実は事実だ。ふたりの死につながりはない」ゴドリックの目を見つめて言う。「絶対に」

観客が沸き、立ちあがって拍手を始めた。ゴドリックは妻を見た。メグスはレディ・ヘロに顔を寄せて何やら話している。芝居は終わったようだ。

ダークに腕をつかまれ、ゴドリックは彼の手を見おろした。

子爵は手を離し、当惑したような顔で言った。「この話をもっと続けたい」

「心配するな」

ゴドリックはそう言いながら、振り向いてこちらに微笑みかけるメグスを見つめた。生命力に満ちあふれて輝いている。ぼくとは正反対だ。彼女を守らなければ。

「続けるさ」

10

「しっかりつかまれ」エルカンはそう言って、向こう岸目指して大きな黒馬を進めます。「わたしのことを気遣ってくれるのね?」フェイズは前に乗りだし、エルカンの耳に向かって言いました。

エルカンは皮肉なまなざしで彼女を見ました。「おまえを悲しみの河に落としたらまずいからな」

「なぜ?」

エルカンは大きな肩をすくめました。「河の水がおまえを自殺者だと思って、永久にここに沈めるだろうから」

大きな黒馬が岸にあがるときに体を傾けたその瞬間、フェイズはデスペアを河に突き落としました。

『エルカンの伝説』

メグスは落ち着きなく部屋着の紐をつまんだ。ベッドの下で眠っている女王陛下と三匹の子犬を除けば、寝室にひとりだった。彼女とゴドリックは、ほとんど無言でハート家の庭園からここまで帰ってきた。メグスはもう少しで、彼が自分と同じように遅れた新婚初夜を前に不安を覚えていると考えてしまうところだった。

でも、そんなわけはない。ゴドリックは男性なのだ。はじめは亡き妻の思い出のためにわたしを拒絶したかもしれないけれど、男というのは元来、結婚の契りを結ぶことに対して女性よりも尊大な態度を取るものだ。そうでなければ、彼が急に考えを変えてわたしの望みを聞き入れてくれるわけがない。

メグスは自分で自分に嘘をついているのではないかと怖くて、下唇を噛んだ。ロンドンに着いて以来、ゴドリックが何かに対して尊大な態度を取るところなど見たことがない。わたしの求めに応じたのには、何かわけがあるに違いない。今日ハート家の庭園で、あんなに興奮して楽しむ代わりに、彼にもっと質問すればよかった。ゴドリックの理由がなんであれ、わたしはそれを――彼を――理解しなければならない。今夜以降、彼は名実ともにわたしの夫となる。彼がどんな動機を持っているのか気にするぐらいはしてもいいはず。でも、申し訳なく思うのはやめよう。ゴドリックはわたしの夫なのだし、これは結婚した結果として合法で自然なことなのだ。

たとえ、その結婚自体が強要されたものであっても。

メグスは大きくため息をつくと、鏡台の上のピンクの陶器の時計を見た。真夜中を過ぎており、帰宅してから一時間近く経っている。ゴドリックは忘れてしまったのかしら？　それとも寝てしまったの？

忍び足で、ゴドリックの寝室につながるドアへと近づいた。もし眠っているなら起こさなければならない。

そのとき急にドアが開き、メグスはぎょっとして立ちどまった。

彼女がドアのすぐそばにいたことにゴドリックも驚いたようだ。彼はナイトシャツの上にガウンを羽織り、刺繍入りの室内靴を履いている。

メグスは突然笑いだしたくなって、必死にこらえた。

ゴドリックがうしろ手にドアを閉めた。「先に……」言葉を切り、眉間にしわを寄せてからふたたび口を開く。「先に話をしたい……」彼は小さく咳払いした。「おいで」

長い指を優雅に曲げて手を差しだす。メグスはつばをのみ込んだ。まさか、気が変わったの？

「メグス」澄んだ穏やかな目で、ゴドリックは彼女をじっと見た。

彼のむさぼるような熱い唇が乳首に触れたときの感触がよみがえる。顔を真っ赤にして、彼女はゴドリックの手に手を預けた。

彼はそっとメグスを引っぱり、ドアの横の椅子に座らせた。

メグスは膝の上に両手を重ね、彼を見つめた。

「もし夫婦の契りを結ぶなら――」

スカートの上で指を曲げながら、彼女は眉をひそめた。

「契りを結ぶとき――」ゴドリックは言い直した。「きみに約束してほしいことがある」

「なんでも約束するわ」深く考えずに言った。

ゴドリックはひどくまじめな顔をしているが、メグスは彼の長いまつげに気を取られて、一瞬その言葉が耳に入らなかった。「妊娠がわかったら、ロンドンを離れてほしい。ローレルウッドで暮らすんだ」

彼女は目を丸くした。わたしったら、どうしたの？　もともと、自分の子どもが欲しいとただそれだけを望んでいたはずなのに、いま、なぜか傷ついている。「わたしに消えてほしいの？」

「きみを危険な目に遭わせたくない」

「どうしてローレルウッドのほうが安全なの？」そう尋ねた瞬間に答えを悟った。「ロジャーを殺した犯人を探すのをやめさせたいのね」

ゴドリックの顎が引きつった。「そうだ」

メグスは背筋を伸ばして彼をにらんだ。「わたしを止めることはできないわよ」

彼の口元が引きしまった。「そうか。だが、こちらの条件をのまないというのなら、きみのベッドに行くのはやめにする」

赤ちゃんか、ロジャーのための正義か。どちらかしか選べないということ？　そんなの無理だわ。

メグスは立ちあがって寝室を見まわしながら、どうすればゴドリックを納得させられるか考えた。彼は論理的な人だが、感情も深い。最初の妻に対する愛がその証拠だ。メグスは彼を振り返った。「もし殺されたのがクララだったら、あなたは犯人を見つけるまであきらめないでしょう？」

ゴドリックが唇を引き結んだ。「もちろんだ。だが、ぼくは男で――」

「そしてわたしは女だわ」メグスは腕を大きく広げ、こぶしを握って自分の気持ちを表そうとした。「女だからという理由だけで、わたしの愛があなたのよりも軽いなんて考えないで。わたしには犯人を探す権利があるのよ。ロジャーの仇を討つの。これに関しては譲れないわ」

ゴドリックは黙ったまま彼女を見つめた。あまりに長いあいだ黙っているので、メグスは彼がこのまま出ていくのではないかと思った。しかし、やがてゴドリックは息を吸って言った。「よくわかった。ロンドンにいるあいだ、つまり子供を作ろうと努力するあいだは、犯人探しを続けるといい」

「それで？」

「だが、子供――ぼくの子供――ができたことがわかったら、犯人がまだ見つかっていなくてもロンドンを離れてくれ」

メグスは唇を噛んで考えた。完全に自分の望みどおりというわけではないけれど、ゴドリックは譲歩してくれている。

ロンドンにいるあいだ、いま以上に必死になって犯人を探せばいいのよ。

顎をあげて手を差しだした。「その条件をのむわ」

ゴドリックは笑みを浮かべ、メグスの手を取って握手した。「ぼくも手伝う。きみの代わりにセントジャイルズに行くとか」

急に体が震えてきた。「ありがとう」

彼はメグスの手を握ったまま、真剣な面持ちでうなずいた。「よし。ぼくはきみがロンドンにいるあいだ、ロジャー・フレイザー＝バーンズビーを殺した人間を探す手伝いをする。それから毎晩きみとベッドをともにする。きみは妊娠したらロンドンを離れて安全な田舎の領地に帰る。それでいいな？」

「ええ」

「だが――」

「何？」〝毎晩〟と〝ベッド〟という言葉を聞いて、メグスは気もそぞろになっていた。

「ぼくには殺人犯についてセントジャイルズでもっと聞き込みをする権利がある」ゴドリックはやさしく、だがきっぱり言った。「犯人をつかまえるいい方法が見つかるかもしれないからな」

たったいま握手をしたばかりなのに、早くも条件が増えている。断ってもよさそうなものだが、ゴドリックの手はあたたかくて力強い。そしてベッドはすぐそこにある。

ロンドンに来たときから、この瞬間を待っていた。

メグスはぎこちなくうなずいた。「いいわ、あなたがそうしたいなら」

「ああ、そうしたい」彼はささやいて立ちあがり、メグスも一緒に立たせた。

彼女はゴドリックの喉の血管が脈打つのを間近に見つめた。ごくりとつばをのみ込み、口を開き……。

そのとき、彼が頭をさげてキスをした。セントジャイルズでのキスとは違っていた。あのときは荒々しく、怒りと情熱がこもっていた。いまのキスは、慎み深いと言っていいぐらいやさしい。ゴドリックの唇は、まるで問いかけているみたいだ。〝これがきみの求めていることなのか？〟メグスは一瞬、心のなかで答えに詰まった。

だが、ゴドリックの唇はゆっくりと動いていた。まるではじめて出会った未知の生き物を知ろうとするかのように、じっくりとメグスを味わっている。彼の手が腕をかすめ、肩に触れ、うなじを撫でて頭を支える。ゴドリックは顔を傾けて、彼女の下唇に舌を走らせた。メグスがあえぎながらそっと口を開くと、舌がなかに滑り込んできた。決して強引ではなく、むしろふざけるように歯をかすめて舌に触れる。やりすぎだわ――ふいに彼女はそう思った。

体を離し、大きく胸を上下させてゴドリックの顔を見つめる。

「どうした？」低くかすれた声で、彼が尋ねた。

「なんでもないわ。ただ……」メグスは唇をなめた。「キスをしなくてはだめなの？」

ゴドリックの眉がつりあがった。「きみがいやならやめよう」

「そうではなくて……」うまく言葉が見つからなくて頭を振った。抱きあうあいだは、ゴドリックという人間ではなく、ただの男性として彼を見たい。けれど、そんなことを本人には言えない。

ゴドリックの顔が冷たく、よそよそしくなった。「今夜はやめておくか」

「いいえ」震える声で言う。「わたしはただ……」

なんとか落ち着こうと息を吸った。わたしはたったいま、何かを壊してしまった。でも、いま彼があのドアから出ていってしまったら、ベッドをともにする機会は二度と訪れないだろう。

メグスはゴドリックを見た。「お願い。いま、してほしいの」

彼はしばらく、何を考えているのかわからない目でメグスを見つめてからうなずいた。

「わかった」

ゴドリックがベッドを指し示し、メグスは彼の目を気にしつつ部屋着を脱いでベッドに入った。むきだしの脚が冷たいシーツに触れると、思わず身震いした。

彼はガウンと室内靴を脱ぎ、ナイトシャツ姿でメグスを見つめた。「ろうそくを消したほうがいいか？」

彼女はうなずいた。「ええ、お願い」

ゴドリックは無言で鏡台とベッドの脇のろうそくの火を消した。暖炉の火にはすでに灰がかけてあるので、室内はほの暗くなった。彼が上掛けをあげて隣に横たわり、その重みでマットレスが沈んだ。

メグスが緊張していると、彼の手がやさしく、だがしっかりと体に触れた。もうあと戻りはできない。

ロジャーのことを思いだそうとした。けれどもゴドリックに触れられるとそちらに気を取られてしまい、ロジャーの顔はぼやけて消えた。ゴドリックは上体を起こして片肘をつき、大きな体でメグスにのしかかるような体勢になった。これがほかの人だったら、恐怖を覚えたかもしれない。

でも、相手はゴドリックだ。

彼がさらに近づいて、メグスのヒップに手を置いた。息が顔にかかる。ゴドリックは薄いシュミーズの上からヒップを愛撫したあと、そのまま脚を指でなぞった。とても穏やかで控えめな愛撫。これで興奮するはずではなかった。

しかし、メグスの呼吸は速くなってきた。たぶん、わたしは尻軽なんだわ。知らないうちに性的な歓びの中毒になっていて、気持ちのこもっていない愛撫でも体に火がついてしまうのよ。

ゴドリックのほうは特別な様子はなかった。呼吸は静かで安定している。彼がシュミーズの裾をまくりはじめた。メグスの膝が、腿が、脚のあいだがあらわになる。おなかの上にシュミーズのたくしあげた部分をそっと置くと、ゴドリックは膝に手を戻した。あたたかくて大きな手を膝にのせられ、彼女は声が出てしまわないよう唇を嚙んだ。

いまやゴドリックの呼吸も静かではなくなっていた。彼は指先で膝の内側をなぞった。その指をゆっくりと腿のつけ根のほうに動かしていく。メグスは脚を開いて、彼の指を自分の中心に招いた。だが彼はそこを避け、つけ根のラインをなぞった。それから顔を寄せてキスしようとしたが、そこでさっきのメグスの言葉を思いだしたのか、やめてしまった。彼女はゴドリックを引き寄せたかった。彼の唇を自分の唇でふさぎ、さっきのは間違いだったと告げたかった。彼にキスをしてほしい。

けれどもそんなことをされたら、いまは封印しておきたいさまざまな思いや感情がわいてきてしまう。いましていることは赤ちゃんを授かるためであり、それ以上の理由はないのだ。

ゴドリックの指が茂みをそっと撫で、その下の秘所に近づいている。メグスは平静を保とうと、顔をそむけて暖炉を見つめた。ゴドリックに触れ、彼の体温と、脈打つ心臓を感じたい。でも、感情を持たないことにすでに決めている。いま、この混沌《こんとん》とした頭でその決意を変えるのは賢明とは言えない。

ついに彼の手が秘めやかな部分に触れ、メグスの頭は空っぽになった。抑えきれず、すすり泣きがもれそうになる。声を出して彼にやめられてしまうのがいやで、こぶしを口に当てた。

敏感な部分をさすられて、メグスはナイフで刺されたかのようにびくりとした。まだ物足りなかった。ゴドリックに腰を押しつけ、思いきり声を出してあえぎたい。彼の手を取って、もっとしっかり触れるように誘いたい。だが、それはできない。わたしはゴドリックにわがままを言い、彼はそれを受け入れてくれた。せめて、われを失わずに落ち着いた態度を見せなければならない。

それがどんなに大変なことであっても。

ゴドリックはあいかわらずそっと愛撫を続け、メグスは次第に潤ってきた。下腹部が熱く脈打つ。

メグスは彼の手首をつかんだ。すすり泣きのような声が喉からもれる。

「しいっ」ゴドリックがささやいた。「大丈夫だ。ぼくに――」

「だめ」メグスはあえいだ。「お願い、やめて」

「メグス」彼は戸惑ったようにため息をついた。

彼女は応えられず、ただゴドリックの手首を引っぱって、自分が何を求めているか無言で伝えることしかできなかった。

哀れに思ったのか、彼がメグスの上に覆いかぶさった。

彼女はゴドリックの手首を放し、脚を広げて、そのあいだに彼が腰を入れられるようにした。ゴドリックがナイトシャツをたくしあげる。彼のむきだしの脚はあたたかく、体毛がメグスの肌をくすぐった。彼との距離がとても近い。薄い金属が彼女の胸のあいだに落ちた。ゴドリックがいつも首にさげている鎖についたペンダントか何かだろう。なんなのかしら？メグスはぼんやりと考えたが、次の瞬間すべての思考が飛んだ。

男性の象徴の先端が、彼女の入り口を探っている。

メグスは歯を食いしばって身をこわばらせた。

ゴドリックがなだめるような声を出し、ひだを先端でさすった。からかっているのだ。

なかに入って、と言いたかった。さっさと入って終わらせて。そうすればわたしはまた落ち着きを取り戻せる、と。だが、ゴドリックはじっくりと時間をかけてじらしている。彼がこわばりを押しつけるたびに濡れたような音がして、体に火花が散る気がした。ようやく彼が先端を沈めて腰を動かしはじめると、メグスは身震いがした。ゴドリックはこれ以上ないほどゆっくり入ってきた。少し進んでは後退し、徐々に奥へと進んでいく。まるで処女を相手にしているかのように慎重だった。

ずっとこの調子で進められたら、頭がどうかなってしまいそう、とメグスは思った。わたしが求めているのは――必要としているのは――あたたかい愛の営みではないはずなのに。

赤ちゃんが欲しいだけ。

もう我慢できないと思ったとき、ゴドリックが奥まで到達した。彼はしばらく動きを止めた。シュミーズの下の胸に彼の胸が押しつけられる。ゴドリックは暗い部屋のなかで荒い息をつきながら、無言で腰を動かした。彼はどんな顔をしているのかしら？　いつもと違う顔になっているの？　暗くて見えなくても、わたしをじっと見つめているの？

そして、自分にこんなことをさせるわたしを憎んでいるかしら？

ゴドリックに触れるという贅沢は自分に禁じているので、頭の両脇で枕をつかんだ。

そのあいだも、彼は無言で何かを――メグスが彼に与えないようにしている何かを――求めるかのように腰を動かしつづけた。

ゴドリックの動きが速くなると、彼女はつばをのみ込み、暗闇のなかで目を凝らした。ふいに彼が動きを止めた。メグスの脈打つ体の奥深くに彼自身がおさまっている。それでも物足りなかった。もっともっと欲しい。

しかしメグスが得たのは、最初に自分が希望したとおり、ゴドリックの種だけだった。

ゴドリックは慎重にメグスの体から離れ、隣に転がった。このまま隣にいて彼女を抱き、許されればキスをしたい。

だが彼女はこの行為に愛情は関係ないことを明言しているし、ゴドリックはそれを無視するほど野蛮ではない。

立ちあがり、メグスの体を上掛けで覆った。彼女が小さく問いかけるような声を発したとき、ひとこと「おやすみ」と言った。

そして手探りでガウンと室内靴を拾うと、メグスの部屋を出た。

自分の寝室はろうそくをともしたままにしてあり、その明るさがありがたかった。闇のなかでの親密な時間から現実に戻り、自分がどういう人間なのかを思いだすことができる。

自分がどういう人間か、そして彼女がどういう人間かを。

しかしそれでも、気づくと鏡台に近づいていた。引き出しに鍵を差すときに指が震えなかったのが誇らしい。

琺瑯の箱を取りだした。いつものように髪が入っている。触れようと手を伸ばしたが、触れられなかった。指にはまだメグスの肌の感触が残っている。

「許してくれ」クララにささやいた。

そう言いながらも、彼女の顔も、笑い声も、あたたかい瞳も思いだせなかった。何もないところに向かって話しかけるようなものだ。

ゴドリックは引き出しの両端をつかんだ。角が食い込んで手のひらが痛むが、やはりクララのことは思いだせなかった。

ぼくは彼女を失ったのだ。

孤独だった。

震える息を吸い、乱雑な手紙の束から一通を見つけだした。

一七三九年一一月二日

親愛なるゴドリック

お金を使えるようにしてくださってありがとう。屋根の修繕をしてもらったおかげで、東棟の雨漏りは止まりました！　あと一箇所、図書室のそばの小部屋は、まだしつこく雨漏りしています。あの部屋は何に使うのかしら？　バトルフィールドは、前の持ち主が執事と恋人関係（男同士でよ！）になったときに妻を閉じ込めた部屋だと言うのですが、きっと嘘よね。バトルフィールドは冗談が好きですから。

庭の木苺の木は、先週最後の実を食べてから刈り込みました。地上に出ている作物は霜で全滅です。ケールだけは無事ですが、わたしはケールがあまり好きではありません。あなたはいかがですか？　実を言うと、この季節はなんだか寂しくなります。緑の植物はすべて死んだみたいに地中に姿を消し、残っているのは霜で覆われた木と、そこに残る枯れた葉っぱだけなんですもの。

あら、ごめんなさい！　わたしの泣きごとにうんざりしても、あなたを責められないわ。あまり楽しい手紙じゃないわね。

昨日、牧師館に呼ばれておいしいケーキと紅茶をいただきました。柿のタルトが出てきたのよ。きれいだけどちょっと苦かった（柿がまだ熟しきっていなかったみたい）のですが、奥さまご自慢のタルトだそうです（だから黙ってのみ込んで、にっこりしました！）。生まれてまだ四〇日しか経っていない息子さんに会いました。立派な赤ちゃんだったのに、なぜかわたしは涙が浮かんできて、無理に笑って目にごみが入ったふりをしなければなりませんでした。

どうしてあなたにこんな話をしているのかしら？

またしても退屈なことを書き連ねてしまいました。次の手紙は、明るい話題ばかりになるようにします。約束するわ。

メグス

追伸

お教えした生姜と大麦とアニスのお茶は試してみましたか？　ものすごくまずそうに思えるでしょうけれど、喉の痛みには本当によく効くんですよ！

追伸を読むうちに涙で字がにじみ、ゴドリックは息を吸ってまばたきを繰り返した。メグス……。偏屈な年寄りの執事がユーモアを解すると信じ、牧師の妻を喜ばせるために苦い柿のタルトを食べ、赤ん坊を見て涙しながら、その理由をみずからに認めようとしないメグス。彼女に自分の赤ん坊を抱かせてやりたい。きっとやさしくて理解のある、最高の母親になるだろう。

ゴドリックは手紙を戻して引き出しを閉め、鍵をかけた。

赤ん坊を作ると彼女に約束した。その約束は守るつもりだ。

たとえ、どんな犠牲を払おうとも。

ダニエルズが服を片づける音で、メグスは目を覚ました。横目で窓を見ると、どうやらもう昼に近い時刻のようだ。伸びをしながら気づいた。腿がべたついている。

昨夜、ゴドリックと愛を交わしたのだった。

顔が熱くなるのがわかった。脚のあいだの筋肉に、何年ぶりかで味わう痛みを感じた。部屋にダニエルズがいなければ、自分の人生が大きく転換したことをじっくりと受け入れることができるのに。

幸い、ダニエルズはほかのことに気を取られていた。「奥さま、お客さまがいらしています」

メグスは目をしばたたいた。そんな時間になっているとは思えない。それにロンドンへ来てからこのかた、客を迎えたことなどなかった。客間の掃除がすんでいるかどうかすらわからない。「そうなの?」

「ええ」ダニエルズは黄色いブロケード地のドレスを衣装戸棚に戻しながら言った。「レディがお三方」

メグスは急いで体を起こした。「誰なの?」

「ミスター・セントジョンのご親戚みたいです」

「大変だわ」いらだちを覚えつつベッドから出た。親戚が来ることを、なぜゴドリックは話してくれなかったのかしら? だが、ついこのあいだまでのセイントハウスの状態からいって、彼自身も知らなかったに違いないと思い至った。

本当に大変だわ。

ダニエルズが背中を向けているあいだに、メグスはすでに運ばれていた湯で手早く体を洗った。それからダニエルズと孤児院から来たメイドのひとりに、ピンクと黒のドレスに着替えさせてもらった。数年前にあつらえたもので、メグスはまたしても、ロンドンにいるあいだに仕立屋に行かなければと思った。

ダニエルズが舌打ちをしながら髪を整えた。言うことを聞かない髪を結うのに、いつもなら四五分たっぷりかかるところを、今日は一〇分で終わらせようとしているのだ。

「これでいいわ」ゴドリックの親戚が邸内の惨状を見てかんかんになる前に、一刻も早く階段を駆けおりていきたかったが、それを我慢して穏やかな声で言った。優秀なメイドを探すのは――特に田舎で働いてくれるメイドを探すのは――とても難しいのだ。「ダニエルズ、ありがとう」

ダニエルズが鼻を鳴らしてメグスから離れた。メグスは急いで部屋を出た。

二階はとても静かで、彼女は階段をおりながら唇を噛んだ。もう帰ったのかしら？

しかしさらに下へおりると、いつものようにきちんとしているミセス・クラムがメグスを迎えた。「おはようございます、奥さま。桜草の間でお客さまがお待ちです」

彼女はぽかんとした。桜草の間なんてあったかしら？「ええと……どの部屋のこと？」

「左の三つ目、図書室の先の部屋です」ミセス・クラムが落ち着き払って答える。

「天井の隅に大きなクモの巣があった部屋？」

ミセス・クラムの左の眉がぴくりとした。「そのとおりです」

「でも……」メグスは家政婦を見つめて唇を噛んだ。「あの部屋はまだ――」

ミセス・クラムの左の眉がゆっくりとあがった。

「いいえ、なんでもないわ」メグスはほっとして微笑んだ。

家政婦が厳かにうなずく。「勝手ながら、料理人に紅茶とビスケットを用意するよう頼みました」

ふたたびメグスはぽかんとした。「料理人がいるの？」

「ええ、奥さま。今朝の六時から」

「あなたは家政婦の鑑だわ！」

ミセス・クラムの唇がかすかに笑みを作った。「ありがとうございます、奥さま」

息をついてスカートを撫でてから、メグスは落ち着いた足取りで廊下を進んだ。ゴドリックの親戚と顔を合わせる覚悟を決めて桜草の間のドアを開けたが、そこにいる三人を見て、一気に緊張が解けた。

「まあ、ミセス・セントジョン」メグスは急いで近づいた。「ロンドンにいらっしゃること、どうして教えてくださらなかったんですか？」

メグスはゴドリックの継母を抱きしめてから一歩さがった。もうすぐ五五歳になる継母は背が低くふくよかで、亜麻色の髪は娘たちにも受け継がれているが、彼女の髪は白に近づきつつある。年齢を重ねるうちに、顔は赤みを増してきた。これといって特徴のない顔立ちだが、明るい表情のおかげでそうは見えない。メグスは村の噂で、ゴドリックの父親がこのふたり目の妻を深く愛していたと聞いている。

「あなたにならって、何も知らせずにゴドリックの玄関まで来るのがいいと思ったのよ」ミセス・セントジョンは長椅子に腰をおろしながら息をはずませて言った。

「まるで行商人みたいにね」セントジョン家の三人姉妹でいちばん若い一八歳のジェーンが口を開いた。「安っぽいリボンを買ってあげるまで、玄関に居座って帰ろうとしない行商人よ」

「あのリボンは安っぽくなどなかったわ」ジェーンより二歳年長のシャーロットが憤然として言う。「自分がパットやハリエットと外で遊んでいるあいだに行商人が来たものだから、すねているんでしょう」

「パットとハリエットをひと走りさせていたのよ」ジェーンは顔をつんとあげた。「それに、わたしはただでくれると言われたって、あんなリボンはごめんだわ」

「ふたりとも」ミセス・セントジョンが割って入ると、姉妹は口をつぐんだ。「メグスはあなたたちがリボンや犬のことで喧嘩するのなんて聞きたくないと思うわよ」

メグスは気にしていなかった。セントジョン家の姉妹が深い愛情で結ばれている——喧嘩中は別だが——のを見るのは新鮮だった。メグス自身は姉のキャロとそれほど親しくないからだ。ミセス・セントジョンの住まいはアッパー・ホーンズフィールドにあるので、メグスは姉妹のやり取りを目の当たりにする機会が多かった。

「サラはどこにいるのかしら?」メグスは言った。「それにゴドリックも」

「ゴドリックはもう出かけたって聞いたわ」ジェーンが答えた。「サラはどこにいるのか誰もわからないの」

「散歩に出ていたからよ」サラが戸口から言った。そのうしろには、ふたりのメイド見習いが紅茶のセットがのったトレイを注意深く持って立っている。「たったいま戻ってきたところ」

シャーロットとジェーンがはじかれたように立ちあがり、叫び声をあげてサラに抱きついた。ほんの一週間あまり会っていなかっただけなのに、まるで何カ月ぶりかで会ったような騒ぎだ。

ミセス・クラムがメイドを連れて入ってきて、お茶の準備をするよう静かに指示した。準備がすむと、彼女は問いかけるようにメグスを見た。メグスは礼を言い、ミセス・クラムはうなずいてからメイドたちと一緒に出ていった。

「お母さま」サラは母の頬にキスをした。「驚いたわ」

「驚かせるつもりだったのよ」ミセス・セントジョンが言う。

サラは座った。「どうして?」

「ゴドリックとはずいぶん長いあいだ疎遠になっているでしょう? ゴドリックがそれに対して何もしようとしないから、わたしがすることにしたの。ありがとう」ミセス・セントジョンは、好みの量の砂糖を入れた紅茶をメグスから受け取ってひと口飲んでから続けた。「それに、わたしも娘たちも新しいドレスが必要なのよ。特にジェーンはこの秋に社交界デビューをするから。あなたにも必要よ、サラ」

「ちょうどよかったわ」メグスは言った。「わたしも仕立屋に行くつもりだったんです。みんなで行きましょう」

「すてき!」ジェーンが座ったまま跳ねた。客間のドアが開いたが、彼女は気づかずに続けた。「年寄りで無愛想なゴドリックの家にいるより、ずっといいわ」

「ジェーン！」メグスは黙らせようとしたが、遅かった。
「客が来るとは知らなかったな」ゴドリックがかすれた声でドアのところから言った。
メグスは唇を噛んだ。どうやら彼は喜んでいないようだ。

11

「ここが地獄なの？」フェイズは岩だらけの岸を見て尋ねました。

「いや、違う」エルカンは答えました。フェイズがデスペアを大きな黒馬から突き落としたことに気づいていないようです。あるいは、気づいていても気にしていないのかもしれません。

「地獄に着くまでには、まだまだ長い旅が続く。あれはささやきの頂だ」エルカンは遠い地平線に現れた黒い山並みを指さして言いました。「おまえは本当に旅を続けたいのか？」

「ええ」フェイズはそう言って、エルカンの胴に腕をまわしました。

彼はうなずき、馬に拍車をかけました。

『エルカンの伝説』

年寄りで無愛想なゴドリック。

ジェーンがよく考えて口にしたとは思えないが、実に適確な評価だ。たしかに無愛想だ。

年寄りというのも……そのとおりなのだろう。少なくとも妹たちと比べれば年寄りだ。ぼくは三七歳で、サラとは一二歳しか離れていないが、シャーロットとは一七歳、ジェーンとは一九歳も離れている。

　ジェーンから見れば父親と言ってもおかしくない年齢だ。

　これは埋めようのない隔たりだった。

「ゴドリック」ミセス・セントジョンが立ちあがって近づき、小さなやわらかい手で彼の手を取った。「会えてうれしいわ」

　またた。継母に会うたびに覚える罪悪感と反感が、また襲ってきた。彼女の前だと不器用な少年に戻ったみたいな気がして、それがいやだった。

「母上」かしこまったかたい声になっているのが自分でもわかった。「いったいなんのご用でいらしたのですか？」

　ゴドリックの胸のあたりまでしか身長のない継母は、目をあげて探るように彼の顔を見た。

「あなたに会うためよ」やがてそう答えた。

「それに新しいドレスを作るため」ジェーンが母親のうしろから言う。反抗的な口調だが、その表情は不安そうだった。

　ぼくも、あの年齢のころはあんなふうだったのだろう。

　ゴドリックはうなずくと、継母をまた座らせた。「どのぐらい滞在される予定ですか？」

「二週間よ」

「そうですか」彼はつぶやき、メグスの視線を感じて、はじめてそちらを見た。

昨夜、ベッドをともにした妻。

彼女はピンク地に黒い縁と模様の入ったドレスを着ており、濃い茶色の髪は輝いている。背筋を伸ばし、優雅な眉を心配そうにひそめてゴドリックを見つめていた。彼は息が止まりそうになった。なんて美しいのだ、ぼくの妻、メグスは。父の家族がここにいなければ、彼女を椅子から立たせて部屋に連れていくところだ……。

だが、それはできない。

メグスが求めているのはそんなことではない。継母と妹たちが興味津々で見つめていなかったとしても、夜まで待たなければならない。

ぼくにはそんなこと許されていないのだから。

息を吸い、ふたたび会話に注意を戻した。「店までお供しましょうか？」

視界の隅にメグスの驚いた顔が映る。

ゴドリックの予想どおり、ジェーンが最初に口を開きかけたが、母の視線を感じてすぐに閉じた。

継母は微笑んだ。「ええ、お願いするわ」

彼はうなずいた。メグスが感謝の笑みとともに紅茶のカップを手渡してくる。ゴドリックはたいして好きでもない紅茶を飲みながら、おしゃべりをする女性たちを眺めた。

どうやら妻は、ローレルウッドで暮らすあいだに父の家族と親しくなったらしい。家が近いので、さほど驚くことではないのだろう。妹たちと一緒にいると、色の薄い髪と濃い髪とが対照的でなかなかの見ものだ。妹たちは全員、母親とよく似た色をしている。なかでもいちばん薄いのがシャーロットで、濃いのがジェーンだ。サラがメグスの隣で何かに笑い、ジェーンはシャーロットの膝にのらんばかりにして姉の肩に腕をまわしている。継母はそんな彼女たちをやさしい目で見守っていた。ゴドリックには入り込む余地のない、完璧な女性たちの輪だった。

彼は自分の紅茶を見おろした。

父の家族と同じ家で過ごすとは、厄介なことになりそうだ。亡霊の活動を続けて少女誘拐団を見つけなければならないうえに、ロジャー・フレイザー＝バーンズビーを殺した犯人も探さなければならない。トレビロン大尉に監視されるようになり、そういった仕事がこれまでよりはるかに困難になった。

障害は多いが、だからといってするべきことをやめるつもりはない。

「あなたがそれでよければ」継母の声がした。

目をあげると五組の瞳に見つめられていた。ゴドリックは咳払いをした。

「なんですか？」

メグスのため息で、彼は自分が会話を聞き落としたことに気づいた。「昼食のあと、すぐに仕立屋へ行くことにしたの。今夜はグリフィンとヘロと食事をすることになっているけれど――」彼女はゴドリックの家族を振り返った。「あなたがたがロンドンにいるのを知ったら、ヘロはきっと全員を招待してくれるわ」

ジェーンの目が丸くなった。「公爵のお嬢さまよね？」

メグスは微笑んだ。「いまはお兄さまが公爵よ。たぶん今夜は公爵も同席されるわ」

一瞬、ジェーンは恐れおののいたように凍りついた。それから突然興奮しだして、着ていくドレスや靴のことをあれこれしゃべりはじめた。

ゴドリックはため息をついた。長い一日になりそうだ。ふと、メグスがかすかに微笑みながらこちらを見ているのに気づいた。

だが、我慢する価値はありそうだ。


ウェークフィールド公爵はしかめっ面で甥を見おろした。「なぜこの子はわたしを見るたびに泣くのだろう？」

「人を見る目があるんですよ」グリフィンがそう答えてウィリアムを抱きあげた。そのとたん赤ん坊は泣きやみ、人差し指をしゃぶりながら父親の胸に体を預けた。

ヘロがひそかに目を丸くしてみせた。グリフィンと結婚する前の彼女なら、絶対にしなかった仕草だ。

メグスたちは家族用の居間にいた。そこへおやすみの挨拶のためにウィリアムが連れてこられたのだ。エルビナはヘロに身を寄せ、耳のうしろに手をやって、ヘロが大きな声で話しているることを聞き取ろうとしている。ジェーンはしゃちこばって座ったまま、ウェークフィールド公爵の一挙一動を見つめていた。その隣では彼女の母親と姉たちが、もっとくつろいだ様子で公爵と同席するひとときを楽しんでいる。噂好きが多いアッパー・ホーンズフィールドに帰れば、今夜のことで彼女たちは社交界から引っぱりだこになるだろう。その様子をゴドリックは暖炉のそばに立って見ている。メグスは眉をひそめた。どうしていつも孤立しているのかしら？　自分の家族に囲まれているときもそうだなんて。

ウィリアムの声にメグスは注意を引かれた。よだれがグリフィンのベストにしみをつけ、彼女は笑いをこらえられなかった。ヘロに出会う前は放蕩者として悪名高かった兄だ。

「いいかしら？」メグスはウィリアムを指し示して遠慮がちに言った。

「もちろんだ」

グリフィンからウィリアムを受け取って抱いた。父親によく似た大きなグリーンの瞳がじっと見つめてくる。思ったよりも重くてしっかりしている体はあたたかく、かすかにミルクとビスケットの匂いがした。赤みがかった茶色の髪、ふっくらした頰。指をしゃぶる薔薇色のかわいらしい唇。メグスは思わず小さな額にキスをした。

早く、早く赤ちゃんが欲しい。

ウィリアムが口から指を外し、濡れた指で彼女の頰に触れた。

「赤ちゃんって本当に厄介だわ」エルビナがそう言いながらも、舌を鳴らして赤ん坊をあやした。

「歯が生えてきているのよ」ヘロがメグスの隣で言った。「抱きましょうか？　ドレスが汚れてしまうかもしれないわ」

「いいえ、もうちょっと抱かせて。本当にかわいいわね」

「そうでしょう?」ヘロは母性愛に満ちた笑みを浮かべた。

どうしようもない憧憬の念にメグスは胸が痛くなった。顔をあげると、じっと見つめているゴドリックと目が合った。こちらの思いを読んだかのように、彼はうなずいてみせた。メグスは息が止まりそうになった。こんなことをしてくれるのはゴドリックだけだわ。とてもやさしくて、わたしを守ってくれる。今日は家族とわたしとともにお店をめぐりながら、いやな顔ひとつ見せなかった。とても楽しい一日で、ゴドリックがロジャーを殺した犯人を突きとめると約束したのを忘れてしまいそうなぐらいだった。本当なら、どんな方法を考えているのか尋ね、約束を忘れないように釘を刺さなければいけないのに、いまはそのことをしばらく忘れていたかった。

死と悲しみと喪失感を。

「やあ、マンダビル」公爵の声がした。

メグスが振り向くと、もうひとりの兄、マンダビル侯爵トマス・リーディングが到着したところだった。隣に立っている陽気な妻、ラビニアの赤毛は、最後に会ったときからさらに明るくなっている。

「ベストにしみがついているぞ」トマスがグリフィンに言った。

「知っている」グリフィンは食いしばった歯のあいだから応えた。

メグスはため息をついた。兄たちは仲がいいとは言いがたい。だが少なくとも、いまでは口をきくようになった。グリフィンが結婚してからの数週間は、それすらなかったのだ。男性たちが低い声で政治について話しあっているうちに、執事が夕食の準備ができたことを知らせに来た。

ヘロはウィリアムをメグスの腕から受け取って頬にキスしてから乳母に渡した。そして、ふたりが出ていくのを名残惜しそうに見送った。メグスに見られているのに気づいた彼女が寂しげに笑う。「いつもはわたしが寝かしつけるの。ばかみたいだけど、それを他人にやられるのがいやなのよね」

「あとで様子を見に行けばいい」グリフィンがやさしく言いながら、妻に腕を差しだした。

ヘロはその腕を取ると、鼻にしわを寄せて夫を見あげた。「わたしを甘やかさないで」

「ぼくはきみを甘やかすのが好きなんだ」グリフィンは彼女のこめかみの赤い巻き毛に向かってささやいた。メグスは赤くなった。兄の返事は聞くべきではなかったかもしれない。

「行こうか？」ゴドリックが隣に立っていた。

「ええ」彼の腕に触れて、自分の指がかすかに震えていることに気づいた。これだけ近くにいると、ゴドリックの体から体温が振動となって伝わってきて、こちらの体もそれに合わせて振動する気がする。赤ちゃんを産むための手段としてでなくても、彼が欲しい――自分のそんな思いに気づいて、メグスは慄然とした。

こんなはずではなかった。そう思いながらゴドリックと一緒に食堂へ入り、彼が引いてくれた椅子に座った。頭のなかが混乱している。わたしの体はゴドリックを求めるはずではなかった。彼には感謝しているし、彼に対する理解も以前よりは深まった。すばらしい人だと思っている。でも、これは愛ではない。

愛がないのに体が反応してはいけない。

女性のほうが人数が多いので、メグスの左にシャーロットが座った。そして右には、あろうことかウェークフィールド公爵が座った。公爵はとっつきにくくて、食事中に会話がはずむとは思えない。何を話そうかとメグスが悩んでいるうちに、従僕が魚料理の皿を運んできて配りはじめた。

先に公爵がメグスのほうを向いて話しかけた。「ハート家の庭園のゆうべの芝居は楽しめたかね？」

「ええ、閣下」メグスは公爵がロールパンをちぎるのを見ながら答えた。「閣下はいかがですか？」

「正直に言うと、芝居はあまり好きではない」退屈そうな声だったが、こちらを見た彼の目はどこかやさしかった。「だが、フィービーとバティルダは楽しんだようだ」

はじめてメグスは、公爵にわずかながら好感を持った。「よくお連れになるんですか？」

彼は肩をすくめた。「あそこやロンドンのほかの劇場にもね。あのふたり、特にフィービーはオペラも好きなのだ。舞台がよく見えない分を音楽が補ってくれるのだろう」公爵は魚を見おろして眉をひそめた。

メグスは胸が痛んだ。「そんなに悪いんですの?」

公爵は無言でうなずき、テーブルの向こうからトマスの声が聞こえてくるとほっとしたような顔になった。

「もっと長い目で見なければならない」トマスはグリフィンに向かって言っていた。「ジンの密売者が一網打尽にされれば、必然的にロンドンの街なかのジンの量が減る」

「法が制定されて、もう二年だ」グリフィンが言い返した。「それなのに、いんちきな情報提供者の懐をあたためてきただけじゃないか。いまだにセントジャイルズでは四軒に一軒がジンを扱っている」

トマスが目を細めた。従僕たちが肉のローストとさまざまな野菜がのった次の皿を運んできたが、彼はグリフィンに反論しようと口を開きかけた。

だが、ウェークフィールド公爵がさえぎった。「グリフィンの言うとおりだ」

兄弟がそろって驚いた顔で振り返った。公爵はグリフィンと親しいとは言えない。彼と妹の結婚には強く反対した。そしてトマスのほうは公爵の政友であるはずだ。

公爵はフォークを置き、椅子の背にもたれた。「法ができてからの二年で変化が起きるはずだったが、思ったようにはいかなかった。よかったことといえば、三六年の法の誤りを正せたことだが、それもたいした成果ではない」顔をしかめる。「われわれは完全に行きづまっている。ジンが邪悪な寄生生物のようにロンドンの街から活気を奪っていくのを、いつまでも指をくわえて見ているわけにはいかない」

「どういう意味ですか？」トマスがゆっくりと尋ねた。

公爵は冷たい目でトマスを見据えた。「新しい法令が必要だ」

グリフィンとトマスと公爵は激しい議論を闘わせはじめ、ゴドリックはワイングラスをもてあそびながら、真剣な目で議論に耳を傾けていた。彼は貴族ではないので議会に席はないが、昨今では男性なら誰でも、ジンによるさまざまな問題に直面しているため、それに関わる議論にも無関心ではいられないようだ。

それにもちろん、セントジャイルズはあらゆる面でジンによる問題に直面している。

メグスはため息をついて、反対の隣に座っているシャーロットのほうを向いた。

「今日選んだドレスには満足できた？」

「ええ。あのスカイブルーの波形模様のも欲しかったけれど」

シャーロットはテーブルをはさんだ向かいに座っているジェーンを不満げに見やった。ふたりはその豪華な生地をめぐって火花を散らした。だが、いますぐどちらかに決めなければどちらのものにもならないと母親に言われ、黙ってにらみあった結果、シャーロットが妹に譲ったのだ。その一〇分後には、仲よく並んで亜麻色の頭を寄せながらアイスクリームを食べていた。誰が見ても、ついさっきまで喧嘩をしていたとは思えなかっただろう。

だからといって、シャーロットが完全に妹を許したわけではないのだ。

「あなただって、青緑のブロケードのすてきなドレスを買えたじゃない」

「そうね」シャーロットは明るい顔になった。「それにレースの手袋も」うれしそうに息をついてからメグスを見る。「あのピーチ色のシルクはあなたの髪にぴったりよ。ゴドリックはきっと見とれちゃうわ」

メグスは微笑んだが、義妹から目をそらさずにはいられなかった。わたしはゴドリックに見とれられたいのかしら？　目をあげると、彼はこちらを見ていた。そのまなざしは気だるく、長く美しい指はワイングラスの脚をくるくるまわしている。

なぜだか顔が熱くなり、メグスはあわててまた視線をそらし、落ち着くためにワインを飲んだ。

「メグス？」シャーロットがためらいがちに声をかけてきた。

「何？」

シャーロットはマッシュポテトとパースニップの山をひとつにして、フォークで筋をつけていた。彼女はメグスに顔を寄せると小声で言った。「ゴドリックは……」言葉を探すように咳払いをする。額には皿の上の料理と同じように細い筋が入っていた。「ゴドリックはわたしたちと仲よくしたいと思っているのかしら？」

「わからないわ」

正直に答えた。クララが亡くなる以前から、ゴドリックと家族のあいだに大きな溝が存在していたことは、彼の思い出話を聞いて知った。時間と距離がその溝をさらに大きくした。これを埋めることはできるのだろうか？

メグスは唇を噛んだ。従僕が皿を片づけ、デザートを各人の前に置いた。

「別にいいんだけれど……」シャーロットはデザートを見つめ、あいかわらず額にしわを寄せている。スプーンを取ってデザートをついてから、ため息をついてスプーンを置いた。「小さいころのことを覚えているの。ゴドリックはとても背が高くて強かった。わたしは神さまだと思っていたわ。たまにゴドリックが訪ねてくると、わたし、ヒヨコみたいにあとをついてまわっていたんですって。でもゴドリックは、小さい女の子につきまとわれてうんざりしていたって」

この瞬間、メグスは自分のスプーンを夫に投げつけてやりたくなった。

「そんなことはないと思うわ」メグスはやさしく言った。「ただ、ゴドリックが難しい年ごろだったときにお父さまが再婚したから。それに実のお母さまも亡くしたわけだし……」途中で言葉を切った。少年のころはそうだったかもしれないが、彼はもう立派な成人だ。いつまでも妹たちと疎遠にする理由にはならない。

「わたしのお兄さまよ」ようやく聞こえるほどの小さな声で、シャーロットがささやいた。「たったひとりのお兄さまなのよ」

その言葉を聞いて沈んだメグスの心は、おいしいデザートを食べても晴れなかった。なんとかして、妹と継母がいかに大切かをゴドリックにわからせなければ。いまが唯一の機会かもしれない。妹たちが結婚してそれぞれの家庭ができれば、兄と親しくしたいという気持ちは薄れてしまうだろう。

そして、ゴドリックは永遠に孤独のままになってしまう。

メグスは空になった皿にゆっくりとスプーンを置いた。子供ができたら、わたしはロンドンを去る――ゴドリックのもとを去る――と約束した。田舎で子供や友人や親戚に囲まれて過ごすことになるだろう。田舎での生活は、子供がいないことを除けば幸せで満ち足りていた。でも、ゴドリックは……。

彼には誰がいる？

友人のケール卿はいる。でも、ケール卿には家族がある。これから人数も増え、彼が家族に割く時間も増えるだろう。メグスは孤独で年老いたゴドリックが本に囲まれている姿を想像した。いつかは――それまで生きているとして――セントジャイルズの亡霊も辞めなければならない。そうなったとき、ゴドリックには何も残らない。

そう思うと悲しかった。メグスは上体をかがめてラビニアの話を聞いているゴドリックに目をやった。わたしはゴドリックを愛してはいないかもしれないけれど、彼は夫なのだ。わたしには責任がある。彼をひとりにしてはいけないと、どうしていままで気づかなかったのだろう？

男性たちが立ちあがった。メグスは聞き逃していたが、ヘロが居間で紅茶を飲もうと女性たちを誘ったらしい。ウェークフィールド公爵がミセス・セントジョンの椅子を引いてから、メグスの椅子を引いた。称号よりも年齢を優先させたのは、メグスから見ても妥当だった。

ミセス・セントジョンはメグスとシャーロットの腕に手をまわした。「デザートのとき、何を真剣に話しあっていたの？」

「ゴドリックのことよ」シャーロットがため息をついて答え、ミセス・セントジョンは黙ってうなずいた。言えることなど何もないのだ。

居間ではすでにヘロが紅茶をふるまっており、サラがハープシコードの前に座ってぽつりぽつりと鍵盤を押していた。

「あなたたち、歌ってちょうだい」ミセス・セントジョンが紅茶を受け取りながら言った。

「このあいだ習った古い歌はどう？」

サラも知っている歌だったので、彼女の伴奏に合わせて、ジェーンとシャーロットは腕を組んで歌った。

「なかなかいいわね」エルビナは歌に合わせて椅子の肘掛けを指で叩いた。

メグスは椅子にもたれてうっとりと聞き入った。自分の声には自信がないが、人の歌を聞くのは大好きだし、ふたりの声はとても耳に心地よかった。もしジェーンとシャーロットがときおり歌うのをやめ、くすくす笑ってからもう一度歌おうとしても、まったく気にならないだろう。家族のために歌っているのだから。彼女たちがヘロやラビニアともすっかり打ち解けて家族のように接しているのが、メグスにはうれしかった。

一時間後、男性たちも居間に入ってきた。セントジョン家の姉妹が一瞬体をこわばらせるのを見て、メグスはため息をついた。トマスも公爵も、一緒にいてくつろげる相手ではない。だがグリフィンも一緒なので、メグスは彼と話すことにした。

兄のそばに行き、小声で家のなかを案内してほしいと頼んだ。これまできちんと案内してもらったことがなかったのだ。

グリフィンは驚いたようにメグスを見たものの、すぐに腕を差しだし、ヘロに声をかけてからメグスを連れて居間を出た。背後でドアを閉めたあとも、ゴドリックが不思議そうな目で見ているのが感じられた。居間の外は静かだったが、やがてまたハープシコードの音色が流れ、見事なバリトンの歌が始まった。メグスは眉を寄せた。誰かしら？　トマスの歌唱力はわたしとたいして変わらないはずだし、ゴドリックが歌えるとは思えない。

グリフィンはメグスを大階段に案内しながら、天窓だのつけ柱だのイタリアの影響だのと、どうでもいいことを説明している。彼女は目を細めて兄を見た。

「グリフィン、もういいわ」とうとうメグスは言った。

兄が振り向いて意味ありげに微笑んだ。「どうせ家には興味などないと思ったよ。何を話したいんだ？」

「お兄さまとジンの密造のことよ」遠まわしな言い方もわからないし時間もないので、単刀直入に言った。

「ジンがどうした？」グリフィンは警戒するように聞き返したが、その顔からは表情が消えていた。兄の場合、それが決定的な証拠になる。

メグスは深く息を吸った。「お兄さまが一時期セントジャイルズでジンを密造して、トマスも含めたわたしたち一家を支えてきたと聞いたの」

「セントジョンめ！　おまえにその話をする権利は彼にはないはずだ」

「権利はあるわ。わたしは彼の妻だし、何よりもお兄さまの妹だもの。生活が苦しかったことをどうして話してくれなかったの?」

「おまえには関係のないことだった」

「関係ないですって?」唖然として兄を見つめた。「キャロとわたしは湯水のようにお金を使ったわ。それにトマスはお父さまが亡くなったあと、金箔の縁取りをしたあのとんでもない馬車を買った。知っていれば、そんなもの買わなかったでしょうね。間違いなくわたしたちにも関係のあることよ。お兄さまが話してくれていればもっと倹約したし、買い物に慎重になっていたわ」

「慎重になんてなってほしくなかったんだ」グリフィンは大きく息を吐き、メグスから一歩離れた。「わからないか? あれはわたしが背負うべき重荷だったんだ。おまえと母上とキャロのことを心配する義務があった」

「トマスはどうしていたの?」信じられない思いで尋ねた。

「兄上には経済観念がない。父上もそうだった。わたししかいなかったんだ」

「グリフィン」メグスは兄の腕に手をかけてやさしく言った。「わたしがいたじゃないの。若いときは頼りにならなかったかもしれないけれど、もう二五歳よ。少なくとも、お兄さまの心の支えにはなれるわ。わたしには知る権利があるのよ」

グリフィンが顔をしかめて目をそらした。そんな権利はないと言われるのを彼女は覚悟した。三年前、ヘロと結婚する前の兄だったらそう言っただろう。だが、ふたたびメグスの顔を見た彼の目はやわらいでいた。

「メグス、おまえの言うとおりだ」彼女は眉をあげ、グリフィンはあきらめたように両手をあげた。「たしかにおまえに話すべきだった。自分の背負っていた重荷を、少しおまえにも分けるべきだったんだ」

「もうひとつ、ききたいことがあるの」

グリフィンは追いつめられたような顔になったが、勇敢にもうなずいた。

「いまも困っているの？」

「いいや」グリフィンはほっとしたように答えた。「もちろんいまも仕事をしているが、今度はまともな仕事だ。領地に羊の放牧場を作り、ロンドンに羊毛の紡績所を作った」肩をすくめて続ける。「いまはまだ小さいが儲《もう》かっている。じきに大きくするつもりだ。社交界でそれを吹聴《ふいちょう》する気はないがね」最後はいたずらっぽくつけ加えた。

お金があるのはもちろんいいことだ。だが、お金を稼ぐとなると社交界では眉をひそめられる。紳士たちはたぶん、商売などで手を汚すぐらいなら飢え死にしたほうがましだと考えているのだろう。

グリフィンがそんな社交界のならわしを歯牙にもかけないことを、メグスは大いに誇りに思った。

兄の腕に腕を絡めて言う。「話してもらってよかったわ。でも、グリフィン？」

「なんだ？」ふたりはあいかわらずバリトンが聞こえてくる居間に向かっていた。

「約束してほしいの。もしまたお金やほかのことでも困ったことになったら、わたしに話してくれるって」

「ああ、わかったよ、メグス」グリフィンは目をぐるりとまわして応えた。

彼女はひそかに微笑んだ。グリフィンは反論するかもしれないが、兄が正直に話してくれることが大事だった。家族は正直でなければならない。いいことも悪いことも、すべてみんなで分かちあうべきだ。

ゴドリックにも彼の家族と同じような関係になってもらいたいと考えるうち、居間に着いていた。なかに入ったとたん、メグスは驚いて足を止めた。

見事なバリトンの主はウェークフィールド公爵だった。

その晩、メグスはベッドのなかで冷たい闇に包まれながら、ゴドリックが来るのを期待しないよう、彼を待ち焦がれないよう努めた。

こんなことをしている理由を自分に説こうとしたが、さまざまな考えが入り乱れる。グリフィンとヘロの家でのディナー、幼いウィリアムの顔、グリフィンとの和解、ウェークフィールド公爵が厳格な大天使のように歌っているところを見た驚き――そんなことに神経を集中させようとしたが、どの光景も幻のごとく頭から逃げていく。デザートの味やなめらかな舌触りを思いだそうともしたが、よみがえるのはキスをするときのゴドリックの口の味だけだった。

闇のなかで、思わずうめき声をあげてしまったかもしれない。

やがて、ゴドリックがまさしく亡霊そのもののようにやってきた。マットレスが沈み、体温が伝わってくるまで、メグスは彼が部屋に入ってきたことすら気づかなかった。

彼がまだ触れないうちから体が震えた。

そしてゴドリックの手が肩を滑ってシュミーズに包まれた脇腹を撫でおろし、今度は胸のふくらみをなぞった。頭と肩は獲物を守る鷹《たか》のように彼女の体に覆いかぶさっている。

メグスは息をのんだ。ゴドリックにはどこか危険なところがある。たぶんいつもそうなのだが、昨夜だけは隠していたのだろう。彼と愛を交わすのはまだ二度目で、そう考えるとメグスはどうにかなってしまいそうになった。これからもこんな夜が何度も訪れるだろう。暗闇にひとり横たわり、ゴドリックを待つ夜。頭のなかを整理しようと躍起になる夜。何も感じないよう努める夜。

いまも感じないよう努めているけれど……それは無理だった。

ゴドリックの手が動き、胸を包み込んだ。色白ですらりとしたその手が容易に脳裏によみがえる。わたしの肌に触れるときはどんなふうに見えるのかしら？

メグスは唇を嚙んだ。ゴドリックの親指が、すでにかたくとがっている胸の先端をとらえる。鳥肌が立った。指がふたたび先端をかすめてから両方を同時につまむと、メグスは彼の手に向かって胸を突きだしたいのを必死でこらえた。

ロジャー。ロジャーのことを考えるのよ。

ゴドリックの頭が驚くほどすばやく動いたかと思うと、熱く湿った口が乳首をとらえた。薄いシュミーズの上から舌で愛撫され、頭のなかが空っぽになる。メグスは背中をそらして泣き声をもらした。彼が乳首を強く吸い、その拍子に冷たいペンダントがメグスのおなかに滑り落ちた。ゴドリックが体を離し、濡れたシュミーズに覆われた胸に息を吹きかける。その冷たさに彼女は身震いした。それから、彼はもう一方の胸を念入りに愛撫した。メグスと彼女の体に全神経を集中させている。立てつづけの愛撫は、メグスに自分を取り戻す隙を与えなかった。

彼女はただ、感じることと焦がれることしかできなかった。

息も絶え絶えになったころ、ゴドリックがようやく頭をあげ、震えている腹部へ口を移動させた。メグスは彼が何をしようとしているのかわからなかったが、シュミーズをあげてさらに下へ顔をさげはじめたとき、はじめて気づいた。

「やめて」これがゴドリックが部屋に入ってきてから、ふたりのあいだで交わされた最初の言葉だった。ひどくかすれた声が出た。

メグスは唇をなめた。鼓動の速さと、彼の愛撫で濡れた乳首の冷たさ、そして夜の静けさがいやでも感じられる。

ゴドリックは彼女の言葉で動きを止めた。だが、それは恐怖のせいでも不安のせいでもなかった。メグスの腰の両脇に腕を置いて覆いかぶさっている体勢は、いかにも危なっかしい。細い糸一本でどうにか意志をつなぎとめているかのようだ。いずれは彼女の頼みを無視して口をつけるであろう体勢だった。

メグスの秘所に。

ゴドリックが何をしようとしているかはわかる。われを忘れさせようとしているのだ。わたしはきっと我慢できない。あの美しい口と巧みな愛撫に屈して、すべてを忘れてしまうだろう。

ロジャーの顔がついに完全に頭から消えた。

メグスはゆっくり息を吸い、ためらいがちにゴドリックの肩に手を伸ばした。力強い筋肉が盛りあがった肩は、彼女だけでは動かすことができそうにない。

「お願い」そっとささやいた。

ゴドリックはしばらく動かなかった。そして肩からメグスの手を振り払い、シュミーズをあげて腿のあいだに身を落ち着けた。彼女はすでに潤っていたが、まだ充分ではないのだろう。ゴドリックはこわばりを彼女のなかに滑り込ませると、ゆっくり進みはじめた。

メグスは息をのんでのけぞり、体の力を抜こうとした。動物は何も考えずにこういうことをする。それなら人間にもできるはず。そういう人だっている。でも、わたしはそうではないみたい。

いろいろと考え、感じてしまう。

ゴドリックが力強く腰を動かして奥まで入ると、メグスは彼の腕をつかんだ。闇のなかでなんとか彼の表情を見ようと目をあげる。

だが、男らしい体の輪郭しか見えなかった。

それでも、まぎれもなくゴドリックだ。たとえ目隠しをされていてもわかるだろう。匂いか、もっと原始的な何か――魔法かもしれない――のおかげでわかるのだ。

わたしの上にのしかかり、腰を大きく引いて、また突き入れるゴドリック。

彼に魂を支配されたような気がする。

それに抵抗したくて、メグスは目を閉じて彼の腕から手を離し、五感を遮断しようとした。でも、できなかった。できるはずがない。彼とわたしは愛を交わしているのだから。

結局、メグスは最後にささやかな勝利をおさめた。ゴドリックの動きが速くなり、メグスのなかで震えだしても、彼女は必死でこらえた。そしてついにゴドリックが身震いして大きくのけぞったとき、頂点に達したのは彼ひとりだった。

しかしメグスには、自分の勝利を祝う間もなかった。

ゴドリックが闇のなかで顔を寄せてきた。キスをするつもりかと思い、メグスが顔をそむけると、彼は耳に唇が触れるほど近づいてささやいた。

「きみはほかの男のことを考えながら、ぼくと愛を交わしているんじゃないのか？」

12

エルカンの広い背中にしがみつきながら、フェイズは空腹を覚え、ドレスのポケットから小さなりんごを取りだしました。彼女がみずみずしい果肉をかじると、エルカンの鼻が広がりました。

フェイズは自分の不作法が恥ずかしくなりました。「食べる?」

「この一〇〇〇年、人間の食べるものは食べていない」エルカンはしわがれた声で言いました。

「じゃあ、そろそろ食べてみたらいいわ」

フェイズはりんごをひと口かじると、その切れ端を口から出して、エルカンの口元に差しだしました。


『エルカンの伝説』


ゴドリックは自分の言葉にメグスが凍りついたのを感じた。

全身を激しい怒りが駆けめぐり、いますぐここを立ち去らなければ内側から爆発してしまいそうな気がする。彼女を傷つけないよう、慎重に腰を引いた。

これまで怒りで女性を傷つけるかもしれないと不安に思ったことはなかった。

ゴドリックの動きとともに上掛けが動き、性の営みとメグスの匂いが立ちのぼった。彼は感情に支配されて、何も考えることができなかった。

「それは違う――」彼女が言いかけた。

いったい何が違うというのだ？

「黙ってくれ」ゴドリックは嚙みつくように言い、ベッドからおりた。

「ゴドリック」

「いいかげんにしてくれないか？」暗がりのなかでメグスのほうを向いて告げた。あとで悔やむようなことを言ったり、したりしてしまう前に出ていかなければならない。

だが、彼女は反対の考えを持っているようだった。女性らしい、それでいて力強い指がゴドリックの手首をつかんだ。

彼は動きを止めた。

「どこに行くの？」メグスがささやいた。

まだ彼女の匂いがする。その匂いが自分の肌にしみついているのだと気づいて、彼は愕然とした。「外だ」

「どこ？」

ゴドリックは冷笑したが、闇のなかでメグスには見えないはずだった。「どこだと思う？

セントジャイルズだ。きみの恋人を殺した男を探しに行くんだ。亡霊の仕事をしにね」

「でも……」彼女の声はささやくようだった。「行ってほしくないわ、ゴドリック。セントジャイルズの亡霊として出かけるたびに、あなたは魂をすり減らしてくる気がするの」

「それは、この取引をする前に考えるべきだったたな」ゴドリックはメグスの指を払おうと手を動かしたが、彼女はしっかりとつかんだままだった。「ぼくに調べてほしいんだろう？だから亡霊として調べるんだ。それとも気が変わったか？　犯人探しをやめてほしいのか？」

メグスが息を吸う音が聞こえた。腕に彼女の髪が触れる。メグスが一瞬ためらい、そのあいだ、ゴドリックは自分でもわからない何かを求めて心臓が止まるような気がした。

やがて指が手首を放し、それとともに彼は体から熱が引いていくのを感じた。

「いいえ」

「ならば、ぼくは取引の条件を果たすために犯人を探すことにしよう」

それ以上メグスが何か言うのを待たずに部屋から逃げだした。

階下に行くと、あらゆる思いを頭から閉めだして手早く亡霊の衣装に着替え、夜の闇のなかに出ていった。

二〇分後、ゴドリックはセントジャイルズの路地を歩いていた。〈一角山羊亭〉は悪名高い宿だ。ロジャー・フレイザー＝バーンズビーの従僕だったハリスがなんらかの形でその宿とつながっているという事実だけでも、ダークはハリスを疑うべきだった。

だが、ダークはゴドリックのようにセントジャイルズをよく知っているわけではないのだ。

〈一角山羊亭〉はれんがと木でできた、わずかに傾いた建物の一階にあった。建物の角にさがっている黒っぽい木の看板に描かれた山羊には角などない――少なくとも頭には。宿の名の由来となったのは、体の別の部分にある〝角〟らしい。ここではセントジャイルズで手に入るあらゆる違法なものを売っている。ジン、売春婦、そして盗品も。ここを根城にしている追いはぎも少なくない。

物陰に身を潜めていると、宿で働く少年が川に汚水を流しに出てきた。

「おい」

少年は目を丸くしたが、ゴドリックの姿を見ても逃げようとしなかった。

ゴドリックは硬貨をちらつかせた。「アーチャーに話があると伝えてくれ。二分以内に出てこなかったら、こちらから入っていくともな」

少年は硬貨をポケットにしまうと、音をたてずに宿のなかに走っていった。たいして待たずにすんだ。背の高い痩せた男が、戸口に頭をぶつけないよう身をかがめて出てきた。

男は上体を起こすと、用心深くあたりを見まわしてからゴドリックを見て、腹立たしいながらもあきらめたような顔になった。「なんの用だ?」

「ハリスという男のことを知りたい」

「ハリスってやつは知らないな」宿の主人のアーチャーはこそこそした様子で目をそらしたが、それが何を表すのかゴドリックにはわからなかった。アーチャーはいつもこそこそしている。肌の色は不健康そうな黄色がかった白で、まるで穴に住む水生動物のようだ。目はぎょろりとしていて生気がなく、脂っぽい黒髪は頭に張りついている。

ゴドリックは腕組みをして建物に寄りかかり、眉をつりあげた。「ロジャー・フレイザー＝バーンズビーがセントジャイルズで殺されたところを目撃した従僕だ」

「このあたりではしょっちゅう殺しが起きてる。いちいち覚えてないね」アーチャーは肩をすくめた。

「嘘だ」ゴドリックは小声で言った。「フレイザー＝バーンズビーは上流階級だった。殺されてすぐ犯人探しが行われたことは、セントジャイルズの誰もが覚えている」

「もしおれが覚えてたら、なんだっていうんだ?」宿の主人はどら声で言った。「それがおれになんの関係がある?」

「殺しの数週間後、ハリスの荷物がここに送られた」

「それで?」

「誰が取りに来た?」

アーチャーはあえぐような声を出した。それが彼の笑い声なのだろう。

「そんなこと、覚えてるわけないだろう?　もう何年も前のことだ」

ゴドリックは組んでいた腕をほどいた。

アーチャーがあわてて笑うのをやめた。「本当だ!　神にかけて誓う。ハリスの荷物を誰が持っていったかは覚えてないんだ」

ゴドリックは彼に一歩近づいた。

宿の主人が両手をあげてあとずさりした。「待ってくれ！　だけど、あんたが知りたそうなことを知ってる」

ゴドリックは首を傾けた。「なんだ？」

びくびくした様子で、アーチャーは唇をなめた。「ハリスは死んだって噂だ」

「いつ？」

アーチャーが首を横に振る。「それは知らないがずいぶん前だ。たぶん荷物が送られてくる前だと思う」

ゴドリックは宿の主人をじっと見つめた。この男は生まれながらの嘘つきだが、いまは本当のことを言っているようだ。もっと脅しておびえさせることもできるが、おそらく時間の無駄だろう。

〈一角山羊亭〉のドアが乱暴に開き、三人の兵士がよろよろと出てきた。かなり酔っているようだ。

「もっと何かわかったら教えてくれ」ゴドリックはアーチャーに硬貨を渡すと、背中を向けて滑るようにその場を去った。

月が青白い楕円形に見える。背後から、大きな笑い声と樽《たる》を倒す音が聞こえた。ゴドリックは振り向かなかった。

ふいに、今夜メグスに感じた怒りがありありとよみがえった。彼女のために、ぼくは家も孤独も心の平安も放棄して、体を差しだした。そのお返しがこれなのか？　ぼくのものを体のなかに迎えながら、ほかの男のことを考える。一度目のときも同じ疑いを持ったが、そんなはずはないと打ち消した。しかし今夜は、さらに強い疑問を抱いた。メグスが自分を抑えた様子、ぼくと目を合わせようとしなかったこと、ぼくにきちんと最後まで彼女を愛させようとしなかったこと。そして気づいた——メグスが愛を交わしていた相手はぼくではなかったのだ。彼女が思い描いていたのがフレイザー＝バーンズビーなのか、ダークなのか、それともぼくの知らない誰かなのかはわからないが、そんなことはどうでもいい。

ぼくは代用品として利用されるつもりはない。

前方の角から馬にまたがったふたりの竜騎兵が現れたが、物思いにふけっていたゴドリックは彼らが目の前に来るまで気づかなかった。

ゴドリックも竜騎兵も、互いに不意を突かれて驚いた。

右の兵士が先にわれに返り、サーベルを抜いて馬を突進させてきた。駆け足の馬から逃げることはできないし、路地は狭い。ゴドリックは背後の煤《すす》けたれんがにぴったりと体をつけた。ひとり目の兵士の馬はゴドリックのチュニックに触れるぐらいすれすれに走り過ぎていったが、ふたり目の兵士は頭がよかった。膝で馬を操りながら、ゴドリックを追いつめた。ゴドリックはあわやれんがと馬のあいだにはさまれるか、あるいはサーベルの切っ先で切り裂かれるかという局面に置かれた。汗をかき、荒い鼻息をついている馬をよける余裕はない。見あげると、あとから取りつけたような張りだしの木製のバルコニーが目に入った。壊れかけたそのバルコニーが体重を支えてくれるかどうかは疑わしいが、ほかに選択肢はない。

　ゴドリックは跳びあがり、バルコニーの支柱にぶらさがった。両脚を曲げたとき、左肩の傷口が開いて痛みが襲ってきた。彼が馬の顔に向かって足を蹴りだすと馬は動揺し、竜騎兵はあわてて手綱を強く引いた。馬はうしろ脚で立った。

　ゴドリックは勢いをつけて跳びおり、石畳を転がって、長剣を鞘から引き抜きながら立ちあがった。

　だが、そこへひとり目の兵士が引き返してきた。ゴドリックは二頭の馬にはさまれた。ひとつ喜ぶべきなのは、ほかに竜騎兵は見当たらないことだった。

「降参しろ！」ふたり目の兵士が叫びながら、鞍《くら》に取りつけた拳銃に手を伸ばした。

　ゴドリックは兵士に飛びかかり、拳銃に手が届く前にその腕をつかんで思いきり引っぱった。その衝撃で馬が暴れ、兵士は地面に落ちた。

　すかさずゴドリックはひとり目に向き直り、頭めがけて突きだされた剣をかわした。低い位置にいる彼のほうが不利だが、逃げる気にはならなかった。馬上の兵士に向かって剣を振るったものの当たらず、その瞬間、相手の目にきらりと光るものを見た。

　だが、遅かった。背後から殴られて、ゴドリックは膝をついた。目がまわったが、それよりも怒りが大きかった。体をひねって相手の脚に抱きつき、引き倒して馬乗りになった。しかし……。

　股間に膝蹴りを食らった。

痛みをこらえて息を吸い、兵士の顔をこぶしで殴った。背後でもうひとりの兵士が何か叫び、馬の足音が危険なほどすぐそばで響いたが、ゴドリックは気にしなかった。

だが、さらに何頭かの馬が近づいてくる音が聞こえると手を止めた。ゴドリックは自分の下にいる男を見つめた。目のまわりが腫れあがり、唇が切れて血が出ているが、まだ生きてもがいている。

ゴドリックは立ちあがって走りだした。馬がすぐうしろに迫ってくる。途中の家の角に置いてあった樽がいい足場になり、彼はつかまるところを探しながら壁をよじのぼった。

下から叫び声が聞こえたが、振り返る間も惜しんで屋根にあがった。はがれかけていた瓦が滑り落ちて地面で割れる。ゴドリックは全速力で走った。

しばらく走ってから足を止め、息を切らして煙突に寄りかかった。そのときはじめて、まだ誰かが自分をつけていることに気づいた。

ゴドリックは短剣を取りだし、痩せた人影が用心深く屋根の棟を進んでからこちらにおりてくるのを見守った。相手がすぐそばまで来たところで、うしろから襟をつかんで喉に短剣を当てた。

「なぜあとを追う？」

少年の賢そうな目がちらりとゴドリックを見たが、彼は逃げようとはしなかった。

「墓荒しのジャックから、亡霊が少女誘拐団のことを知りたがってるって聞いたんだ」

「それで？」

大きな口がにやりとしたが、そこには楽しさのかけらもなかった。

「おれは少女誘拐団の仲間なんだ」

二〇分後、ゴドリックは少年が紅茶とバター付きパンを頬張るのを見つめていた。思ったよりも若いようだ。最初は若者だと思ったが、それは背が大人と変わらないせいだった。いま、〈恵まれない赤子と捨て子のための家〉の厨房に座っていると、頬はやわらかそうで首は細く、顎の線はなだらかだ。せいぜい一五歳といったところだろう。

茶色い髪は紐で結わえてあるものの、卵形の顔のまわりに落ちてきている。油じみたベストと大きすぎる上着を着て、大きな帽子を目深にかぶっていた。手首は華奢で、両手の爪は煤で汚れている。

見つめられていることに気づくと、少年は挑むように顎をあげ、両端にミルクティーをつけたままの口を開いた。「なんだ?」

ゴドリックの隣からウィンター・メークピースが尋ねた。「きみの名前は?」

脅されているのではないと判断したらしく、少年は肩をすくめて目の前のパンに注意を戻した。「アルフ」

陶製の壺から苺ジャムをスプーンにたっぷりすくってパンにのせ、それをふたつに折ってむさぼるように食べる。

ゴドリックはウィンターと目くばせをした。説得に脅しをまじえて、なんとかアルフを孤児院まで連れてきた。竜騎兵がうろうろしているあいだは建物のなかに入りたかったし、かといって、よく知らない少年を自宅に連れ帰る気にはなれなかった。

ましてその少年は、自分が少女誘拐団のひとりだと言っているのだから。

「いつから誘拐団に雇われているんだ？」ウィンターが落ち着いた低い声で尋ねた。

アルフはパンを紅茶で流し込んでから答えた。「一カ月ぐらい前から。でも、いまはもうやつらのところでは働いてない」

ウィンターは何も言わずに紅茶のお代わりを注いでやったが、ゴドリックはそこまで辛抱強くない。「わたしには、いまも働いているような言い方をしたじゃないか」

アルフはパンを噛むのをやめ、目を細めてゴドリックを見た。「おれのほかに誘拐団のことを話してくれるやつはいないんだろう？　おれで満足しといたほうがいいぜ」

ウィンターがゴドリックの目を見つめ、小さく首を横に振った。

ゴドリックはため息をついた。あとで正体がばれないよう小声で話しているが、アルフと話していると、つい地声が出そうになる。それに男の子の扱いはウィンターのほうがずっと慣れている。

厄介な男の子の扱いも。

「なぜ誘拐団に加わった？」ウィンターが尋ねた。彼はパンをさらに二枚切った。

「噂で聞いたんだ」アルフはパンにバターをたっぷり塗った。「やつら、たいていは大人と子供のふたりひと組で動いてるんだけど、子供のひとりが荷馬車にひかれたから、代わりを探してたんだよ。報酬はよかった」そこで紅茶をひと口飲み、今度はジャムを塗る。「いい仕事だったよ」

「じゃあ、なぜやめたんだ？」ウィンターが淡々とした声できいた。

アルフのパンは両側からジャムが垂れそうで、いつでも食べられる状態になったが、彼は食べずにそれを見つめた。「ハンナっていう女の子がいたんだ。赤毛で五歳ぐらいの子で、おれのことなんか怖くないとかなんとか、よくしゃべるんだ。おばさんに売り飛ばされたんだけどさ。おれとサムはその子を作業場に連れていった。そのときは元気そうで――」

「元気だと？」ゴドリックは低い声で言った。「連中は子供たちを働かせるうえに殴って、食事もろくに与えないんだぞ」

「それだけじゃない」アルフは開き直ったように言ったが、ゴドリックと目を合わせようとはしなかった。「売春宿に売ったり、わざと目をつぶして物乞いをさせたりもする」

ウィンターが制するようにゴドリックを見た。「ハンナに何があったんだ？」

「そういうことさ」アルフは汚い指で、ふたつに折ったパンをジャムがはみでるまで押しつぶした。「次におれが行ったときはいなかった。何があったかは教えてもらえなかった。ただ……いなくなったんだ」彼は目をあげた。怒りに燃えたその瞳はうるんでいた。「それでおれはやめたんだ。小さい女の子を苦しめるやつらの仲間なんていやだから」

「勇敢だったな」ウィンターがやさしく言った。「誘拐団は離反を喜ばないだろうからね」

アルフは鼻を鳴らした。「リハンって言葉は知らないけど」

「誘拐団がどんな連中で、どこにいるのか教えるなら、おまえの助けになろう」ゴドリックは言った。

「場所は一箇所じゃない」アルフは真剣だった。「作業場はおれが知ってるだけで三箇所あるけど、それだけじゃないと思う」

「三箇所だって？」ウィンターが言った。「なぜいままで気づかなかったんだろう？」

「ずる賢いやつらなんだ」アルフはパンを頬張り、しばらくしてのみ込んだ。「踏み込むなら夜がいい。見張りはいるけど、誰だって夜は眠いからな。おれが案内するよ」

「早く動いたほうがいい」ゴドリックはウィンターに言った。ウィンターがうなずく。「明日の晩、案内してくれるか？」

「わかった」アルフは切ってある残りのパンをつかんで上着のポケットに突っ込んだ。「じゃあ、明るくなる前に行くよ」

「ここにいてもいいんだぞ」ウィンターが言った。

アルフが首を横に振る。「ご親切にどうも。だけど、こんな広いところは好きじゃないんだ」

ゴドリックは顔をしかめた。「危険はないのか？」

頭を傾けて、アルフは皮肉な笑みを浮かべた。「おれが明日来ないのが心配なのか？　大丈夫、誰にもつかまらないよ。ごちそうさま」

そう言って、彼は厨房のドアから出ていった。

「あとをつけよう」ゴドリックは言った。

だが、ウィンターはかぶりを振った。「彼をおびえさせたくない。それに、さっき裏の路地に竜騎兵がいたぞ」

ゴドリックは悪態をついた。「ぼくを追ってきたんだ」これで家に帰るのがいつもより難しくなった。彼はウィンターを見た。「本当にアルフは明日まで安全だと思うか?」

パンを片づけながら、ウィンターは肩をすくめた。

「ぼくたちにはどうすることもできない」


窓の外から聞こえる男たちの声で、メグスは浅い眠りから目覚めた。まばたきをして寝室を見まわす。すでに明るいが、まだダニエルズが起こしに来て着替えを手伝う時間ではなかった。

メグスは窓辺に行ってカーテンを開き、中庭を見おろした。ゴドリックはマントを着て、三角帽の男性と話している。メグスはじっと見つめた。彼がいつになく緊張した様子で立っているのを見ると不安になる。

そのとき三角帽の男性が家を見あげ、彼女は息をのんだ。

トレビロン大尉だわ。

大尉がさっと手を伸ばしてゴドリックのマントを開いた。

メグスは急いで向きを変え、ガウンを着ながら部屋を出て階段を駆けおりた。心臓が喉から飛びだしそうだ。ゴドリックの衣装は彼を逮捕する理由になるだろうか？

しかし彼女が息を切らして玄関広間におりていくと、夫は落ち着いた様子で玄関のドアを閉めるところだった。

「ゴドリック！」

彼が顔をあげ、メグスは凍りついた。

一見しただけではわからない程度だが、彼女にはわかった。ゴドリックは唇を嚙みしめ、目はわずかに細めている。落ち着いてなどいない。疲れて、そして腹を立てている。

メグスは思わず駆け寄って手を伸ばした。彼を慰めたかった。

だが、彼の手がそれをさえぎった。

彼女はまばたきしてゴドリックの目を見つめた。その目は無表情にメグスを見つめている。

昨夜のことをまだ許していないんだわ。

「セントジャイルズで何があったの？」小声で尋ねた。彼に触れ、けががないか確かめたくてたまらない。「トレビロン大尉はどうしてあなたをつかまえなかったの？」

「ゴドリック」ミセス・セントジョンの驚いたような声が階段から聞こえ、メグスは振り返った。ミス・セントジョンと三人の娘がそろって立っていた。

モルダーがどこかから現れた。「旦那さま？」

「なぜ、みんなこんなに早くから起きているんだ？」ゴドリックがつぶやくように言った。

「出かけていたの？」サラが静かに尋ねる。

「おまえには関係ない」ゴドリックは冷たく言い放つと家の奥に向かった。

「でも——」ミセス・セントジョンが言いかけた。

「何もきかないでくれ」彼は振り向きもせずに言い、廊下の先に消えた。

ミセス・セントジョンは涙を浮かべ、途方に暮れたようにメグスを見た。

「彼と話してみます」メグスは安心させるように言ってから、急いでゴドリックのあとを追った。

義母のためでなかったら、そして義母の涙を見なかったら、昨夜の出来事からわずかしか時間が経っていないうちに彼とやりあう勇気など持てなかっただろう。ゆうべはゴドリックをひどく傷つけてしまった。そして彼はわたしのそばにいたくないということをはっきり伝えてきた。

でも、いまはとにかく我慢してもらおう。

メグスはノックもせずに書斎のドアを開けた。

ゴドリックはブランデーをグラスに注ぎながらモルダーと話していた。「いつもの場所だ。誰にもつけられるなよ」

「かしこまりました」モルダーはほっとしたようにそそくさと出ていった。

メグスはドアを閉めると咳払いをした。

「出ていけ」ゴドリックはうなるように言い、グラスの酒を半分飲んだ。

彼女はひるんだ。ゆっくり息を吸ってから応える。「行かないわ。わたしはあなたの妻だもの」

彼が首を傾け、美しい唇で笑みを作った。「本当か?」

メグスは顔が真っ赤になった。「ええ」

ゴドリックは瞬時に彼女に興味を失ったかのようにそっぽを向いた。ぎこちない動きでマントと上着を脱ぐ。

彼女は目を見張った。ゴドリックが着ているのは地味な茶色の服で、道化師のまだら模様の衣装は影も形もなかった。彼が暖炉の横の羽目板を押す。羽目板が勢いよく開き、隠し棚が現れた。ゴドリックはマントの内ポケットから短剣を取りだし、そこにしまった。

メグスは思いきって部屋のなかに足を踏み入れた。「トレビロン大尉に追われたの?」

「ああ」ゴドリックは吐きだすように答えると、シャツをそっと頭から脱いだ。彼女は息をのんだ。傷口が開き、広い背中に血が流れた跡がある。「セントジャイルズからな。あの男は実に優秀だ。本当にうしろにいるのかわからなくなったことも何度かあった」

メグスはシャツを拾い、裾から裂いた。どうせ血で汚れていて、もう着られない。

「亡霊の衣装を着ていなくて本当によかったわ」

「いや、着ていた」

シャツを裂く手を止め、彼のグレーの瞳を見つめた。「どういうこと?」

ゴドリックは肩をすくめてから顔をしかめた。「トレビロンがつけてきているのはわかっていたし、家までついてくれば直接声をかけてくるだろうとわかっていた。そういう場合に備えて、何年も前から年寄りの未亡人のところに服一式を預けてあったんだ。人でごった返している彼女の長屋に寄って着替えるのは、あっという間だった」彼はブランデーのグラスを見つめて言った。「あの長屋でトレビロンがぼくを見失わなかったのは奇跡だな。本当に彼は優秀だ」

「だから油断しないでね」メグスはいささか乱暴にシャツを裂き、それを丸めてゴドリックのブランデーに浸した。

「これはフランスの高級なブランデーなんだぞ」

「文句を言わないで」そう言って、濡らした布を傷口に当てた。

彼がうめいた。

「ゴドリック」メグスは震える指で彼の熱い肌を拭いた。「ゆうべ、何があったの?」

肩越しにゴドリックが振り返った。その目はぎらついていて、メグスは一瞬、彼が後悔するようなことを言うのではないかと思った。「きみのために宿の主人に話を聞いた」

「それで?」

「残念ながら、たいしたことはわからなかった。フレイザー＝バーンズビーが殺されたことを伝えに来た従僕は死んだようだ」

メグスは手を止めた。「殺されたの?」

「わからない。ただ、たったひとりの目撃者がフレイザー＝バーンズビーの死後すぐに姿を消し、死んだというのは怪しい」

傷口からの出血は止まり、血が流れていた背中もきれいになった。それでもメグスは布をそっと肌に当てつづけた。彼に触れていたかった。「それで、どうするの？」

「従僕にも家族か友人がいたはずだ」ゴドリックは眉をひそめた。「ほかに手がかりがなければ、もう一度ダークにフレイザー＝バーンズビーのことをきいてみてもいい」

「それはわたしが――」

「だめだ」彼はメグスから離れた。

その激しい口調に驚いて、彼女は手を宙に浮かせたまま目をしばたたいた。

ゴドリックは顔をしかめてメグスから視線をそらし、椅子の背にかけてあったガウンをつかんだ。「もし従僕が殺されたのなら、少なくともひとり、人を殺してでも自分の犯罪を隠したい人間がいるということだ。きみにはそんなところに首を突っ込んでほしくない」

「ゴドリック……」

「約束したはずだ」彼はガウンを着てボタンをかけた。「ぼくは自分の役割を果たしたんだ」

メグスは彼の目をしばらく見つめてから、血で汚れた布を落とした。使用人に見つからないよう、あとで燃やさなければならない。「わかったわ」

ゴドリックの肩から力が抜けた。

彼女はなんの役にも立てない自分の両手を合わせた。

「前に、ほかにも亡霊としてセントジャイルズでやらなければならないことがあると言っていたわよね？　それは何？」

彼が目を細め、一瞬、メグスは答えてもらえないのだと思った。

「幼い女の子を誘拐して、虐待しながら違法な作業場で靴下を作らせている連中を追っているんだ。やつらは少女誘拐団と呼ばれている」

メグスはぞっとした。孤児院の少女たちや、最近雇ったばかりのメイドたちのことを考えた。あの子たちみたいな子供を虐待している人間がいると思うと胃がむかついた。

「ひどいわ」弱々しく言う。

ゴドリックは短くうなずいた。「きみの好奇心が満たされたなら……」

出ていってくれという意味だろうが、好奇心はまだ満たされていなかった。

「背中はどうするの？　傷口が開いているじゃない」

「心配するな。あとでモルダーに包帯を巻いてもらうから。傷口はどうせまた開く、今夜また――」彼はメグスを見て口をつぐんだ。

いやな予感がした。「今夜また、なんなの、ゴドリック？」

彼の唇の端がさがった。「今夜またセントジャイルズに行けば」

13

エルカンの大きな黒馬がささやきの頂をのぼりはじめると、あたりの空気は冷たくなりました。フェイズは震え、エルカンにぴったりくっつきました。エルカンが鞍袋からマントを出しました。

「これを羽織るといい」ぶっきらぼうに言うエルカンに礼を言って、フェイズはマントを受け取りました。

あたりには背の高い松の木が陰気に立ち並んでいて、風がその枝を吹き抜けています。その音にまじって、かすかな泣き声やつぶやきが聞こえてきました。見ると、小さなふわふわしたものが風のなかに浮いていました。

『エルカンの伝説』

アーティミス・グリーブズは混みあったロンドンの通りを滑るように進んだ。今朝の彼女の足取りは速くてしっかりしている。ピネロピが起きてきて、おしゃべりをしながら昨夜の舞踏会を細かく振り返る相手を必要とするまで、アーティミスが自由に使える時間は二時間ほどしかない。彼女はため息をついた。これまでにもピネロピを愚かだと思ったことは何度もあるが、公爵と結婚すると決めたいまほどではなかった。招待状を送ったり、偶然出会うよう仕組んだり、ミス・ロイルに嫉妬したり。ミス・ロイルは自分がピネロピから目の敵にされているとは夢にも思っていないだろう。

ピネロピの執着する相手がウェークフィールド公爵でなければ、笑ってすませられるところだ。アーティミスは公爵が好きではない。彼がピネロピを幸せにしてくれるとは思えない。もし結婚などしたら……。

二羽のガチョウを背負った運搬人とぶつかりそうになって、アーティミスは立ちどまった。「気をつけな」男はアーティミスをよけながら、振り返って愛想よく言った。

アーティミスはふたたび、人のあいだを縫うように歩きはじめた。ロンドンの通りは人間の川のようだ。足を引きずる人、どたどたと歩く人、走る人、のんびり歩く人、軽快に歩く人……。さまざまな人々が常に流れ、ときおり合流して大きな流れとなったり細かい支流に分かれたりしながら、人間の吹きだまりへと向かっていく。

そこで溺れてしまう危険もある。

もしピネロピがウェークフィールド公爵と結婚したら、運がよければわたしも一緒に行くことになるかもしれない。公爵に、幽霊のように目立たないと言われたわたしも。これからもピネロピの召使として、そしていつかは夫婦の子供たちのやさしいおばとして。でも、ピネロピがもうコンパニオンはいらないと考える可能性もある。

アーティミスは震える息を吸い込んだ。そんな心配はまだ先のことだ。いまはほかに考えなければならない問題がある。

二〇分後、ようやく目的の場所に近づいた。ロンドンの決してしゃれているとは言えない一角にある小さな宝石店だ。アーティミスは何カ月もかけて知りあいの女性たちにそれとなく質問を繰り返し、やっとこれだと思う店の住所を手に入れた。単刀直入にきけばよさそうなものだが、そんなことをしたら噂の的になるだろう。

用心深くあたりを見まわして、店のドアを開いた。店内は暗くて寒々としていた。指輪とブレスレットとネックレスがわずかしか陳列されていないカウンターの向こうに、年配の男性が座っている。客はアーティミスひとりだった。

彼女が入っていくと店主が顔をあげた。背が低く猫背で、鼻がやたらと大きく、肌はしわだらけで革のようだ。くたびれた灰色のかつらに赤いベストと上着を着ている。彼の目は高価ではないアーティミスの服を値踏みしている感じだった。彼女は顔を伏せたくなるのを我慢した。

「おはようございます」店主が言った。

「おはようございます」勇気を出して応えた。ここでやらなければほかに道はない。「こちらで宝石を買い取ってくださると聞いて来ました」

店主はまばたきをして用心深く言った。「ええ、まあ」

アーティミスはカウンターに近づくと、ポケットから小さなシルクの袋を出した。紐をほどくのに時間がかかった。目に涙が浮かぶ。これは何よりも大事な品だった。

だが、感傷的になっている場合ではない。

ようやく紐がほどけ、アーティミスは袋を開けてなかの宝物を取りだした。暗い店内でも緑と金が輝き、ネックレスを高価なものに見せる。本当は緑色の石は人造だし、金はただの金箔なのだが。

それでも一三年前、一五歳の誕生日にはじめて手に持ったときと同じ畏怖の念を抱きつつ、アーティミスはネックレスを見つめた。シルクの小袋をくれたとき、彼のやさしい目は期待に輝いていた。アーティミスはどうやって手に入れたのか彼にきかなかった。きくのが怖かったのだ。

宝石店の店主は眼鏡をかけてランプを引き寄せ、拡大鏡を手にネックレスに顔を近づけた。緑色の石のまわりの金箔の繊細な細工が光を受けて輝く。ペンダントは涙の形をしていて、それがさがっている鎖はさらに安っぽく、光沢がなかった。

店主は体をこわばらせ、さらに顔を近づけて調べてからアーティミスを見た。

「どこで手に入れたんです？」厳しい声だった。

彼女はあいまいな笑みを浮かべた。「もらいものです」

店主の鋭い目がアーティミスの平凡な服を見つめた。「本当ですか？」

その失礼な言葉に彼女は驚いた。「なんですって？」

「お嬢さん」店主は上体を起こすと、カウンターの上のネックレスを示して言った。「これは純金と傷ひとつないエメラルドです。あなたの雇い主のものか、あるいは盗んだものとしか思えない」

アーティミスは反射的にネックレスをつかむと、店主が叫ぶのを無視して店から走りでた。荷馬車や椅子型かご《セダンチェア》をよけながら通りを走る。追いかけてくる叫び声がいまにも聞こえてくるのではないかと思った。息が切れて走れなくなるまで足をゆるめなかった。

宝石店では名乗らなかった。あの店主はアーティミスがどこの誰だか知らないから、人を差し向けてつかまえることはできない。彼女は身震いして、手のなかのエメラルドをひそかに見た。

宝石がいたずらっぽくウィンクしてきた気がした。欲しかったわけではないけれど、もらってからはとても大事にしてきたので、売ることができなかった。アーティミスは苦笑いした。ネックレスは間違いなくもらったものだが、それを証明する手立てはない。

アポロはいったいどこでこれを手に入れたのかしら?


早めの夕食のあとメグスが散歩のために庭へ出ると、外は闇に沈みかけていた。すでにヒギンズの手で小道はきれいに砂利が敷かれ、花壇は雑草が抜かれて整えられていた。建物のそばに元気のない水仙が並んでいる。ゴドリックの先祖の誰かが植えて、そのまま忘れてしまったのだろう。

メグスは歩きながら考えた。庭というものは、ここみたいに半ば荒れていてもやはり落ち着ける場所だ。もうすぐヒギンズと一緒に薔薇、アイリス、ボタン、アスターを植えられるだろう。

それまでロンドンにいることをゴドリックが許してくれるなら。

彼女は顔をしかめた。早朝に帰ってきて以来、ゴドリックは自分の部屋に閉じこもって、昼食にも夕食にも姿を見せなかった。でも食事のトレイが彼の部屋に運ばれるのを見かけたので、おなかをすかせているということはなさそうだ。

メグスは古いりんごの木の前で立ちどまると、でこぼこした幹に手を当て、その存在に慰められた。日の光はほとんど残っていなかったが、低い枝に目を凝らすと心臓が早鐘を打った。枝からさらに伸びている小枝につぼみがついている。もしかしたら……。

「メグス」

低いがよく響く、落ち着いて威厳のある声だった。

振り返ると、ゴドリックが家の戸口に立っていた。背後の明かりを受けて、彼の黒く長い影が庭に伸びている。メグスは一瞬、見知らぬ誰かが平和な庭を荒らしに来たところを想像して身震いしたが、すぐにそんな思いを振り払った。あれはゴドリックで、彼はもう見知らぬ誰かではない。

わたしの夫なのだ。

メグスはゴドリックのほうに歩いていった。近くまで行くと、彼が手を差しだした。メグスはその手を取り、生命の息吹を探してりんごの木を見あげたように彼を見あげた。

「おいで」ゴドリックは彼女をやさしく家のなかに引き入れた。

手をつないだまま、ふたりは玄関広間を抜けて階段をのぼった。一段あがるごとにメグスの脈は速くなり、彼が自室のドアを開けたころには息が切れていた。

室内はろうそくの光で明るく、メグスはまばたきをして彼を見た。

ゴドリックは鎧《よろい》を外した目で彼女を見つめた。そこには彼の意図がありありと表れており、メグスはおじけづいて一歩さがりかけた。

だが、ゴドリックは彼女の手を握ったままだった。

「ぼくはきみに約束をした」彼は言った。「それを守るつもりだ。ただし、前とは違うやり方で」

昨夜の営みのことを言っているんだわ。

「ご……ごめんなさい。あなたをロジャーだと思っているような印象を与えるつもりはなかったの。本当にそんなことは思っていなかったわ。ただ、彼を裏切っているみたいな気持ちになってしまって。もう彼を失いたくないの」

それ以上、何も言えなかった。自分が裏切っているのが本当は誰なのかに気づいたからだ。

「ぼくがクララに対して同じように感じているとは考えないのか?」ゴドリックが低い声で言った。「きみの求めに応じるために、ぼくだって犠牲にしているものがあるんだ」

彼女は恥ずかしくなって顔を伏せた。「ごめんなさい、ゴドリック」

彼は両手でメグスの顔を包んで上を向かせ、澄んだグレーの瞳で目を見つめた。

「もういい。いま大事なのは、ぼくたちがどうやって前に進むかだ。まずはこれからだ」

そう言うと、ゆっくり唇を近づけてきた。彼女は目を見開いてゴドリックの動きを見つめてから、まぶたを閉じて彼に屈した。

ゴドリックへの、せめてもの償いだった。

彼のキスは、これまでのようなやさしい抱擁とは似ても似つかなかった。これは封印であり、約束であり、契約だった。親指をメグスの顎に当てて口を開かせ、舌を差し入れる。メグスは身をこわばらせて体を引こうとしたが、ゴドリックは許さなかった。メグスの下唇を噛んで、彼女が動きを止めるのを待った。

メグスはまぶたを開けた。ゴドリックがじっと見つめながら歯を離し、今度は熱い舌で下唇をなぞった。彼女はふたたび目を閉じた。彼との距離が近すぎる。

ゴドリックの舌が唇の端で止まり、まるで物思いに沈むようにそこをじっくりとなめる。やがてメグスは体を震わせ、さらに口を開いて彼を迎え入れた。ゴドリックが喉を鳴らしてふたたび舌を差し入れた。償いの意味をこめて、彼女はその舌を吸った。彼の両手がメグスの頭を支えて首をのけぞらせる。いまや彼女は完全にゴドリックに身をゆだねていた。

彼は首からウエストへと手を滑らせたかと思うと、メグスを抱きあげ、舌を差し入れたまま部屋を横切ってベッドに向かった。ベッドの脇で彼女をおろして頭をあげる。

「服を脱ぐんだ」ゴドリックが命じた。

メグスは目を丸くした。

彼はのぞき込むようにメグスの瞳を見つめた。「早く」

彼女はキスで腫れた唇を開き、舌で湿らせた。「手伝ってくれる？」

「きみの手が届かない留め具や紐は、ぼくが外そう」

メグスはボディスをいじりながらためらった。女性にとって、服を脱ぐのは簡単なことではない。ふだんはダニエルズとふたりのメイドの手を借りる。時間がかかるだろうし、優雅な姿とは言えないだろう。

そして最後には無防備な姿になるのだ。

けれどもゴドリックがすぐ目の前に立って、そうしろと言っている。メグスは従った。

最初はボディスだった。留め具を外して脱ぐと、彼女はそれを椅子かテーブルに置こうとしたが、ゴドリックが受け取って床に放った。

メグスは唇を噛んだが何も言わず、ウエストの紐をほどいた。スカートが床に落ち、そこから足を抜いてスカートをそっと脇に蹴る。続いて靴を脱ぎ、前かがみになってシュミーズをあげて靴下をおろした。頭がゴドリックの腿に触れそうになり、彼女は息をのんだ。

靴下を脱ぎ終えて体を起こすと、苦手なコルセットの紐に取りかかった。自分でほどこうとすると、いつも絡まってしまうのだ。指が震えて結び目が逆に締まってしまい、メグスはいらだちの声をもらした。ゴドリックは無関心な様子で、彼女の前でゆっくりと息をしている。しかし視線をさげた瞬間、メグスは気づいた。

彼はまったく無関心というわけではなかった。

ようやく結び目がほどけて、彼女は通し穴から紐を抜きはじめた。胸が解放された。目をあげてゴドリックのクリスタルのような目を見つめながら、コルセットを頭から脱ぐ。

彼はメグスの体を上から下まで見ただけだった。まだシュミーズが残っている。

ゴドリックの視線がふたたび上に向かい、彼女と目が合った。「全部だ」

こうなるのはわかっていた。今夜はこれまでとは違うことを、彼は見せつける気なのだ。メグスも応じるつもりだった。だが、その理由が自分でもわからなくなっていた。いまでも赤ちゃんは欲しい。けれど、もっと差し迫った欲求があるように感じる。

ゴドリックは彼女がすべて脱ぐのを待っていた。

メグスはシュミーズの裾に手をかけ、考える前に脱ぎ捨てた。そして凍りついたように全裸でゴドリックの前に立った。

彼が足を踏みだした。彼女の胸の先端がゴドリックのウールの上着に当たる。彼はメグスの肩に両手を置き、胸まで滑らせた。円を描くように指を動かし、爪で薔薇色の先端と白い肌の境目をなぞる。

メグスはあえいだ。何か言おうとしたが、その前にゴドリックに軽々と抱きあげられた。

彼はあっという間にメグスをベッドに横たえた。そして靴を脱ぎ、上着とベストを脱いだ。かつらを外して鏡台に置いてから、ふたたびこちらを向く。そのまま脱ぎつづけるかと思いきや、ゴドリックはベッドに膝をつき、仰向けになった彼女に覆いかぶさるように四つん這いになった。触れそうで触れない距離だ。グレーの目で見つめられ、メグスは手を伸ばして彼の頬に触れた。

まるで痛みを感じたかのように、ゴドリックが目を閉じた。「名前を呼んでくれ」

メグスはつばをのみ込んでから言った。「ゴドリック」

彼が目を開けた。その目はもう冷たくなかった。「メグス」

頭をさげて、唇でかすめるように彼女の唇に二度触れてから、しっかりと重ねた。メグスは口を開いて迎え入れ、舌を絡ませて彼の口の味と唇の感触を楽しんだ。ゴドリックがキスをやめて、何かを求めるようなまなざしでまた彼女を見つめた。

「ゴドリック」メグスは素直にささやいた。

それが彼の怒りを解いたようだ。ゴドリックは彼女の喉に舌を走らせた。メグスはのけぞりながら、彼がロジャーとあまりに違うことに驚いた。ロジャーとは人目を忍んで会っていたので、愛の営みはいつも性急だった。抑えきれない情熱は一気に燃えあがり、すぐに消えた。

けれど、ゴドリックは彼女の体を探索するのを楽しんでいるようだ。メグスから何かを絞りだそうとするみたいに時間をかける。そこにあるのは情熱だけではない。

そう考えると落ち着かなくなった。

彼女の気が散っていることに気づいたらしく、ゴドリックが頭をあげて眉を寄せた。

「ゴドリック」メグスはささやいた。

彼は右の乳房に顔を近づけ、敏感な先端のまわりに舌を走らせてから、いきなり口に含んだ。

メグスは息をのみ、思わず彼の頭を押さえた。ゴドリックが乳首の下側を舌で愛撫し、指でもう一方の胸をもてあそぶ。強烈な快感に、彼女は声も出せずに口を開けた。

ゴドリックは左の乳房に移り、時間をかけて舌で味わってから口に含んだ。彼女は落ち着きなく脚を動かして腿を締めた。

彼が顔をあげ、濡れて赤みを増した乳首を見つめる。「ぼくの名を言え」

「ゴ……ゴドリック」

褒美のつもりか、罰のつもりか、ゴドリックは乳首を親指でさすりながら、胸から腹部へと口をおろしていった。昨夜と同じ場所に向かっていると思うと、彼女は思わず体をこわばらせた。

彼は両手をメグスの腰にあてがい、下腹部の茂みのすぐ上に念入りなキスをした。

それから彼女の顔を見た。

メグスは唇をなめて口を開いた。「ゴドリック」

彼がメグスを見ながら腿をつかみ、ゆっくりと開く。

そして、そちらに視線を向けた。

反射的に脚を閉じようとしたが、ゴドリックの手は強かった。

恥ずかしくてたまらない。

そこが濡れているのが自分でもわかる。美しい眺めではないはずだ。ゴドリックはなぜこんなことをしたがるの？　じっと動かずにわたしを見つめるなんて。メグスは部屋じゅうにともされたろうそくを見た。頼めば、彼はろうそくを消してくれるかしら？

「ぼくの名を呼べ」ふだんよりもさらに低く重々しい声が、彼女の困惑を破った。

「ゴ……ゴドリック」

名前を呼ばれることで、彼は駆りたてられるようだった。メグスが止める間もなく、ゴドリックは頭をさげて目的の場所を見つけた。

これまでに感じたことのない背徳的な思いだった。彼が舌を使っている。舌で秘められた部分を探るように愛撫している。メグスは息ができなくなった。体と心が震える。どうやって耐えろというの？　ゴドリックが原始的な行為でメグスを歓ばせる音が聞こえる。なぜ彼は知っているの？　こんなに恐ろしく、耐えられないほどすてきなことをどこで覚えたの？

ゴドリックが秘所に口を当てて吸い、彼女は完全にわれを忘れた。

背中をそらして、気まずいほど大きな声でうめく。でも、われを失っているいまは気まずさを感じなかった。彼の巧みな愛撫に、腰を押しつけ、甘い声をあげた。ゴドリックは愛撫を続けた。口と舌を駆使しながら、なかに指を差し入れる。体が燃えるように熱くなって震えた。耳のなかで大きな音が響く気がする。そして心地いい倦怠感が訪れた。全身の筋肉や骨が甘い菓子にでもなったみたいな、甘美な気だるさだった。

メグスは笑った。頭がどうかしてしまったに違いないわ。

目を開けてみると、ゴドリックが隣に座って見つめていた。口元に笑みが浮かび、グレーの瞳はあたたかい。

「ゴドリック」メグスはささやき、手を伸ばした。

彼はその手を取ると、指を広げて一本ずつにキスをした。

メグスは息をのんだ。視界がぼやける。彼はまるでわたしを大切に思っているかのように触れてくれる。まるで、いまの行為がただの肉体的な行為ではないかのように。ゴドリックが立ちあがり、ブリーチと靴下とシャツを脱いだ。それを見守りながら、メグスは彼がいつも首にかけているのが小さな鍵であることを知った。だが、すぐに裸の胸に目を奪われた。ろうそくの明かりのなかで傷跡が見える。たくさんの傷跡にもかかわらず――むしろそのおかげで――彼の体は美しかった。胸は広く、上腕と肩は大きく盛りあがっている。色の濃い乳首のあいだには胸毛がひし形を作っていた。腹部は引きしまって、ウエストから臀部の線は美しく、そして……。

メグスが見つめている前で、ゴドリックは下着をおろした。男性の象徴が誇らしげに屹立している。なんて見事な光景なのだろう。ふいに、ゴドリックが夫であることがうれしくなった。彼のこんな姿を見られるのはわたしだけ。彼はわたしのものなのだ。たとえいっときのことだとしても。

メグスはゴドリックの目を見あげた。彼は立ったままこちらを見つめていた。

彼女は赤くなった。「ゴドリック」

ゴドリックが微笑む。満足そうなその笑みは男らしかった。

彼は片膝をベッドについて、メグスに顔を近づけた。「これからぼくはきみを自分のものにする。ここにいるのはきみとぼくだけだ」

メグスにはそれでもまだ迷いがあった。でも、わたしはゴドリックを傷つけてしまった。彼はただ親切にしてくれただけなのに。

だから、震えつつも笑みを返した。「あなたとわたしだけ」

彼はメグスの広げた脚のあいだに身を沈めた。なめらかなこわばりが、腿に触れてから入り口に押し当てられるのを感じる。

彼女は息を吸い込んだ。体はゴドリックの熱と体重と愛撫で敏感になっている。彼が両手でメグスの顔を包んで顔を近づけた。やさしく、敬意に満ちていると言ってもいいようなキスを受けて、メグスは目に涙が浮かんできた。これはわたしが求めていたものではない。自分に必要だと思っていたものでもない。ゴドリックは複雑で頑丈なクモの巣を張るように、親密さでわたしをとらえようとしている。

彼が腰をわずかにあげ、同時にメグスのなかで彼のものが動いた。

彼女の呼吸が速くなった。

お互いの潤いがひとつになって、ゴドリックの動きをなめらかにする。メグスは彼を誘うように微笑みかけ、顔をあげた彼もまた微笑んでいるのを見た。

「行くぞ」

ゴドリックが先端を彼女のなかに沈めた。容赦なく。力強く。決然として。目を見つめたまま、メグスの体内に自分の居場所を見つけて、ふたりの体を結びつけた。

彼の下で、メグスはすべてを開いていた。体も、口も、顔も。無防備にすべてを。

ゴドリックが動きはじめた。

少しずつ進んでいく。引くことはほとんどない。まるで、あたたかい彼女の体から離れるのが耐えられないとでもいうように。慎重に、だが猛々しく彼が進むたびに、メグスは歓びを感じた。

枕の上で首をのけぞらせ、まぶたを半ば閉じたものの、目はずっとゴドリックの瞳を見つめたままだった。さらに脚を広げて彼を受け入れる。

ゴドリックが彼女の膝の下に肘を入れ、脚を高くあげさせた。上体を起こして、一箇所だけつながっている部分にさらに腰を押しつけてきた。

唐突に絶頂が訪れた。徐々に盛りあがるわけでもなく、熱がゆっくりと全身に広がっていくわけでもなかった。すでに力が抜けている手足に一気に火がついたかのようだ。メグスはゴドリックを促すように手で脇腹や肩を撫でた。彼がもっと速く動いてくれなければ、わたしは死んでしまう。

メグスの焦りを感じ取ったのか、あるいは自分自身のためか、ゴドリックは彼女の望みどおりのことをした。メグスの脚をおろし、激しく執拗《しつよう》に突いた。ベッドが揺れ、ヘッドボードがリズミカルに壁にぶつかる。こんなときでなければ屈辱を感じるところだろうが、いまは……天国にいる気分だ。無上の歓びが白い光となって視界をぼやけさせる。

ずっとこのままでいたいぐらい。

手足をぐったりさせ、われに返ってゴドリックを見た。彼は目を閉じ、胸を汗で光らせて、唇は絶頂を迎えているかのように引き結ばれていた。まるで肉体的な快楽を得る代わりに人間の姿となった神のごとく美しい。メグスは畏怖の念とともに彼を見つめた。やがてゴドリックがまぶたを開け、グレーの熱っぽい目で彼女を見つめた。メグスは息をのんだ。

彼はまるで、魂のなかまでさらけだしているかのようだ。

そしてゴドリックはがくりと頭を垂れ、体の力を抜いて彼女の隣に転がった。

メグスは横になったまま息を整え、肌が冷えていくのを感じた。夫のほうに顔を向ける。ゴドリックはかつてないほどくつろいだ表情をして、顔にいつも刻まれているしわが消えていた。片腕を頭の上に伸ばし、優雅な指は軽く曲げている。ひと粒の汗がこめかみで震えており、メグスはその汗をぬぐって、鎧の下の彼を感じたかった。手を伸ばして触れようとしたが、ゴドリックは黙ったままベッドからおりて立ちあがった。

メグスは上掛けで体を隠しながら見つめた。「どうしたの？」

ゴドリックは彼女を見なかった。「行かなければならない」

「どこへ？」捨てられたような喪失感を覚え、小声できいた。

「セントジャイルズだ」

14

グリーフがおもねるような笑みを浮かべて前に乗りだし、フェイズの袖に触れました。「風のなかに浮かんでいる魂が見えるか？　あれは生まれる前に死んだ赤ん坊たちの魂だ。ここで、地球が太陽にぶつかるまで母親の乳を待っている」

フェイズは身震いしました。「なんて恐ろしいこと！　死んでしまったのは彼らのせいじゃないのに」

グリーフは尻尾を前後に振りながら笑いました。「ああ。だけど地獄には正義なんてものはないんだ。彼らにも、おまえの恋人にも」

フェイズは眉をひそめ、グリーフを馬から突き落としました。

『エルカンの伝説』

「あそこだ」アルフがゴドリックの耳元でささやいた。彼が息を切らしているのがわかった。うまく隠しているが、おびえているのだ。「道の向こうの倉庫だよ。見えるかい？」

「ああ」

今夜訪れる二箇所目の、そして最大の作業場だった。すでに、荒れ果てた中庭に立つ小屋から六人の少女を助けだした。見張りがふたりしかおらず、しかもひとりは酔っていたので比較的簡単だった。

いま、ゴドリックとアルフは問題の倉庫のはす向かいにある家の屋根でうつぶせになっている。「ほかに入り口はあるか?」

アルフは首を横に振った。「おれの知ってる限りではあそこだけだ」

ゴドリックはうめいた。少女誘拐団はいい場所を選んだものだ。狭い階段を少しおりたところにドアがあるので、襲撃しようとする者は背後から丸見えだし、一列にならないと入れない。

もちろんゴドリックはひとりで入るつもりなので、その点は問題にならなかった。救出した六人を孤児院に連れていったとき、この二箇所目の作業場については何人か手助けを連れていったほうがいいとメークピースに言われた。しかし、ゴドリックは誰かを信用するのがいやだった。自分の正体がばれるのも怖いし、襲撃そのものもひとりで行いたかった。ひとりで行動するのに慣れているからだ。そのほうが他人の腕に頼らなくてすむ。

ひとりなら、誰かのせいで失敗することもない。

「見張りはふたりいる」アルフのひそひそ声は、こんなに近くてもやっと聞こえるか聞こえないかという程度だった。

ゴドリックは彼のほうを見て、一瞬その横顔の繊細さに目を奪われた。胸の奥で痛みを感じた。この少年にはどこか心に引っかかるところがある。

アルフが顎を突きだした。「見えるかい？　ドアの横にひとり、それから路地の入り口にひとりいる」

「屋根にもひとりいるぞ」ゴドリックは言った。

驚いたように、アルフがそちらを見た。「さすがだな」しぶしぶ言う。「どうする？　こっちはあんたひとりしかいないのに」

「それについてはわたしが心配するからいい」ゴドリックはささやきながら体を起こした。「おまえは、巻き込まれないようにここにいろ。おまえのことまで心配しなければならないのはごめんだからな」

アルフの目に反抗心が宿り、ゴドリックはますますこの少年に一目置く気になった。三人の屈強な見張りを見てから、アルフがうなずく。「うまくいくよう祈ってるよ」

ゴドリックは微笑んだ。「どうも」

そして、身をかがめたまま静かに屋根の上を走りだした。倉庫のある建物から離れ、大きな円を描きながら屋根から屋根へと飛び移る。用心に用心を重ね、一五分かけて倉庫の屋根にいる見張りのうしろに来た。そこからは静かにことを運ぶのが肝心だった。見張りを殺すのは簡単だ。髪をつかんでのけぞらせ、喉をすばやく切り裂けばいい。難しいのは、声ひとつあげさせないように殺すことだった。

見張りは声をあげなかった。ゴドリックは充分に経験を積んでいるのだ。

次の標的は路地の端にいる男だった。開けたところに立っているぶん、ひとり目よりも多少複雑だ。ゴドリックが向かっていくと、男は最後の最後で振り返った。しかたなく、殺す前に喉に剣を突き立てた。男は静かに息をもらして倒れた。

ゴドリックの短剣使いはすばやく、慈悲に満ちていた。

その後は一刻も時間を無駄にできなかった。三人目の見張りが、路地にいた仲間が消えたことに気づいて警告を発するのは時間の問題だろう。ゴドリックはふたたび屋根によじのぼった。息が切れ、体を引きあげる腕と肩が燃えるように痛む。屋根を走り、見張りが真下にいるところで止まった。

そして男の上に飛びおりた。相手は地面に頭を強打し、そのまま動かなくなった。

ゴドリックは男の体から転がりおりて左手で体を支えた。視界がかすむほどの鋭い痛みが手首を襲う。一瞬、喉まで吐き気が迫ってきて、そのままもどしてしまうのではないかと思った。

ゴドリックはよろよろと立ちあがった。

倉庫への階段を駆けおり、ドアを蹴り開ける。

なかは真っ暗だった。人影が突進してきたが、ゴドリックはすでに身構えていた。左肩で相手をかわし、腹部に剣を突き刺す。見張りの男はくずおれ、驚いた目で血まみれの腹を見おろした。ゴドリックは吐き気を覚えつつ剣を抜き、あたりを見まわした。

別の男が拳銃を落とし、両手をあげてあとずさりした。「頼む！　殺さないでくれ！」

いるのも難しかった。「女の子たちのことだ」


「ボブ」血を流している男がうめいた。「ボブ」

「どこにいる？」ゴドリックは言った。額は汗びっしょりで、歯を食いしばらないと立っているのも難しかった。「女の子たちのことだ」

「奥だ」ボブが言った。

「痛くてたまらない」血まみれの男が言った。

「おまえはもう死ぬんだよ」ボブが冷たく応える。

片手だけでは相手を縛ることができなかったので、ゴドリックは剣の柄でボブのこめかみを殴った。ボブは瀕死《ひんし》の仲間の隣に音もなく倒れた。視界が真っ暗になりかけ、ゴドリックは頭を振って男たちの体をまたいだ。部屋は狭く、向かいの壁にもうひとつドアがあった。彼は息をついた。口のなかに唾液がたまっている。剣を構えてドアを蹴破った。

だが、襲ってくる者はいなかった。小さな部屋に押し込められた女の子たちの目が、ゴドリックを見つめ返す。このときになって、彼はアルフの顔の繊細さが心に引っかかった理由を悟った。

アルフは女の子なのだ。

そう気づいた瞬間、ゴドリックは胃のなかのものを吐いた。

誰かに肩を揺すられて、メグスは深い眠りから目覚めた。

「奥さま、奥さま、起きてください！」

「どうしたの？ゴドリックはどこ？」

メグスはまばたきを繰り返した。執事は半ば顔をそむけてベッドの横に立っている。目を合わせないようにしているが、その体のこわばりが緊急事態が発生したことを告げていた。

メグスは裸だった。上掛けで身を覆い、上体を起こしてベッドに座った。「どうしたの？ゴドリックはどこ？」

「旦那さまは……」気が動転しているようだ。「よくわかりませんが、けがをされたようです。孤児院まで旦那さまを迎えに来てほしいと、ミスター・メークピースから使いが来ています」

「あっちを向いていて」メグスはすでにベッドから出てシュミーズを探し、ひとりで着られる服はどれだろうと考えた。「馬車はもう呼んだ？」

「はい、奥さま」モルダーは指示どおり背中を向けていたが、落ち着きなく体を揺らしているのが声からわかった。「医者も呼びましょうか？　旦那さまは医者はしゃべりすぎると言って嫌ってらっしゃいますが、けががひどかったら、わたしの手には負えないかもしれません」

考えるまでもなく彼女は答えた。「ええ、お願い、お医者さまを呼んでちょうだい」

メグスは四つん這いになって室内靴を探した。涙で視界がぼやけ、恐ろしい考えが胸を締めつける。靴はゴドリックのベッドの下に落ちていた。ここは彼の部屋なので、マントを取りに自分の部屋へ戻らなければならない。そう思ったとき、別のことも思いついた。

「馬車に彼のマントと着替えを積むのを忘れないで。それから、従僕を少なくともふたり連れていきたいわ」

「かしこまりました」

「何かあったの？」

メグスは顔をあげ、ミセス・セントジョンと視線が合った。モルダーが部屋を出ていったが、ミセス・セントジョンは目もくれなかった。

義母は白くなりかけている髪を肩までおろし、紫のシルクのガウンの前を喉元でつかんでドアのところに立っている。「ゴドリックはどこ？」

「彼は……」頭のなかが真っ白になった。義母を安心させ、ベッドに戻らせるような嘘が思いつかない。

ふいに耐えられなくなった。涙があふれ、頬を伝って落ちる。

「メグス？」ミセス・セントジョンが近づいてきて、両手で彼女の顔を包んだ。「何があったの？　話してちょうだい」

「ゴドリックはセントジャイルズにいます。けがをしているんです。彼を迎えに来るようにと伝言を受け取りました」

義母は無言でしばらくメグスを見つめた。メグスはその顔に刻まれたしわを見た。彼女のあらゆる悲しみと無念を示すしわだった。

やがてミセス・セントジョンはうなずき、足早にドアへ向かった。「三分で支度をするから待っていてちょうだい」

メグスは戸惑った。「何をされるんですか?」

ミセス・セントジョンは肩越しに振り返り、決然とした顔をメグスに向けた。

「わたしは母親よ。一緒に行くわ」

そう言って、部屋を出ていった。

メグスは目をしばたたいたが、不安が大きすぎて、セントジャイルズに行くのを思いとどまるよう義母を説得する気にはなれなかった。もしゴドリックに秘密の生活を継母に知られたことで文句を言われたら、あとでなんとかすればいい。

むしろ、あとでなんとかしなければならない事態になってほしい。メグスはいまこの瞬間にも彼が死にかけていないことを祈った。

頬の涙を拭き、靴を履いた。泣いている場合ではない。全身が、早くゴドリックのそばに行きたいと焦っている。ミセス・セントジョンを待っていられるかどうかもわからない。

けれどもメグスが玄関広間に行くと、義母はすでにドアの横で待っていた。恐ろしい知らせに対して心の準備をしようとしているかのように沈痛な青白い顔をしているが、メグスが階段をおりていくと背筋を伸ばしてうなずいた。

言うことは何もなかった。ふたりは寒く暗い戸外に出て、足早に馬車へ向かった。朝もまだ早いため、空は真っ暗で夜明けの気配はまったく感じられなかった。

ありがたいことに、オリバーとジョニーがふたりそろって馬車のうしろの歩み板に立っていた。ミセス・セントジョンと一緒に乗り込みながら、メグスは恐怖に襲われた。ゴドリックが気を失っていたら、どうすればいいの？　一生治らないけがを負っていたら？

胸が締めつけられ、目の前が暗くなった。もうこんなことはいやだ。近しい人を亡くすのは。ゴドリックはロジャーではない――自分に言い聞かせようとする。だが、いま感じている恐怖は本物で、それが彼女の内側をかきまわしている。メグスは吐き気を覚えた。だめ。だめよ。

「大丈夫よ」ミセス・セントジョンの声は、これまで聞いたことがないほど鋭かった。

外はかすかに明るくなっていて、いまはミセス・セントジョンの顔がはっきりと見える。その表情は厳しく、いつものやさしさは強さへと変わっていた。そういえば、彼女も愛する夫を亡くしたのだった。そのときは悲しみに襲われただろうが、いまも生きている。

「聞いて」義母が真剣な声で言った。「何があっても、鉄のように強い心でいてちょうだい。彼はあなたを必要とするだろうし、あなたは彼をがっかりさせてはいけないわ」

「ええ」メグスは震えながらもうなずいた。「もちろん、そうします」

ミセス・セントジョンは最後にもう一度、メグスの勇気をはかるように鋭い目で見ると、うなずいて座席の背にもたれた。その後はふたりとも沈黙を守った。

孤児院の前の通りは狭いため、彼女たちは通りの端で馬車をおりなければならなかった。メグスはゴドリックの服が入ったかばんを持って、義母と一緒に外へ出た。オリバーとジョニーが拳銃を手に隣に立ってくれたのが心強い。

メグスはトニーを見あげた。「ひとりで大丈夫?」

「ええ」御者はにこりともせずに答えると、二丁の拳銃を見せた。「わたしにちょっかいを出してくる者はいないと思います」

メグスはうなずいて向きを変え、孤児院に向かってメイデン通りを足早に進んだ。孤児院の玄関の両脇にはランタンがさげてあった。その招くような光に気を取られるあまり、彼女はオリバーが警告の声をあげるまで、物陰から現れた背の高い男性に気づかなかった。

ジョナサン・トレビロン大尉が両手をあげた。「奥さま、まさか使用人に国王の兵士を撃たせるおつもりではないでしょうね?」

「もちろんです」メグスは目を細めた。竜騎兵が孤児院の外に潜んで何をしていたのかしら? 義母のほうを見ると、用心深くこちらを見ているが、ここで口をはさむのは賢明でないとわかっているらしい。「でもセントジャイルズで、武器を持った用心棒を驚かせるようなまねはなさらないほうがいいですわ」

「いくら用心しても充分ではありません」大尉の口の端がぴくりと動いたが、どう見てもそれは笑みではなかった。「特に今夜はセントジャイルズの亡霊が目撃されていますから」

「わたしには関係ありません」

「そうでしょうか?」トレビロン大尉は、オリバーがうなるのもおかまいなしに一歩近づいた。「亡霊はこのあたりで姿を消したようです」孤児院を振り返り、疑うように見る。

メグスは息を吸い込んで顎をあげた。「通してください」

大尉の薄いブルーの瞳の色が濃くなった。「あなたはみなから大変尊敬されています。わたしは自分のこの目で見なければ、あなたがご主人のような殺人犯をかくまうとは到底信じられなかったでしょう」

メグスの隣で義母が鋭く息を吸った。だがメグスはそちらを振り返らず、大尉をにらみつづけた。大尉はゴドリックをセントジャイルズの亡霊だと明言した。その彼に恐怖を見せてはいけない。どんな感情も見せてはいけない。

「なんのお話かわかりません」落ち着いた声が出たのが自分でも意外だった。

「本当ですか？　ご主人は称号を持つ貴族ではありません。わたしはいずれ、亡霊に変装したご主人をつかまえますよ。そうなれば、ご主人はタイバーンで処刑されることになるでしょう」

そのぶしつけな言葉に彼女は顎をあげた、

大尉がなだめるように両手を広げる。「いまのうちにミスター・セントジョンと縁を切ったほうがいい。静かに田舎へ帰るのです。殺人者と結婚したという恥辱から逃れて」

最後のひとことにメグスはぎくりとした。大尉の言うとおりだ。ゴドリックは人を殺した。何人殺したかも覚えていないと打ち明けた。それはおぞましい事実だ。けれどもメグスは、それで彼自身を嫌いになることはできなかった。

「あなたは間違っています」ひるまずに言った。

「間違っている？」トレビロン大尉は片方の眉をあげた。

メグスは大尉の脇をすり抜けて前に進んだが、ふいに目もくらむほどの怒りに襲われて分別を失った。この人にゴドリックのことをそんなふうに言う権利はないわ!

くるりと振り返ると大尉の目の前に立ち、その胸に人差し指を突きつけた。「わたしは絶対に夫を見捨てたりしないわ、トレビロン大尉。ゴドリック・セントジョンと結婚したことをわたしが恥じていると思っているなら、あなたは何もわかっていない。夫はわたしの知る限り、誰よりも高潔な人間よ。これまでに出会ったなかで最高の人なの。それがわからないなら、あなたは頭がどうかしているわ」

背中を向ける瞬間、トレビロン大尉の顔に驚きが走ったのが見えた気がしたが、振り返って確認する気にはならなかった。

「奥さま」大尉がうしろから呼びかけた。

メグスはそれを無視して孤児院の階段をのぼり、ノッカーをつかんだ。手が震えている。とにかくなかに入って、ゴドリックが無事なのを確かめたい。

〝これまで出会ったなかで最高の人〟怒りにまかせて言ったことだが真実だ。ゴドリックは知らない人を助けるために命をかけている。暴力を使うことがあるとしても、それによって人を救っているのだ。

それで自分の魂を危険にさらすことになっても。

ドアが開き、イザベル・メークピースの心配そうな顔が現れた。彼女はメグスを見てから、そのうしろに目をやった。とたんに社交的な笑みを浮かべる。「あら、どうぞなかにお入りになって」イザベルはメグスの夜明け前の訪問が特に珍しいことでもないかのように、大きな声で言った。「そちらにいらっしゃるのはトレビロン大尉かしら？　まあ、お仕事ご苦労さまです。でも、もう夜も明けますし、ご自宅でゆっくりお休みになったらいかがでしょう？　それに――」白い歯が見えるぐらいにっこりする。「いくらあなたのような勇敢な方でも、ひとりでセントジャイルズの暴漢たちと戦うのは無理というものですわ」

メグスはミセス・セントジョンとふたりの従僕とともになかに入り、イザベルがドアを閉めた。「トレビロンは帰った？」

「いいえ」イザベルが首を横に振る。大尉から見えなくなったいま、その顔から社交的な笑みは消えていた。「本当にしつこい人よね。でも、心配することないわ。二年以上も前からセントジャイルズの亡霊を追っているのに、いまだにつかまえられずにいるんだもの」

軽い口調だが、メグスは安心できなかった。トレビロン大尉はゴドリックが何をしているか知っている。そしてイザベルの言うとおり、彼はしつこい。決してあきらめないだろう。

「ゴドリックはどこなの？」ミセス・セントジョンの声がメグスの物思いをさえぎった。

「上の階です」イザベルがすぐに向きを変えて案内した。

メグスはそのあとに続いた。義母の顔を見ることができない。どう思っているのかしら？　大尉の言葉は義母の耳にもはっきり聞こえたはずだ。

しかし二階にあがり、イザベルが廊下のいちばん奥のドアをノックしたときには、その心配も消えていた。ドアを開けると、シャツに亡霊のタイツという姿のゴドリックがベッドに腰をおろしていた。顔は青白く、膝の上で左腕を抱えているが、それ以外のけがはないようだ。

メグスは胸を撫でおろした。

近くの椅子に座っていた年配の女性が立ちあがった。

「ありがとう、メディーナおばさん」イザベルが彼女と一緒に部屋を出ながら言った。

ドアが静かに閉まった。

メグスはゴドリックのほうに歩きかけたが、彼の厳しい声に足を止めた。

「なぜ彼女をここに連れてきた?」

手首の痛みは耐えがたかった。鋭く突き刺すような痛みに、まだ吐き気が消えない。それでもゴドリックは、自分の口調がきつすぎたことに気づいた。メグスはびくりとして伸ばしかけた手を引っ込め、美しい口をゆがめた。

だが、ゴドリックに答えたのは継母だった。「メグスを怒らないで。わたしがどうしても一緒に来ると言い張ったのよ。あなたがけがをしたと聞いて心配で」

ゴドリックは口を開いた。痛みといらだちで激しい言葉を投げつけそうになったが、継母を見た。小柄でふくよかな彼女が、ライオンの前に立つ古代ローマの殉教者のごとく勇敢に、顎をあげてゴドリックの前に立っている。あたたかい茶色の瞳は落ち着いているものの、同時に悲しげでもあった。ゴドリックには、継母の顔に一瞬浮かんだ希望を打ち砕くことはできなかった。

単に疲れているからかもしれない。

継母はさらに言った。「ゴドリック、あなたの助けになりたいの」

彼は唇をぎゅっと閉じたが、ふたたび腕に痛みが広がり、継母との議論はどうでもよくなった。このけがは完治するのだろうか？　骨が折れたまま治りきらなくて体が不自由になった例を、これまでたくさん見てきた。そうなることを考えたら、もうどうでもいいではないか。

「わかりました」ゴドリックは用心深く言った。メグスと目が合い、彼女の瞳に安堵が浮かんでいるのを見た。

「接骨医を呼んだほうがいいわ」メグスが言った。「信用できる接骨医を知らないか、イザベルにきいてくるわね。トレビロン大尉にまた出くわしたときのために服を持ってきたから、そのあいだに着替えておいて」

メグスはベッドの上にかばんを置くと、ゴドリックと継母を残して部屋を出ていった。

「着替えを手伝いましょうか？」継母が言った。

「手伝いが必要なときはメークピースの手を借ります」孤児院の経営者を探しに行こうと立ちあがる。

継母が隣に来て、けがをしていないほうの腕の下に肩を差しだした。「寄りかかってちょうだい」

「けっこうです」彼は頑固に言い張った。

継母が鋭い目で見あげた。「わたしのために寄りかかってちょうだい。あなたの世話をしたいのよ、ゴドリック」

これ以上言い争いを続けるよりも簡単なので、彼女の言うとおりにした。継母は見た目よりも力があった。ゴドリックは当惑して見おろした。彼女はなぜこんなことをしているのだろう？

目が合い、継母は一瞬で彼の考えていることを悟ったらしい。「あまり深く考えないで。あなたは昔から感じやすい子だったわ。ちょっとしたことでも裏を読みすぎて、あらゆる可能性を考えて疲れてしまう。いまはただ、廊下に向かうあなたにわたしが手を貸していると いうことだけを受け入れてちょうだい」

ゴドリックは笑った。「わかりました」

部屋を出ると、ウィンター・メークピースが壁にもたれて立っていた。色の濃い目がゴドリックの継母に一瞬向けられる。「きみが帰る前に話しあいたいことがある」

ゴドリックは継母を見おろした。「階下で待っていてください」

彼女は何か言いたそうにしたが、うなずいて去っていった。

ゴドリックはウィンターを見た。「妻が着替えを持ってきてくれた」

ふたりで一緒に部屋へ戻り、ウィンターはゴドリックがタイツのボタンを外しはじめるのを見つめた。「今夜、きみは三〇人近い少女を救った。六人は何日か寝ていなくてはいけないが、あとの子たちは置かれていた環境を考えれば元気だと言っていいだろう。ちゃんとしたものを食べさせなければならないが」

小さい子供が充分な食事を与えられていないことを思い、ゴドリックは顔をしかめた。それから自分がもっとも心配していることを思いだした。「アルフから三箇所目の作業場の場所を聞いたか？」

「ああ」ウィンターはタイツを脱ぐのに手を貸した。「だが、今夜きみが二箇所で暴れたから逃げるんじゃないかな。そのままとどまって、きみの襲撃を待つとは思えない」

「たしかにそうだな」ゴドリックは黒いブリーチをはいてから、すでに腫れている腕を見おろした。固定すれば、もう少しもつかもしれない。「しかし、今夜もう一度行けば――」

「そんなことは考えるな」ウィンターがぴしゃりと言う。「治ってからにしろ」

「女の子たちを見つけださなければならない」ゴドリックはうなるように言った。片手でボタンを留めるのはひどく難しかった。

「ああ、だが、きみがこれ以上けがをしたり殺されたりしたら困る」ウィンターはためらってから続けた。「それにもうひとつ理由がある」

ゴドリックは頭を傾けて先を促した。

「きみと子供たちをここに連れてきたあと、アルフが姿を消した。かなり動揺していた。きみが助けだした少女たちのなかに、前に話していたハンナという赤毛の子がいなかったようなんだ」

「くそっ」ゴドリックは自分の腕をにらんだ。「彼女はひとりで三箇所目の作業場に乗り込むつもりだろうか？」

「彼女？」

短くうなずく。「アルフは女の子だ。今夜、あの子を連れていくべきではなかった」

「知らなかったんだ、しかたがないさ」ウィンターは考え込むように言った。「だがいま、彼女は自分で赤毛の女の子を助けようとしているに違いない」

これほどの無力感に襲われたのははじめてだ。いや、違う。クララの死の床に付き添っているときもこんなふうに感じた。ゴドリックは悲しい思い出を脇に押しやった。

ウィンターは見るからに不安そうだった。「アルフがひとりで行動するとは思えない」ゆっくりと言う。「作業場のまわりに配置されている見張りのことをかなり警戒していた。それに彼女がひとりで乗り込もうとしたとしても、連中はすでにどこかへ移動しているはずだ」

ゴドリックはうなずいたが、ウィンターの言葉はたいした慰めにはならなかった。アルフは強いふりをしているが、作業場の場所をもらすという危険を冒している。それに赤毛の少女を誘拐団のもとに連れていったことをひどく悔いている。

彼女が愚かな行動に走らないことを祈ろう。

ぼくはけがを治さなければならない。セントジャイルズに戻って、この仕事をやり遂げるために。

小さなノックの音に続いてドアが開いた。

メグスが顔をのぞかせた。「馬車が待っているわ。もうすぐ夜が明けるわよ」

ゴドリックは妻を見た。ためらいがちに立ち、拒絶されるのを恐れているのか近づいてこない。ウィンターの伝言を受けて、彼女は何もきかずに駆けつけてくれた。その前にはぼくの下に横たわり、ぼくの求めるものを何もかもくれた。それほどのことをしてくれたメグスにひきかえ、ぼくは小さな人間だ。傷つき、年をとり、疲れ果てていて、彼女の求めるものをすべて与えることができない。メグスを解放するべきだろう。ロジャーのような若い恋人を探せるよう、自由にしてやるべきだ。

そうしよう。けがが治って痛みがなくなったら。しかしいまはウィンターに礼を言い、マントを羽織って無傷なほうの腕をメグスに預けた。そして彼女が女性らしい細い肩にその腕をまわし、階段を助けおりるのにまかせた。

継母は孤児院の入り口で従僕と一緒にふたりを待っていた。ゴドリックと女性たちが馬車に乗るあいだ、従僕たちが囲むようにして立った。孤児院の横の物陰にトレビロン大尉が潜んでいるのを、ゴドリックは見逃さなかった。大尉がゆっくりとうなずくのも。あれは先延ばしになった対決への警告だ。〝おまえの正体はわかっている。もう一度セントジャイルズに来てみろ。わたしがつかまえてやるぞ〟

大尉が大声で叫んだかのように、その言葉が伝わってきた。だが、気にならなかった。ウィンターの言うとおり、まずはけがを治さなければならない。そのあと、トレビロンの警告があろうとなかろうとセントジャイルズには戻ってくるつもりだ。助けださなければならない少女たちがいるのだから。

全員が乗り込み、扉が閉まって馬車が走りだすと、それまでひとことも発しなかった継母がゴドリックを見て言った。

「いつからセントジャイルズの亡霊をやっているの？」

15

『エルカンの伝説』

グリーフは、怒りの声をあげながらささやきの頂を転がり落ちていきました。エルカンは何も言いませんが、唇の端がわずかにあがったように見えます。

フェイズは喉が渇いてきたので、ポケットから小さな革袋に入った葡萄酒《ぶどうしゅ》を出しました。彼女がひと口飲んで唇をなめると、エルカンも唇をなめました。

フェイズは袋を差しだしました。「飲む？」

「この一〇〇〇年、人間の葡萄酒は飲んでいない」エルカンはしわがれた声で言いました。

「じゃあ、ずいぶん喉が渇いているでしょうね」フェイズはそう言うと、革袋をエルカンの唇につけました。

抑えたうめき声が聞こえる。おそらくゴドリックは声を出すまいとしているのだろうが、かえってメグスは心配だった。それでも声がもれてしまうほど、痛みがひどいのだろう。

彼女は気をもみながら、彼の寝室のドアを見つめた。

「座ったら？」ミセス・セントジョンがうしろから声をかけた。

メグスはぼんやりとそちらを見たが、ふたたびうめき声が聞こえてくると跳びあがった。

「お願いだから」義母は長椅子の自分の隣の席を示した。「そんなふうに歩きまわっても、ゴドリックの役には立たないわ。それどころか、あとで会ったときにあなたが取り乱していたら、声を聞かれたと知って恥ずかしがるかもしれない。男性というのは弱く見られるのを嫌うから」

メグスは唇を噛んだが、素直に長椅子に座った。「彼のことを弱いなんて思っていません。けがをしているんですもの。痛みが激しいなら、わたしに付き添わせてくれればいいのに」

「そうね。でも、男性は痛みを感じているときは恐ろしく頑固だし、筋の通らないことを考えたりするものよ。ゴドリックの父親は晩年痛風に苦しんでいたけれど、それに関してはとにかく頑固だったわ。誰もそばに近寄らせなかったの。わたしも含めてね」一瞬懐かしそうな顔になってから、彼女は膝に置いた自分の手に目を落とした。「わたしのせいなのよ」

メグスは混乱して尋ねた。「何がですか？」

「あれよ」ミセス・セントジョンはゴドリックの寝室を手で示した。「クララが亡くなったあと、ゴドリックが傷ついて寂しい思いをしていたのを知っていたのに、彼の痩せ我慢に負けて距離を置いてしまったの」彼女は顔をしかめた。「いつも自立していて、わたしが近づこうとしても冷たかったから、彼がふつうの男性と変わらないということをつい忘れてしまうのよ。ふつうの男性と同じで、家族のあたたかさを必要としていることをね」

「それがあなたのせいだとは思えません」メグスは言った。「あなたは努力なさった。それを拒絶したのなら悪いのは彼であって、あなたではないわ」

「いいえ」義母は首を横に振った。「わたしは実際におなかを痛めた子と同様にゴドリックを愛しているの。母親は絶対にわが子を捨てたりしないものよ。たとえ子供本人がそうしてもらいたがってもね。ゴドリックが自分のまわりに築いている壁を壊すのはわたしの義務なの。わたしはゴドリックが降参するまで努力を続けるべきだったのよ」彼女は表情をやわらげてメグスを見つめた。「あなたが彼との結婚を本物にしようとしたこと、本当に感謝しているのよ、メグス。彼を救えるのはあなただけだわ」

ばつが悪くなって、メグスは目をそらした。ミセス・セントジョンは誤解している。わたしがロンドンに来て彼との結婚を本物にしたのは、完全に自分勝手な理由からだ。でも、それを義母に説明することはできなかった。

不安に胸を押しつぶされそうになりながら尋ねた。「本当に、自滅しようとしている人を救うことができるんでしょうか？」

ミセス・セントジョンは眉をつりあげた。「自滅ですって？　ゴドリックがセントジャイルズに行くのはそのためだと思っているの？」

「ほかに理由がありますか？」

ミセス・セントジョンはため息をついた。「クララが亡くなるまでの長い年月、ゴドリックは何もできずにただ見守るしかなかった。亡霊に変装するのは、何もできなかった日々を送った彼が、誰かの役に立つための手段なんじゃないかしら」

「たしかにセントジャイルズではそうです」メグスはクッションの房飾りをもてあそんだ。「でも他人の役に立っている分、自分のためにはなっていません」

「どういうこと？」

「彼はセントジャイルズの人を助けているかもしれませんが、そのために自分の身を犠牲にしている気がするんです」強く引っぱりすぎたらしく、房飾りが取れてしまった。手のなかのそれを見つめながら唇が震えた。「ゴドリックのように感じやすくて良心的な人がしょっちゅう暴力に関わることがいいとは思えません。そのたびに自分の魂を削り取っているようなものです」

「では、やめさせる方法を考えなければならないわね」ミセス・セントジョンが静かに言った。

メグスはうなずいたものの、どうすればいいのか見当もつかなかった。わたしはゴドリックと取引をした。彼が亡霊の変装をせざるをえなくなる取引を。欲しいものを手に入れながら、同時にゴドリックを救うにはどうすればいいのかしら？

メグスの背後でゴドリックの部屋に続くドアが開いた。

「終わりました」医師はイタリアかフランスの名前を持つ、腰の曲がった風変わりな人物だった。イザベル・メークピースの話では亡命者か何かで、口はかたいとのことだ。

メグスは椅子から立った。「腕はきれいに治りますか？」

「できることはすべてやりました。あとは神の手にゆだねましょう」医師はしかめっ面を作って肩をすくめた。「少なくとも一週間、できればそれ以上、安静にしていること。食事は魚、鶏、やわらかいパン、透明なスープ、それにワインで充分です。野菜はかぶやにんじんのようなものにしてください。玉ねぎやにんにく、それに香辛料の効いた料理はだめです」

「わかりました」メグスはうなずいてから、期待をこめて医師を見た。「彼に会っていいですか？」

「そうなさりたければ。でも短時間で――」

だが、メグスは最後まで言わせずに医師の横を通り過ぎた。ゴドリックは大きなベッドに、左腕を上掛けの上に出して寝ていた。動かせないよう、腕の両側には木の板が縛りつけられている。

彼女はそっとベッドに近づいて見おろした。ゴドリックの顔はまだ汗で光っており、短い髪は頭に張りついている。青白い顔に剃っていないひげが目立っていた。

「メグス」目を閉じたまま、彼が右手をメグスのほうに伸ばした。

「ゴドリック」その手を握りながら、目に涙があふれた。

彼はメグスの手を引いた。「しばらく横にいてくれ」

「でも、お医者さまに邪魔をしないよう言われたの」

「あのフランス野郎め。きみは邪魔になどならない。それに、きみがいたほうがゆっくり休めるんだ」

メグスは服を着たまま慎重にベッドにあがり、彼の隣に横たわった。ゴドリックは彼女の頭が自分の右肩にのるようにして、守るように腕で抱いてからため息をついた。

そして数分後には眠りに落ちた。

それからまもなく、メグスも眠りについた。


二週間後、ゴドリックは子犬をくわえて寝室に入ってきた女王陛下を、半月形の眼鏡の上から困惑の面持ちで見つめた。女王陛下は警戒するように彼を見たが、無礼にも、恐れるに足る存在ではないと判断したらしく、開いている衣装室のドアからなかに入っていった。五分ほどしてから、子犬を置いてひとりで出てきた。

ゴドリックは片方の眉をあげて、急いで寝室から出ていくパグを見つめた。どうもいやな予感がする。

肩をすくめて、モルダーが持ってきた政治と哲学に関する冊子の続きを読んだ。一週間の安静のあと、次の一週間は家じゅうの女性たちが結託して家に縛りつけておいたため、ゴドリックはすっかり退屈してしまった。妹たちや継母、妻が順番に彼のもとにやってきては、おしゃべりをしたり朗読をしたりした。エルビナまでもが二度やってきたが、彼女の場合はただゴドリックをけなしただけだった。彼はまた、ロンドンに数多くある公共の庭園のひとつ、スプリング・ガーデンで散歩をしようとメグスを誘った。しかし異国の花々が咲くなかを歩こうという誘いも、ゴドリックを家にとどめておくという彼女の決意を揺るがすことはできなかった。

この二週間、メグスとの取引で自分の側がすべきことを何もしていない。はじめは折れた手首の痛みが激しすぎて、体を動かすことができなかった。いまは亡霊の活動を再開できるぐらい回復していると自分では思っているし、今夜彼女をベッドで抱くこともできる。もちろん純粋に子供を作るという目的のためだ。

ゴドリックは顔をしかめて冊子を見おろした。すでに二度読んでいるが、何ひとつ頭に入ってこない。紳士たるもの、いつまでも自分を欺きつづけるべきではない。ぼくは妻とベッドをともにしたい。だが、それは義務を果たすためではない。

女王陛下が別の子犬をくわえて、またやってきた。今度の子犬はつやつやしたチョコレート色だ。父親はいったいどんな犬なのだろう？　エルビナは淡い黄褐色のパグだと言っていたはずだが。

女王陛下が衣装室に消えていき、寝室のドアにはメグスが現れた。以前は気づかなかったが、ピンクと黄色の砂糖菓子のような服を着ている。

「衣装室に子犬がいる」ゴドリックは冊子を机に置いて言った。

彼女は大きくため息をついたものの、驚いた様子はなかった。「そうなるんじゃないかと思っていたのよね。わたしたちは女王陛下と子犬をエルビナ大おばさまの部屋に何度も連れていっているんだけど、大おばさまはほかのところに連れていくようにと言い張って。先週はリネンの棚にいるのをミセス・クラムが見つけて怒っていたわ」

女王陛下が衣装室から出てきて、メグスをよけて歩き、また廊下に消えていった。

「ミセス・クラムが怒るのも無理はない」ゴドリックは重々しく言った。「きちんとした人にとって、清潔なリネンのなかに子犬がいるなど考えられないことだろう」

「そうね」メグスは心ここにあらずといった様子で言いながら廊下をのぞいた。犬を探しているのだろうか？

彼女がまた行ってしまうと思うと胸が痛くなった。「新しいドレスか？」

「ええ」メグスの頬が美しく上気した。スカートを見おろして片手で撫でる。「注文しておいたドレスが仕立屋から届いたの。気に入った？　黄色はどうかと思ったんだけど」

春らしい色が、ピンクに上気した頬と濃い茶色の髪の対比を際立たせている。髪型は乱れ、髪の束が細い首に落ちていた。それを見ていると、ゴドリックは彼女の髪からピンを抜き、豊かに波打つ髪に指を通して顔をうずめたくなった。

上着の裾をさりげなく膝の上にかけた。「きれいだ」

「あら」メグスが顔をあげて彼と目を合わせた。「ありがとう」

女王陛下が最後の子犬を連れて入ってきて、まっすぐ衣装室に向かった。

ゴドリックは微笑んだ。「この部屋のドアを閉めれば、女王陛下はもう子犬を動かさない」

メグスが迷うようにドアを見つめる。「あなたをひとりにして、ゆっくり休ませたほうがいいんじゃないかしら」

「もう充分に休んだよ」彼は言った。「きみにいてほしいんだ。けが人と一緒にいるのがいやでなければ」

少し大げさに言いすぎたかもしれない。彼女は不思議そうにゴドリックを見てから、廊下に出るドアを閉めた。「部屋から椅子を持ってくるわ」

「必要ない。ぼくのベッドに座ればいいさ」

メグスはベッドを見て、疑念がわいたらしく眉を寄せた。

「むしろ――」彼は椅子から立った。「ぼくも一緒に昼寝をしようかと思う」

彼女は疑いの目を今度はゴドリックに向けた。「昼寝？」

「ああ」急な動きはしないよう注意しながらメグスに近づいた。「昼間にベッドに入って寝ることだ。聞いたことがあるだろう？」

「あなたが本当に眠りたいと思っているのかわからないわ」

「思っていないのかもしれない」右手を伸ばして彼女のヘアピンを外した。ほどけた髪が背中に落ちる。「眠る以外に何かいい考えがあるか？」

「ゴドリック」メグスがささやいた。

「なんだ？」さらに二本のピンが床に落ちた。

「あなたはまだ充分に治っていないわ」心配のあまり眉が寄っている。

ゴドリックは妻の瞳を見つめてやさしく微笑んだ。「じゃあ、主にきみがしてくれ」

メグスの美しい唇が声を出さずに開き、目が丸くなった。

その唇に唇を重ね、彼は野苺のような彼女の舌の味を楽しんだ。胸のなかで、自分でも気づいていなかった不安が溶けていく。

彼女がゴドリックの肩のあたりまで手をあげたが、その手が触れる前に彼は離れた。メグスの背後にまわり、残ったヘアピンを抜いていく。髪が輝く束となって一気に落ち、ゴドリックはそれを指ですいてから、顔を近づけてオレンジの花の香りを吸い込んだ。

「ゴドリック？」メグスは肩を細かく震わせている以外は身動きひとつせずに立っていた。

「なんだ？」彼女の髪を手に持って、窓から差す日の光にかざした。

「どんな……」声がいったん途切れた。「どんなことをしてほしいの？」

ゴドリックは髪を唇に近づけて微笑んだ。「たとえば服を脱ぐのを手伝ってくれるとか」

「ええ、もちろんよ」

メグスが向き直ると同時に、彼の手から髪が逃げた。左手首にはまだ板が縛りつけてあるので、シャツと上着は左の袖に切れ目を入れてある。ゴドリックはまず右の手を袖から抜いた。次にメグスは上着を引いて左の腕から外した。眉を寄せて唇を開き、舌先を上の歯に当てて集中している。

魅惑的な光景だった。メグスがベストのボタンを外しはじめると、ゴドリックは身をかがめて彼女の下唇をついばむように噛んだ。

メグスが目を丸くして彼を見る。「そ……そんなことをされたら気が散るわ」

「悪かった」

彼女は鼻を鳴らしながらも、頬をまた赤く染めてベストを脱がせた。次にクラバットを外して椅子に放り、シャツのボタンに取りかかった。部屋は静かで、聞こえるのは衣装室の子犬が鼻を鳴らす音と自分たちの呼吸の音だけだ。ゴドリックは呼吸が深くなっていること、すでに下腹部がこわばっていることに自分でも気づいたが、急ぐことはない。常に変わりつづけるメグスの表情を観察するだけで、何時間でも過ごせる。彼女は生き生きしていて、希望と愛と幸福に満ちている。もし彼女が去っていったら――いや、去っていくことはすでに決まっている――ぼくはもとの生活に戻れるのだろうか？

それは太陽の光を浴びずに生活するようなものだ。

しかし、そんな考えは脇に押しやった。いまこのときに集中したい。闇のなかでの生活に戻ったとき、思い出にできるように。

ゴドリックは腕をあげて、頭からシャツを脱がせてもらった。上質のリネンとメグスの指が腹部をかすめる。シャツは床に放ったまま忘れ去られ、彼女の両手がゴドリックの胸を撫であげた。

「すてきだわ」メグスがささやき、彼はかすかに笑った。

ぼくは決してすてきじゃない。だが、彼女がそう言いたいなら言わせておこう。

メグスの指先が乳首で円を描きはじめ、彼の笑みは消えた。彼女は片方の胸に口をつけ、舌を肌に押しつけてから、猫がミルクをなめるようにそこをなめた。こらえきれずに、ゴドリックはうめき声をもらした。

見おろすと、メグスはキスをしながら茶色い大きな目で彼を見つめていた。

「これが好きなの？」

わからないのだろうか？　ゴドリックはうなずき、彼女は小さくハミングしてからもう一方の胸に移って舌で愛撫し、最初になめていたほうの先端を親指でもてあそんだ。

彼はまぶたを半分閉じて首をのけぞらせた。だがメグスは彼の胸から離れ、ひざまずいて靴下と靴を脱がせてからブリーチの前のボタンを外した。彼女の無垢な唇と自分の下腹部の距離の近さに、思わずつばをのみ込む。ゴドリックが体をかたくしているのに気づいたらしく、彼女が好奇のまなざしで見あげ、目が合うと一瞬手を止めた。メグスの手は彼のこわばりのすぐそばにあった。彼女はボタンを最後まで外し、ブリーチと下着を脱がせた。屹立したものが目の前に勢いよく飛びだして、メグスが息をのんだ。

そのまま顔を近づけるかと思ったが、彼女はすばやく立ちあがった。ゴドリックは皮肉のこもった視線を投げてからベッドに入った。彫刻が施された高いヘッドボードにもたれ、メグスが服を脱ぐのを眺める。時間はかかるが、そのぶん余計に欲望をかきたてる光景だ。彼女がまず外したのは、肩にかけ、端をドレスのボディスにたくし込んであった薄いスカーフだった。それから座って室内靴を脱ぎ、長靴下を丸めて取り去った。メグスの裸はこれまでにも見たことがあるものの、色白の細い足首と前にかがんだときのヒップの丸みに、ゴドリックは息をのんだ。

メグスはゴドリックを見ずに立ちあがり、ドレスのボディスを脱ぎはじめた。簡素な昼用のドレスなので、ひとりで脱ぐことができる。スカートがはらりと足首のまわりに落ちた。続いてペチコートの紐をほどいて脱ぎ、シュミーズとコルセットだけになる。シュミーズはとても薄く、彼女がかがんでスカートを拾うとき、脚とヒップの曲線が見えた。そして体を起こしたときには、腿のあいだの三角形の茂みもうかがえた。

彼女はまばたきをして顔を伏せ、自分の手を見つめてコルセットの紐をほどいた。そのあと、頭からコルセットを脱いだ。いまやシュミーズ一枚だ。シュミーズはコルセットで締められていた箇所にしわが寄っている。彼女はシュミーズのトップのリボンをほどき、少しずつ引っぱった。ゴドリックは唇をなめ、メグスが隠しきれなかった笑みを見たときは小さなうめき声をもらした。彼女はぼくをからかっている。ゆっくりと体をあらわにすることで、ぼくを誘惑しているのだ。

メグスがシュミーズを脱いで横に放った。その姿は、まるで狩人に出くわした妖精《ニンフ》のようだ。豊かな胸は誇らしげに上を向いており、先端は濃いさくらんぼ色をしている。腹部はクリームのようになめらかで、腰の曲線に流れるようにつながっていた。その姿をゴドリックは頭に刻み込んだ。

「おいで」しわがれた声で言った。

メグスが前に出た。謎めいた笑みを浮かべ、頬はほてっているが、顎は自信ありげにあがっている。ベッドにのぼると、彼女はゴドリックの隣に正座した。

「ここだ」顎で自分の膝を指し示す。

彼女は戸惑った顔をしたものの、言われたとおりにまたがった。やわらかい腿がゴドリックの脚と手の甲をかすめる。

メグスの首に手をまわして引き寄せ、唇を重ねる。彼女は口を開いてゴドリックを受け入れた。頭を傾けてさらに抱き寄せ、舌を絡ませながら、彼は胸に当たるメグスの乳首や腿のつけ根に触れている秘所の潤いを感じた。思わず左手で彼女の腰をつかもうとして、はたと気づき、けがを呪った。

やがてゴドリックはキスをやめて言った。「もっと前においで」

メグスは少し不安そうにゴドリックをまたぐようにひざまずいて見おろした。ふたりの指が彼のこわばりの上で絡みあう。メグスがゆっくりと腰を沈めはじめた。一気に突きあげたくなるのを、ゴドリックはなんとかこらえた。

メグスは唇をなめ、暗い目で何か問いたげに彼を見ている。

ゴドリックは手を離し、彼女の問いに答えた。「好きなようにしてくれ」

その言葉に、メグスは考え込むように目を細めてから慎重に体をあげた。その動きを繰り返し、さまざまな角度を試している。なんと甘美な感覚だろう。

甘美で苦しい。

彼は右手で上掛けをつかんだ。「もっとだ」

彼女はゴドリックの顔を見て、太古の昔から不変の女性らしい謎の笑みを浮かべた。そして前かがみになり、彼の肩に手をついた。「こんなふうに？」

勝利の女神のごとく、メグスは彼にまたがった。顔を輝かせて、すばやく腰を動かす。ゴドリックは筋肉がこわばり、性の歓びにわれ知らず微笑んで彼女を見つめた。メグスは冷静にことを進めているが、ぼくは限界に近づいている。

彼女の手をつかみ、ふたりがつながっているところに導いた。やわらかな部分に彼女の指をあてがう。メグスの腰が震え、動くリズムが乱れた。「自分で触ってごらん」

だが、それは彼にとって失敗だった。メグスが秘所に触れはじめたとたん、ゴドリックはそう悟った。彼女は唇を開き、首をのけぞらせてみずからを愛撫した。彼は懸命に果てるのをこらえた。メグスが彼を迎え入れながら自分自身を歓ばせる姿を、もっと見ていたい。

「それでいい」低い声で言った。彼女が自分の手で果てるのを見たい。「気持ちがいいだろう？　自分で自分を慰めて、それをぼくに見られているのは。どうだ？　好きか？」

彼の言葉がメグスのなかの何かに衝撃を与えたらしい。彼女は目を見開き、背中を弓なりにそらした。

次の瞬間、ゴドリックも自制心を失った。

16

大きな黒馬がささやきの頂を駆けおりると、今度は果てしない荒野が目の前に現れました。

「これが地獄?」フェイズはエルカンの耳に向かってささやきました。

エルカンは首を横に振りました。「これは狂気の平野だ。通り抜けるのに二日かかる」

フェイズは身震いし、エルカンの大きな体にさらに強くしがみつきました。マントを羽織っているのに、どんどん寒くなってきます。しがみつきながら下を見ると、白いふわふわしたものが、土ぼこりのなかであてもなく渦巻いていました。

『エルカンの伝説』

「旦那さま」

ゴドリックは寝室の暗闇のなかで目が覚めた。小声で呼んでいるのはモルダーだった。まばたきをしながら見ると、執事が頭を傾けて廊下を指し示した。派手なオレンジ色のガウンに房飾り付きの帽子をかぶり、手にろうそくを持っている。

ゴドリックはメグスの肩をしっかり上掛けで覆うと、そっとベッドからおりた。手早くブリーチとシャツとガウンを着て、モルダーのうしろから寝室を出た。

「どうした？」廊下に出ると、ゴドリックは尋ねた。

「ミスター・メークピースがお話ししたいとお見えです」

こんな真夜中に孤児院の経営者が訪ねてきたというなら、考えられる理由はひとつしかない。「会おう」

ふたりは静かに階段をおりた。

書斎に入ると、ウィンター・メークピースが振り向いた。「こんな時間に申し訳ない」閉めたドアの横に立っているモルダーに目を留めて眉をあげる。「ふたりきりで話せるか？」

「その必要はない」ゴドリックは安楽椅子のひとつをウィンターに勧め、彼が座るのを待ってから自分も腰をおろした。「モルダーは信用できる」

「そうか」ウィンターがうなずく。「それなら単刀直入に言おう。アルフから一時間ほど前に聞いたんだが、三つ目の作業場を見つけたらしい」

それを聞いたとたん、ゴドリックは立ちあがってガウンを脱いだ。「モルダー、手を貸してくれ。手首の板を取るから」

「大丈夫なのか？」ウィンターはゴドリックの動かない腕を心配そうに見ている。

「時間がない。アルフはひとりで友だちを助けようとしているのかもしれない」ゴドリックは片方の眉をあげた。「女の子たちを助けるよう、きみが三人目の亡霊を説得できるなら話は別だが」ウィンターが顔をしかめたので、ゴドリックは頭を振った。「ぼくしかいないんだ。手首はもう治っている。モルダーがもっと小さくてやわらかい添え木を――」

「ゴドリック？」

書斎のドアが開く音に三人は顔をあげた。メグスが輝くような髪を肩におろし、喉の下でガウンをしっかりつかんで立っていた。あの下には何も着ていないのだろうか？　ゴドリックはとっさにそんなことを考えた。

だが、彼女は別のことで頭がいっぱいな様子だ。部屋に入ってうしろ手にドアを閉めた。

「何があったの？」

モルダーが鋭いナイフを持ったまま凍りついている。ゴドリックはナイフを受け取り、左腕の板を縛っている紐をぎこちなく切った。「出かけなければならなくなった」

「ぼくがやろうか？」隣にいたウィンターの言葉に、ゴドリックはうなずいてナイフを渡した。

「セントジャイルズの亡霊として？」メグスがささやくように言う。

「そうだ」紐を切っているウィンターの手元を見つめながら、ゴドリックは答えた。

「無理よ」彼女が近づいてくるのを感じたかと思ったら、手が肩に置かれた。「ゴドリック！　どうかしているわ。まだ治りかけよ。いま出かけたら、また手首を折るわ。今度はお医者さまも治せないかもしれない。一生、手が不自由なままかもしれないわよ。もし殺されなかったらの話だけれど」メグスはウィンターのほうを向いた。「なぜ彼にこんなことをさせるんです？」

ウィンターが目を丸くした。「ぼくは……」

「ぼくにしかできないことだからだ」ゴドリックはついにメグスと目を合わせた。彼女はウィンターがかつて亡霊だったことを知らないが、それはどうでもいい。ウィンターは二度と剣を手にしないと妻に誓ったのだから。「小さな女の子たちが危ない目に遭っているんだ」

メグスが目を閉じた。心のなかの何かと闘っているようだ。「これでおしまいにすると約束してくれる？　もうセントジャイルズの亡霊をやめると」

最後の紐が切れ、ゴドリックの腕は自由になった。腫れは引いているものの、手首のまわりがどす黒いあざになっている。曲げてみることはあえてしなかった。モルダーが、次にセントジャイルズへ行くときのためにあらかじめ用意しておいた添え木を持ってきた。彼はそれをゴドリックの腕に縛りつけはじめた。

「ゴドリック？」

「だめだ」メグスを見ずに言う。「そんな約束はできない」

「じゃあ、生きて元気で帰ってくると約束して」

それもできない。彼女もわかっているはずだ。だが、気づくとゴドリックは答えていた。

「約束するよ」

ドアが開いて静かに閉まった。

ウィンターが咳払いをした。「竜騎兵隊に知らせれば――」

「この話はおしまいだ。トレビロンを説得できるとしても時間がかかるだろうし、それから兵士たちを集めればもっと時間がかかる」ゴドリックは彼と目を合わせた。「また作業場が引っ越してしまってもいいのか？　あるいは証拠を消すために少女たちが殺されても？」

ウィンターがたじろいだ。「いいや」

ゴドリックは腕を見た。ちょうどモルダーが最後の紐を結ぶところだった。試しに腕を振ってみた。こちらの手をかばうことを忘れなければ大丈夫だろう。「準備を手伝ってくれるな？」

「わかった」ウィンターは言った。「きみの家を見張っている竜騎兵の監視をすり抜ける方法を考えなければならないな」

「まだいるのか？」

「ああ。ぼくが来たのも見たはずだ」

モルダーに亡霊の衣装を着せてもらいながら、ゴドリックはその事実について考えた。五分後、剣を鞘におさめてから、ウィンターに向かってうなずく。

「一緒に来てくれ」

書斎のろうそくを消し、セイントハウスの庭に出るドアへ向かった。目が闇に慣れるまで一分待ってから外をのぞいたが、誰もいなかった。これでもトレビロンが隠れているというなら、もうどうしようもない。

ゴドリックは用心深くドアを開けて月明かりのなかに出た。ウィンターがあとに続く。彼は二年以上亡霊の仮面をつけていないが、腕はまったく鈍っていないようだ。古い果物の木が、夜空を背に不気味な影となっていた。その横を通り過ぎながら、ゴドリックは考えた。いつになったら、メグスはこの木が死んでいることを認めるのだろう？

それから妻のことを頭から追い払った。今夜を生き延びるつもりなら、集中しなければならない。庭の先には古い堤防があり、その向こうから波の打ち寄せる音が聞こえ、川の悪臭が立ちのぼっている。堤防に作られた古い門は上のアーチが崩れかけていた。ゴドリックは門を押し開けた。モルダーに月一回、油を差させてきたのが役に立った。

ゴドリックは闇のなかで微笑み、ウィンターに言った。「ロンドンの古い家を持つことの数少ない利点のひとつだな」

ふたりは堤防の石段の上に立った。下は小さな船着場で、ボートが一隻、杭につながれている。ゴドリックは階段をおりて、慎重にボートに乗った。ウィンターが乗り込むあいだに櫂《かい》を一本取り、それで岸壁を押すようにして船着場を離れると、右手だけで静かにボートを漕いだ。

目的地は遠くなかった。次の石段のあるところで、ゴドリックはボートを寄せてつないだ。

「このやり方はもう使えないぞ」階段をのぼりながら、ウィンターが言った。「トレビロンは頭がいい。今夜きみがセントジャイルズで活動したことを知れば、どうやって自分の監視をくぐり抜けたのか察するだろう」

「ならば今夜で片をつけて、もう来なくてすむようにしよう」ゴドリックは肩をすくめ、自分の言葉を訂正した。「少なくともしばらくのあいだはな」

ゴドリックはウィンターの視線を感じつつ、入り組んだ通りを歩いた。このあたりは決して裕福ではないものの、まだまともだと言っていいだろう。どこのドアにもランタンがともっているので、陰になっている部分が少ない。

「こんな生活は結婚している男には向かないな」ウィンターが言った。

「ぼくは結婚して、もう二年になろうとしているぞ」ゴドリックはそう応えたが、いまはメグスのとがめるような顔を思いだしたくなかった。

「だが、離れて暮らしていたじゃないか」

ふたりは靴屋の角で立ちどまり、夜間の見張りが足を引きずって歩いていくのをやり過ごした。

ゴドリックはウィンターを見た。彼が眉をあげて言う。「きみの奥さんはつい最近ロンドンに来たばかりだろう?」

「ああ」ゴドリックはいらだって頭を振った。「それがなんだ?」

ウィンターは肩をすくめた。「ふつうならそれを、この生活から抜けだす機会と考えるはずだ」

「そして子供たちが死ぬまで働かされるのを放っておくのか？　きみはぼくにそうしろと言っているのか？」

「そうじゃない。だが、もっと竜騎兵隊を利用してもいいんじゃないか？　特にトレビロンには、こちらが得た情報を流したらどうだろう？」

ゴドリックは鼻で笑った。「あの大尉が子供の強制労働などというありふれた犯罪に興味を持つと思うか？」

「見かけほど理不尽な男ではないと思うが」

ゴドリックはウィンターを見つめた。「なぜそう思うんだ？」

ウィンターの口の端があがった。「勘だ」

「勘、か」ふたりはセントジャイルズに差しかかった。ゴドリックは左手首のかすかな不具合を気にせずに剣を抜いた。ふだんは防御のために短剣を左手に持っているので、それが使えないことを思うと落ち着かなかった。「悪いが、きみの勘を信じる気になれない」

「好きにしてくれ」ウィンターは早足のゴドリックに歩調を合わせていた。「だが、ひとつだけ覚えておいてほしい。スタンリー・ギルピン卿でさえ、ぼくたちにいつまでもこれをやりつづけてほしいとは思っていなかった」

ゴドリックは足を止めてウィンターを振り返った。ふたりのあいだで、これまでその名前が口にされたことは一度もなかった。それどころか、ウィンターが少女誘拐団の話を持ちだすまでは、互いが亡霊であることすら何年ものあいだ話題にしなかった。師が亡くなる前からそうだった。

ウィンターも立ちどまって見つめ返した。その瞳には共感が宿っていた。「最近、スタンリー卿のことをよく考えるんだ」

ゴドリックは、実の父よりも父らしかった師の名前を聞いてたじろいだ。心のなかで泣きたくなったが、その気持ちを抑えた。「何を考えるんだ?」

ウィンターは頭を傾け、物思いにふけるように、屋根に半分隠れた満月を見あげた。

「いまのぼくたちをどう思うだろう? きみの自殺行為にも近い暴走や、三人目の仲間の執着心、それに妻と出会うまでのぼくの孤独感。スタンリー卿はそんなものを期待していたわけではないはずだ。彼は何をするにしても楽しそうだった。宙返りを教えるときも、剣術を教えるときも。スタンリー卿にとっては遊びのようなもので、真剣にとらえることではなかった。命をかけるようなことではなかったんだ。いま命をかけているぼくたちを、スタンリー卿が誇りにしているとは思えない」

「亡霊を作りだしたのはスタンリー卿だが……」ゴドリックは静かに言った。「ぼくたちにはそれぞれ動機があった。習ったことを自分の思うとおりに使うぼくたちを見て、スタンリー卿が驚くはずがない」

「そうかもしれない」ウィンターはゴドリックを見た。「だが、考えてみたほうがいい」

それには応えず、ゴドリックは孤児院に近づくと駆け足になった。

五分後、見慣れた石段と明かりのついた玄関ドアが見えてきた。ゴドリックは速度をゆるめて用心深く見まわした。「アルフ?」

「ここで会うことになっている。なかには入りたくないと言ってね」ウィンターがため息をついた。「気が変わったのかもしれないから、なかを見てくるよ」

しかし彼が陰から出たとたん、アルフがどこからか姿を現した。「連れてきた？」

「ああ、来たよ」ゴドリックも物陰から出た。

アルフが振り返った。それまでゴドリックに気づかなかったようだ。剣を一本しか持っていないのを見て首をかしげる。「それで戦えるのか？」

ゴドリックは短くうなずいた。

「幸運を祈る」ウィンターが険しい顔で言った。

「こっちだ」アルフはセントジャイルズの路地を先に走って案内した。屋根にあがろうとしないのが、ゴドリックにはありがたかった。片手で戦うことはできても、屋根にのぼるのはごめんだ。

ある家の中庭に続く狭い通路を走っているとき、急にアルフが足を止めた。前方の中庭で何か動きが見えるが、アルフが叫ぶまで、ゴドリックには何が起きているのかわからなかった。

「あいつら、女の子たちを連れていこうとしてる！」

ゴドリックはアルフを押しのけて進んだ。今度逃げられたら、少女たちは二度と見つけられなくなるだろう。

見張りらしい男がひとり立っている横で、背の高い痩せた女がふたりの少女を地下の貯蔵室から引っぱってきた。

ゴドリックは静かに見張りの男に向かっていき、気づいて殴りかかってきたのをよけながら、剣の柄でこめかみを殴った。

男は倒れて動かなくなった。

女が甲高い悲鳴をあげ、地下室からもうふたり男が出てきた。運よく戸口が狭くて、ひとりずつしか出てこられない。ゴドリックはひとりに体当たりし、もうひとりの腕をつかんで壁に叩きつけた。男の頭が不気味な音をたてて、れんがの壁にぶつかった。

次にゴドリックは女を振り返った。襲いかかってくるかと思いきや、すでに中庭の遠くへ逃げていた。少女たちは抱きあっている。ひとりは泣いていたが、あとの子たちは驚きのあまり声も出ないようだ。

背後から音がして、ゴドリックは振り返った。四人目の男が向かってくるところだった。今度の男は剣を持っている。

ゴドリックは相手の攻撃を払い、切りかかってきた剣をかわした。互いの剣がこすれあってから離れる。ゴドリックは前に出る男を見たまま一歩さがった。剣の所持を法的に許されているのは貴族だけだ。ゴドリックは敵の顔を見ようとしたが、男は三角帽をかぶっているうえに、顔の下半分をクラバットで隠していた。

それ以上、相手の顔を探る余裕はなかった。男の剣が光り、鋭く切りつけてきた。剣の扱いに慣れた者の鋭さだ。

ゴドリックは左に動くよう見せかけて、右から男の横をすり抜けた。すり抜けるときに、自分のマントが破れる音がした。振り向いて剣を前に突きだしてから、相手の脇腹を突く。

男は腕を前に出しながら横によけた。剣の切っ先が右腕に切りつけ、ゴドリックは焼き印を押されたような痛みを覚えた。袖が切り裂かれ、腕をあたたかいものが流れはじめる。だが深い傷ではないようで、腕はまだ動いた。彼はふたたび攻撃した。顔に剣を突きつけ、相手をのけぞらせる。刃と刃がぶつかったが、円を描くように剣を動かして、相手の剣を手から落とそうとした。しかし、男はうしろに跳んで体勢を立て直した。クラバットがずれ落ちて、一瞬だけ顔が見えた。

男がゴドリックの右に剣を突きだしてきたが、それが見せかけだと気づいたときは遅かった。剣ではねのける暇がなく、左腕をあげて肘で剣を受けた。

腕全体に痛みが走った。

男は向きを変え、中庭の向こう側の路地に走っていった。ゴドリックは反射的にあとを追った。つかまえて倒したかった。だが、左腕の痛みでメグスとの約束を思いだした。生きて元気で帰ると彼女に約束したのだ。

少なくとも生きてはいる。

疲れ果てて子供たちのところに戻ると、アルフが小さな赤毛の少女の前に膝をついていた。激しく叱りつけているが、おそらく心配しているのを隠すためだろう。手は涙で汚れた少女の顔をやさしく拭いている。

その光景にゴドリックの気持ちは軽くなった。いちばんの目的は子供たちを助けることだったのだから。だが、それで胸のおもりがなくなるわけではない。ゴドリックは敵の顔をはっきりと見た。セントジャイルズの子供たちを奴隷にした男。ぼくが取り逃がしてしまった男。法のもとでは裁かれない男。

それはカーショー伯爵だった。


ゴドリックが血を流している。

メグスにはそれ以外のことは考えられなかったし、目にも入らなかった。ゴドリックが右腕の包帯と切り裂かれて血まみれの袖を見ながら寝室のドアを開けるのを、ただ立ちつくして見守るだけだった。彼が出ていってからずっと、この寝室をうろうろと歩きまわって待っていた。おかげで室内は散らかっているが、メグスは気にしなかった。ゴドリックのうしろにはモルダーがいて、ゴドリックは彼に何か話している。

「出ていって」丁寧な言葉を使う心の余裕もなく、メグスは執事に言った。

モルダーは彼女を一瞥《いちべつ》してから、逃げるように立ち去った。

ゴドリックはモルダーほど賢明ではなかった。〝たいしたけがじゃない〟とか〝実際よりひどく見えるだけだ〟とか〝モルダーが手当てをしてくれた〟といった気休めを言っているが、彼が左腕も押さえているのは隠しようがなく、メグスはぶってやりたかった。

そうする代わりに両手でゴドリックの顔をはさみ、つま先立ちになって唇を重ねた。むさぼるようにキスをし、口を開くよう舌で求めた。ゴドリックはうめき、両腕で彼女を抱こうとしたが、そんなことをさせるつもりはなかった。

メグスは唇を離して、亡霊の衣装のひだ飾りを引っぱった。

「嘘をついたわね」

「生きて帰ってきたじゃないか」ゴドリックがなだめるような声で言う。少なくとも、彼はわたしが怒っている理由がわからないふりはしなかった。

「生きて元気で、と言ったのよ」とうとう、ひだ飾りを留めているボタンがふたつはじけ飛んだ。「これでは元気とは言えないわ」

「メグス」彼が口を開いた。どうせ何かくだらない言い訳をするのだろう。メグスはゴドリックの胸をどんと押して椅子に座らせた。

本当は彼を乱暴に扱う力などない。怒りに燃えていても、その自覚はあった。ゴドリックがわたしの怒りを受け入れて、わざと押されたのだ。

それが火に油を注いだ。

メグスはひざまずいて彼の脚を広げ、そのあいだに体を割り込ませた。

ゴドリックが目を丸くした。こんなときでなければ、それを見て彼女は得意になっただろう。長年セントジャイルズの亡霊を演じてきた人を驚かせるのは並大抵のことではない。

「何を――」

メグスはブリーチと下着の前を開いた。半ばかたくなった彼のものを見て、満足感を覚える。

腿に腕を置いて両手でこわばりを包み、ゴドリックの顔を見あげた。そして、こわばりのそばで口を開けた。ふしだらだと思われるかもしれないし、彼がこれを好きかどうかもわからない。

でも、そんなことは気にならなかった。

そこにキスをしてから舌を走らせた。彼のあたたかい脈動が伝わってくる。

ゴドリックが何かつぶやき、彼女の腕の下になっている脚に力をこめた。

二度とセントジャイルズに行かないで、と言いたかった。ロジャーを殺した犯人は自分で見つけると言いたい。あなたが傷つくところをもう見たくない、と。

こわばりの先端を口に含んで味わった。いったん体を引いて、自分を見ているゴドリックを見つめる。先端からにじみでている透明な液を親指で広げた。

手のなかで彼のものがぴくりと動く。

メグスは先端にキスをした。目をあげると、ゴドリックの頰は赤くほてり、まぶたは半ば閉じられていた。彼を見たまま、こわばりを口に含む。

ゴドリックが鼻孔をふくらませて下唇を嚙んだ。そしてメグスを見つめた。彼女は先端をゆっくりと舌でなぞった。あとで振り返ったとき、自分の大胆さに恥ずかしくなるに違いない。

だがいまは、彼がここに生きていることを感じたかった。

舌で軽くこするようにすると、ゴドリックは身じろぎをした。

「メグス」彼がうめいて手を伸ばしてくる。

だが、彼女はまだ終わっていなかった。うしろに体を引いてゴドリックの手を避ける。彼がさらに手を伸ばしたので本能的に逃げたが、つかまってしまった。

不公平だわ。ゴドリックはけがをしている。簡単に逃げられるはずなのに。

彼はメグスをベッドにうつぶせに倒し、自分の体全体で押さえ込んだ。

ベッドとゴドリックの体にはさまれて、彼女はあえいだ。彼の下腹部のこわばりがヒップに当たる。

耳に彼の息がかかった。メグスは仰向けにされるのを待った。

しかし、ゴドリックはそのまま寝間着とシュミーズをあげはじめた。

彼女は息をのんだ。

ゴドリックが彼女の耳のうしろに唇を寄せる。「じっとしていろ」

ヒップをむきだしにされた。冷たい夜気と彼の熱いこわばりが肌に触れる。

ゴドリックは彼女の肩甲骨のあいだに手を置き、やさしく、だがしっかりと押した。上半身がベッドに沈み、下半身が浮いて彼を待ち受ける。

彼の手がメグスの脚を開かせ、ヒップを押さえたと思うと、こわばりが秘所をつついた。この姿勢だと、いつもより大きく感じられる。ゴドリックはうめきながら、少しずつなかに入ってきた。

メグスは上掛けをつかんだ。

永遠に続くかと思ったころ、彼が最後まで身をうずめた。

そのまま動きを止める。静かな部屋のなかで、ゴドリックの激しい息遣いが聞こえた。彼女は唇を噛んだ。息を整えることができない。彼は動くこともできないようだが。

やがてゴドリックが一回、激しく突いた。それがメグスのなかの何かを刺激した。抑えきれずに高い声をあげ、体が勝手にそうするかのように、彼にヒップを押しつけた。

ゴドリックが息を切らして笑う。「せっかちだな」

メグスは彼をにらんだ——少なくとも、にらもうとした。だがゴドリックはこの一瞬を選んで、自分のほうからふたたび突きはじめた。

彼女のまぶたが震えながら閉じる。「ああ」

「これが好きか？」彼がささやいた。

言葉が出なくて、メグスはただうなずいた。ゴドリックは何度も何度も彼女のなかに突き入れた。メグスはヒップをあげて歓迎せずにはいられなかった。つばをのみ込み、快感に目を閉じた。

「ああ」言葉が出なくなったのか、彼はそれだけ言った。

彼は片手をメグスの肩に置き、奥深くまで身を沈めて、彼女をマットレスに押しつけた。そして、メグスの体が反動で上に移動するほどすばやく激しく突いた。体がばらばらになりそうだ。閉じたまぶたの裏に星が飛ぶ。

痛いほどの快感が脚のあいだから全身に広がった。メグスは大きく低い声でうめいた。

背後でゴドリックが体をこわばらせ、彼女のなかに精を放った。そしてメグスの上に倒れ込んだ。彼の体温がメグスを包む。呼吸を整えようとしている胸の動きを背中に感じた。

体の重さに押しつぶされているような感覚はなく、ただ守られ、大事にされているとしか感じられなかった。

目の端にゴドリックが右腕を動かすのが見えた。彼はメグスの指に指を絡ませ、やさしく握った。

永遠にこのままでいたい——彼女はそう思った。

17

「狂気の平野の土にとらわれているものが見えるか？」ロスが言いました。彼は仲間たちの末路を目の当たりにしてフェイズを警戒していましたが、彼女を恐怖に陥れるチャンスを見逃すことができなかったのです。

「あれは何？」フェイズはおびえて尋ねました。

「狂気のなかで死んだ者たちの魂だ」ロスはうれしそうに答えました。「彼らは、ほこりとともにあてどなくさまよいつづける。地球から人間がいなくなるまで」

『エルカンの伝説』

もし地獄がこの世に存在するなら、アーティミス・グリーブスが足を踏み入れているのはまさにそれだろう。彼女の靴は広くてがらんとした中庭の砂利を踏みしめた。背後には高い鉄の門がそびえ、前方には壮大で美しい、バロック様式の建物が待ち受けている。白いコリント式の柱が左右均等に並び、中央の丸屋根についている時計のローマ数字が金色に輝いていた。丸屋根のてっぺんには、同じく金箔張りの、チェンバロを弾く女性の像がある。

アーティミスは身震いして、玄関ドアをちらりと見た。

見かけだけは豪華かもしれないが、なかは腐りきっている――それが地獄だ。

門番の前を通り過ぎるとき、貴重な硬貨を渡した。見物のために訪れたわけではないのだが。丸屋根の下は声がこだまするほど大きな広間になっていて、左右に長い通路が伸びている。まだ時間が早いので訪れている人は少ないが、だからといって地獄の住人が起きていないわけではない。彼らはうめき、言葉をしゃべれる者はしゃべる。ただうなり声をあげるだけの者もいる。

アーティミスは通路には目もくれずにまっすぐ進んだ。円天井の先には階段がふたつ、上階に向かって曲線を描いている。彼女は左側の階段を、覆いをかけたかごを慎重に持ちながらのぼった。わずかな差し入れの品を落としたりしたら大変だ。

階段をのぼりきったところでは、ひとりの男が飽き飽きした様子で木製の椅子に座っていた。男は背が高く痩せていて、アーティミスは前回の訪問のとき、冥界の河の渡し守、カロンに似ていると思ってひそかにあだ名をつけた。

カロンに手間賃の二ペンスを払うと、彼が鍵を取りだして地獄の深部への入り口を開くのを見つめた。

最初に悪臭が襲ってきた。アーティミスはラベンダー水を振ったハンカチを鼻に当て、汚物のような匂いのなかを進んだ。ここの住人はいつも鎖につながれて、多くはおまるを使うこともしなかった。左右の通路に並ぶドアのない小部屋はまるで馬房のようだが、馬房のほうがまだ匂いもましだし、清潔だろう。部屋にはそれぞれ地獄の住人がいるが、アーティミスはなかを見ないようにして前へ進んだ。

以前は、ここで見た光景に夜うなされた。

ここは陛下の広い通路よりも静かだ。住人が少ないせいなのか、あるいはその住人がとうの昔に希望を捨てたせいなのかはわからない。それでも、歌のつもりらしい低い声や、唐突に始まり唐突にやむ甲高い笑い声などが聞こえてくる。アーティミスは右の個室から飛んでくる汚物をよけて歩いた。

彼はいちばん奥の部屋にいた。不潔な藁《わら》にうずくまって、両足と、いまは新たに首まで鎖でつながれている。首にはめられた重い鉄の輪は壁につながれているが、鎖が短いので、彼は床に横たわることもできず、休みたければ壁にもたれてしゃがむしかなかった。もし眠りに落ちて前のめりになったらどうなるのだろう？　夜中、誰にも気づかれないまま窒息するのでは？

アーティミスが入り口でためらっていると、彼が顔をあげて微笑んだ。

「アーティミス」

彼女はすぐにそばに寄った。「いったい何をされたの？」

彼の前にひざまずき、顔を両手ではさんだ。ぼさぼさの眉の上にはこぶが、右の頬骨にはかさぶたになったすり傷が、そして大きすぎる鼻には切り傷ができている。鼻は骨も折れているようだ。

だが考えてみれば、彼の鼻はいつも折れていた。

彼は汚れたシャツと粗悪なベストに包まれた大きな肩をすくめた。「新しい美容法だ。宮廷の女性たちは、みんなこうしてるんだって」

喉のつかえをのみ込み、アーティミスはにっこりした。

「ばかね。おもしろがって人をからかったりしちゃだめよ。その鎖のせいで自由に動けないじゃないの」

彼は頭を傾け、分厚い唇をめくるようにして笑った。

「これであいつらと対等だ」

アーティミスは頭を振り、かごのなかに手をやった。「あんまり持ってこられなかったけれど、ピネロピの料理人がミートパイをくれたのよ」ナプキンにのせて、ひとつ差しだした。

彼はパイを受け取ってかじると、ゆっくり嚙んだ。アーティミスは残りの荷物を出しながら、こっそり彼を観察した。顔が細くなっていて、彼女の勘違いでなければ、また体重が減っているようだ。彼はもともと体が大きいので食べる量が多い。でも、ここでは充分に食事を与えられていない。アーティミスはあのネックレスを売った金で彼の面倒を見るよう番人を買収するつもりだったが、それもできなかった。

眉を寄せて、最後の荷物を出そうとした。

「なんだい？」彼はよく見ようと、できるだけ前のめりになった。

アーティミスは微笑んだ。「これはわたしからのご褒美よ。手に入れるのにすごく苦労したんだから、感謝してね」

そう言って、紳士物の深紅のキルトガウンを出した。

彼は目を丸くして見つめてから、首をのけぞらせて大声で笑った。「それを着たら、インドの王子さまに見えるだろうな」

彼女は唇を突きだし、いかめしい顔をしようとした。「おじさんのおさがりよ。これがあると夜、あたたかいわ。ほら、着てみて」

彼に手を貸してガウンを羽織らせた。肩がきついが、なんとか入った。前も留められそうだ。彼は汚い石の壁に寄りかかった。たしかにインドの王子さまのようだ。

もし、あざだらけの顔で藁の上に座っているインドの王子さまがいるなら。

そのあと、彼がしつこく誘うので、アーティミスは持ってきた食料を一緒に食べた。怒号のような悪態や大きな泣き声が聞こえてきても、ふたりは気づかないふりをした。

あっという間に帰らなければならない時間がやってきた。今日はピネロピが買い物に行きたがっていたので、アーティミスは荷物持ちをして、どこに行って何を買ったか覚えておかなければならないのだ。

黙って荷物をまとめた。彼をひとりでここに置いていきたくなかった。

「ねえ」アーティミスの唇が震えだすと、彼がそっと言った。「そんなに泣かないで。悲しんでいるのを見るのはいやなんだ」

アーティミスは微笑んで彼を抱きしめると、何も言わずに部屋を出た。彼女が来られるときにまた来ることは、ふたりともわかっている。おそらくそれは一週間先のことだろう。

外の廊下に出ると、アーティミスはカロンの前で足を止め、ほんのわずかではあったが、財布のなかの金を全部渡した。これで番人たちが彼にちゃんと食事を与え、おまるをきれいにし、言うことを聞かなくてもひどく殴らずにいてくれればいいのだけれど。

アーティミスは振り返り、カロンの背後の鍵をかけられたドアの上にかかっている札を見た。〝治療不可〟それは〈ベドラム精神病院〉から一生出ることのできない愛する双子の弟、アポロに対する死刑宣告に等しかった。


ゴドリックと愛しあった二時間後に医師が到着すると、メグスは診察のあいだ部屋に残ると言い張った。男性たちは非常識だと思ったらしく、ゴドリックはモルダーと顔を見あわせ、医師はフランス語で何やらつぶやいた。メグスはあきれた。この家の女性たちは誰ひとりとして、わたしが夫の左腕が治るかどうか知るためにここにとどまるのをおかしいと思わないのに。だが医師がゴドリックの腕を探針で探るのを見ていると、恐怖と悲しみと怒りがよみがえり、息が詰まりそうになって背を向けた。右腕はすでに診察がすんでいて、長いが浅い切り傷とのことで新たに包帯を巻き直してある。

ゴドリックが勝ち誇ったような目で見たので、メグスはにらみ返した。

窓辺に行き、昼前の太陽に照らされる戸外をぼんやりと見た。男の人って愚かだわ。愚かで勇敢で向こう見ず。身の危険を重々承知のうえで、セントジャイルズまで出かけていく。

ときにはそれで命を落とすこともあるというのに。

二度と愛する人を失いたくない。そんなことになったら頭がどうかなってしまう。

背後で医師がうなった。「こんなに早く添え木を外すのは賢明ではありませんな。また手首を折らなかったのは本当に運がよかった」

メグスは振り返った。医師は平然としているゴドリックのそばに立ち、左腕を縛り直していた。

「折れていないんですか？」

「ええ。ですが、腫れてはくるでしょうな。ミスター・セントジョンが、その……転んだときに手をついているので」医師には転んだと説明してあった。明らかに剣でつけられた傷があるのだから、ばかげた話だが。

彼女はほっとして尋ねた。「もとどおりに治りますか？」

医師が肩をすくめる。「ええ、たぶん。これ以上、ミスター・セントジョンが無茶をされたらわかりませんがね」

「無茶をしないよう、わたしが見張っておきます」ゴドリックのしかめっ面を無視して言った。

それからさらに五分、医師は何やら作業を続けたが、ゴドリックは退屈しきった様子でベッドに横になっていた。メグスは寝室のドアまで医師を送ってからベッドに戻った。ゴドリックが体を起こそうとしているのを見て、腹が立った。

「何をしているの？」

彼はメグスを見あげて眉を寄せた。「起きようとしている

ように言われたでしょう？」

「だめよ」ゴドリックの胸を押した。「起きてはだめ。手首を治したいなら安静にしているように言われたでしょう？」

彼の目はおもしろがっているようだった。ゴドリックが帰ってきたとき、メグスは彼を安静にさせなかった。頬が熱くなる。

だが、ゴドリックは静かに言っただけだった。「わかったよ」

メグスは疑いの目で見たが、彼は本当に横になり、体の力を抜いた。ひどく疲れているようだ。

胸を締めつけられる気がした。

「ちゃんと眠ってね」右腕の包帯にそっと触れてささやく。いつからわたしはこの人を、こんなに大事に思うようになったのかしら？

ゴドリックは目を閉じて顔を右に向け、メグスの指にキスした。

彼女は喉につかえたかたまりをのみ込んだ。寝室にひとつだけある椅子は机の前に置いてある。メグスはモルダーの視線を無視して椅子をベッドに近づけた。そしてゴドリックが眠りに落ちるのを見守った。

どれだけ時間が経ったのだろう？　気づくと、誰かがそっとドアをノックしていた。ドアは女王陛下が自由に出入りできるよう開けてあった。目をあげると、ミセス・クラムが手招

きしている。メグスは立ちあがって家政婦と一緒に廊下へ出た。

「すみません、奥さま」ミセス・クラムは小声で言った。「お客さまがお見えで、どうしても奥さまか旦那さまとお話をしたいとおっしゃっているんです」

メグスは眉をあげた。「誰なの？」

「ダーク卿です」

戸惑ってまばたきをするうちに気づいた。ロジャーを殺した犯人のことで来たに違いない。メグスは家政婦について階段をおりた。ゴドリックを置いていくことに罪の意識を感じるが、そもそもロンドンに来たのはこのためなのだ。ロジャーの事件の真相がわかれば、彼の仇を討つことができる。

そしてそれは、ゴドリックのそばを離れることを意味する。

そう思うと足がもつれそうになった。

二階の廊下で、家政婦からダーク卿は図書室で待っていると聞かされたときにはじめて、ゴドリックが子爵を嫌っているのを思いだした。劇場では礼儀正しく応対していたものの、妻が彼とふたりきりで話すのを認めるとは思えない。

メグスはミセス・クラムを見た。「ミス・サラ・セントジョンを呼んでくれる？」

「わかりました」

ミセス・クラムが階段をのぼっていくのを見送り、深呼吸をしてから図書室のドアを開けた。

ダーク子爵は部屋の奥の本棚を眺めていたが、メグスが入っていくと振り返った。

「レディ・マーガレット」子爵はメグスの手を取って顔を近づけたが、唇を触れはしなかった。体を起こした彼は深刻な顔をしていた。

妙だわ。子爵のことはよく知らないけれど、これまで会ったときは、いつもいたずらっぽく微笑んでいた。まるで笑みが鎧であるかのように。

「閣下、どういったご用件でいらしたのですか？」

彼はけげんな顔でメグスを見た。「セントジョンと話をしたかったのですが」

「気分がすぐれないんです」

子爵は目をしばたたき、しばらく考えてから言った。「ロジャー・フレイザー＝バーンズビーのことで来ました」

予想はしていたので、メグスはうなずいた。

ドアが開き、サラが入ってきた。「メグス？」

「来てくれたのね」メグスは軽い調子で言った。「ダーク卿ははじめてかしら？」

「ええ」サラが近づきながら答える。

「これはこれは。大変失礼しました」ダークが言った。

メグスは振り返った。彼の顔にはいつもの気取った笑みが浮かんでいる。隣でサラが体をこわばらせるのがわかった。遊び人を警戒しているのだ。

「閣下、義理の妹のミス・サラ・セントジョンです。サラ、こちらはダーク子爵よ」

「お会いできて大変うれしく思います、ミス・セントジョン」子爵は愛想よく言った。「美しさに目がくらみそうだ」

「それはお困りですわね」サラが応えた。「家具にぶつからないよう、お気をつけください」

子爵は愉快そうに片方の眉をあげたが、彼がそれ以上何か言う前にメグスは割って入った。

「庭に出ましょうか？」われながら、うまい考えだった。庭に出れば、サラに話を聞かれずに姿だけ見せておくことができる。「いくつか新しい植物を植えたので、ぜひ見ていただきたいんです」

庭園に関心があるのかどうかはわからないが、彼は同意した。

サラはいぶかしげな顔をしたものの、余計なことは言わなかった。「すてきね。帽子を取ってきましょうか？」

メグスは微笑んだ。「ええ、お願い」

振り返ると、ダーク子爵は深刻な顔に戻っていたが、ロジャーの話はしなかった。ふたりは当たり障りのない会話をした。やがてサラがつばの広い麦わら帽をかぶり、メグスの帽子も手に持って戻ってきた。メグスは礼を言い、三人は庭に出た。散歩をしながら、彼女はクロッカスや忘れな草のことを延々としゃべりつづけた。しまいにサラが妙な目でメグスを見てから、しばらくひとりで座っていたいと言って、建物の近くの大理石のベンチに腰をおろし、堤防のほうに顔を向けた。

「果物の木のことでご相談したいんです」メグスはダーク子爵とふたりでそちらに向かった。

子爵は関心がなさそうに木を見た。「死んでいるようですね」彼は足を止めた。「前に、わたしの友人、ロジャー・フレイザー＝バーンズビーのことをお尋ねになりましたね」

「ええ」メグスは木を見ながら応えた。小さな芽が出ている。死んでいるなんて、とんでもない。

「おそらく、あなたはロジャーと非常に親しかったんでしょうね？」

彼女は子爵を見た。その目は率直で、深い悲しみが表れていた。メグスは真実を打ち明ける決心をした。「愛しあっていました」

子爵が頭をさげた。「彼は死ぬ前にあなたに出会えてよかった」

目の奥が痛くなり、彼女はまばたきを繰り返した。「ありがとうございます」

ダーク子爵はうなずいた。「劇場でロジャーの事件のことをセントジョンと話して以来、ずっと考えていたんです。彼の最後の行動について知っている情報を持ち寄れば、彼が殺された経緯を、そして誰に殺されたかを突きとめられるのではないでしょうか」

メグスは深く息を吸い、木に視線を戻した。「最後に会ったとき、ロジャーに求婚されました」

彼が驚いて顔をあげた。「婚約していたんですか？」

「ええ」

「なぜ誰にも言わなかったんです？」

彼女は古い木の節くれ立った枝に指を走らせた。「秘密だったんです。まだ、わたしの兄に結婚の申し込みをしていなかったから。ロジャーは自分がわたしの夫としてふさわしいことを証明したかったのだと思います。新しい事業の誘いを受けていると言ってました。それでお金を儲けてから、正式に申し込むつもりだったんでしょう」

ダーク子爵が驚いたような声を出した。

メグスは彼を見あげた。「なんです？」

「ロジャーが亡くなる半年ほど前、共通の友人からぼくもその事業に誘われました。大金が稼げるという話でした」

彼女は眉をひそめた。「どんな事業ですか？」

「さあ」子爵が肩をすくめる。「大儲けできるなんていう誘いに乗ったら、何もかも失って無一文になるのが落ちですからね。そういう話は極力避けるようにしているんです。すぐに断ったので、どんな事業なのかも聞いていません」

「誘ってきた友人というのはどなたなんですか？」

彼は一瞬ためらったのちに答えた。「カーショー伯爵です」


ゴドリックは目を開けた。ベッドの隣の椅子にメグスが座っていた。窓の外を見ると、驚いたことにすでに暗くなりはじめている。一日じゅう寝ていたらしい。しばらくメグスを見つめた。彼女はぼんやりと指を絡ませながら、顔を伏せてその指を見ている。物思いにふけっているようだ。彼女がそばにいるだけで、ゴドリックは胸があたたかくなった。

「朝からずっとそこにいたのか？」静かに尋ねた。

メグスがはっとして顔をあげた。「いいえ。昼食をとりに階下へおりたわ。それに午前中、来客があったのよ」

「そうか」ゴドリックはあくびをしながら伸びをした。左腕に痛みが走り、自分がベッドで寝ている理由を思いだす。それでもだいぶ気分はよくなっている。またメグスをベッドに誘うこともできるかもしれない。

「ダーク卿が訪ねてきたの」

ゴドリックは動きを止めた。「なぜだ？」

メグスは途方に暮れたように唇を噛んだ。「ロジャーのことで話があったのよ」

彼女はダークとのやり取りを話した。カーショーが子爵に謎の事業への投資を持ちかけたと聞いたときには、ゴドリックは恐ろしさのあまり目を閉じた。

「どうしたの？」

どうやって話せというのだ？　目を開けたとたん、メグスを守りたいという強い思いがゴドリックを満たした。彼女を傷つけたくない。いまぼくが知ったことを話しても、彼女を悲しみから救うことはできない。だが、メグスは子供ではないのだ。彼女に何を話し、何を隠すかを決める権利は、ぼくにはない。

ゴドリックは息を吸った。「二年前、ぼくではない別の亡霊がチャールズ・シーモアを殺した」ちらりとメグスを見る。「シーモアは少女たち――ほとんどが一二歳以下の小さい子たちに女性用の長靴下を作らせていた」

「前に話してくれた作業場のことね。それがロジャーとどういう関係があるの？」

「われわれはシーモアの死とともに作業場も閉鎖されたと思っていた。ところが最近になって、セントジャイルズで再開されたんだ。ゆうべ、ぼくは最後の作業場を見つけ、一一人の少女を救出した。このけがは――」左腕をあげて続ける。「そこである男に攻撃されたときのものだ」

メグスは問いかけるような目で、黙ったままゴドリックを見つめた。

彼は息を吐いた。「カーショーだ」

彼女の唇がゆっくりと開き、眉間にしわが寄った。「ダーク卿は、カーショー伯爵が事業への投資を持ちかけてきたけれど、その内容は話さなかったと言っていたわ。もしロジャーが同じような誘いを受けていたら……」座っていられなくなったのか、メグスは立ちあがってベッドの前を行ったり来たりしはじめた。「彼はわたしとの結婚を申し込む前に財産を増やそうとしていた。もし彼が事業の内容をよく聞かずに誘いに乗ったとしたら……」立ちどまってゴドリックを見つめる。「もしセントジャイルズに行って、とらえられた少女たちが作業場で働かされているのを見たら……ああ、ゴドリック！　ロジャーはいい人だった。そんなことは絶対に見逃さなかったはずよ」

ゴドリックはうなずいた。「彼らはロジャーがほかでしゃべらないよう、殺さなければならなかった」

「これが答えなのね」メグスがささやく。「通報しなければ」

「だめだ」

彼女は傷ついた目で見つめた。「どうして？」

ゴドリックは起きあがって身を乗りだした。「カーショーは伯爵だ。そしてぼくたちはなんの証拠も持っていない。おそらくシーモアがロジャーを殺したんだろう。あるいは別の誰かかもしれない。伯爵自身が手を下すとは考えにくいからな」

メグスはかたくこぶしを握った。「手を下したのが仲間か雇われた人だとしても、責めを負わなければならないのはカーショーだわ。彼がロジャーを殺す手助けをしたのよ」

「それだってわからない。すべて憶測だ」

「ダーク卿に話せば――」

「ダークに話して彼が信じたら、どうなると思う？　ダークはカーショーを呼びだすだろう」

彼女はまばたきをしてから何か言い返そうとしたが、口を閉じた。決闘は違法だ。たとえダークが勝ったとしても――そしてカーショーならいんちきもやりかねない――永久にこの国から追放されるだろう。

「少し時間をくれ」ゴドリックは静かに言った。「もう少し調べてみる」

メグスが唇を噛んだ。「ロジャーがお墓のなかにいるのにカーショーが大手を振って歩いているなんて、耐えられない」

「メグス」ゴドリックは両手を差し伸べた。「おいで」

ためらっている子供のように、彼女はゆっくりと歩いてきた。

メグスの手を取ってベッドに引っぱろうとしたところで、かすかな抵抗を感じた。

「きみと一緒に横になりたいだけだ。それ以外のことはしない」

彼女が口実を作って逃げるのではないかと怖かった。ゴドリックはもう元気だし、彼女と抱きあおうとしているわけでもない。一緒に横にならなければならない理由はないのだ。

だが、メグスは彼の隣に横たわった。オレンジの花と命の匂いがする。彼女はゴドリックの胸に手をのせた。呼吸が次第に落ち着いていく。

その後も長いこと、ゴドリックは天井を見つめながら伯爵の罪を暴く方法を考えていた。

18

「なんて気の毒な魂たち！」フェイズは叫び、その目から涙がひと粒こぼれました。

フェイズの悲しげな様子に有頂天になったロスは馬から手を離し、小さな赤い手を叩きました。その一瞬をとらえて、フェイズはロスを押しました。ロスは悲鳴をあげながら落ち、大きな黒馬の蹄に踏みつけられました。

エルカンは小さい声で笑いました。「長いあいだ、あの小鬼たちだけがおれの道連れだった。それをおまえは一日で追い払ってくれた」

『エルカンの伝説』

翌日の昼前、メグスは指を折って計算した。これで三度目だ。数字が苦手なせいでもあったし、どうしても計算が合わないせいでもあった。

けれども答えは同じだった。先月生理がなかったうえに、今月も遅れている。そんなはずはないのに。紙の切れ端に書いた数字に顔をしかめようとしたが、どうしても笑みがこぼれてしまう。なんとか冷静になろうとした。胸のなかで高まる興奮を無視しようとした。いいえ、早すぎるわ。変に期待すると、明日生理が始まってひどく落胆することになるかもしれない。

だけど、もしそうでなかったら？　また生理が訪れれば、それはそれでいい。でも、もし本当に妊娠しているとしたら？

そう思うと、じっと座っていられなくて跳びあがった。深く考えずに部屋を横切り、ゴドリックの部屋に入ったが、そこに誰もいないとわかってがっかりした。

鼻にしわを寄せてあたりを見まわす。忍び足で衣装室に近づき、なかをのぞいた。

女王陛下が男物のシャツの上に横になって、子犬たちに乳をやっていた。それから頭をあげ、物問いたげにメグスを見た。

「いいのよ」彼女はささやいた。「あなたたちの邪魔をするつもりはないから」

その後もしばらく、クンクンと鳴いている子犬たちを見守った。チョコレート色の子犬が、足できょうだいの顔を押しのけようとしているのがかわいらしい。やがて、衣装室を出て自分の寝室に戻ろうとした。そのとき、ゴドリックの鏡台が目に留まった。いちばん上の引き出しが開いており、鍵は差されたままになっている。

抑えきれない衝動を覚え、メグスはよく見ようと近づいた。

鍵はゴドリックがいつも首にかけているものだ。指で触れると、銀の鎖が静かに揺れた。

彼女は引き出しのなかを見た。

手前には乱雑にまとめられた手紙の束が、その奥には黒い紐で縛られた手紙の薄い束が入っていた。そして引き出しの隅には青と白の琺瑯の箱があった。メグスはそれを手に取って蓋を開けた。入っていたのは髪の束がふたつ、茶色のものと、同じ茶色だが白髪がまじっているものだった。クララの髪に違いない。ゴドリックが最初の妻を、その髪に白髪がまじりはじめるまでの長い期間知っていたと思うと、メグスは憂鬱になった。クララはゴドリックと長年一緒に暮らし、愛しあってきた。それにひきかえ、わたしは……。でも、そんなことはどうでもいい。そうでしょう？　わたしはゴドリックの愛を求めてロンドンに来たわけではないのだから。

メグスは顔をしかめ、箱をもとの場所に戻した。

手紙の束をよく見ると、黒い紐で縛られたほうはクララからのものだったが、もうひとつの束は……。

心臓が早鐘を打ちはじめた。

目に飛び込んできたのは自分の乱雑な字だった。束をめくると、すべて自分が出したものだった。ゴドリックは全部取っておいてくれたんだわ。そう思うと背中がざわざわした。何も考えずに、ローレルウッドやアッパー・ホーンズフィールド、日々の暮らし、そして子猫たちのことを書きなぐった手紙。なぜ彼はわざわざそんなものを取っておいたのかしら？

束のなかから適当に一通を選んで広げてみた。

一七四〇年一月一〇日

親愛なるゴドリック
どう思います？　こちらで雪が降ったのよ！　どこから来たのかしら？　バトルフィールドは、生まれてこのかた、こんなに降ったのは見たことがないと言いつづけています。彼が生まれてこのかたというのですから、相当長く降っていないのでしょう。料理人は今日だけで三回キリストの再臨が起こったと言って、まだ昼食も用意してくれていません。それでも、わたしは雪が残ってくれたらと思っています。木の枝にも窓枠にも積もって、とてもきれいです。毎年冬に雪が降るなら、この暗い季節も好きになれそうな気がします。
今朝はずっと、さんざしの木の枝を小さなコマドリがちょんちょんと歩きまわって樹皮の下から虫をついばむのを、寝室の窓から眺めていました。厩番の少年たちや若い従僕たちは雪合戦をしていましたが、誰かがうっかりバトルフィールドのうなじに雪の玉をぶつけてしまったおかげで休戦となりました。
大変！　いちばん書きたかったことをまだ書いていませんでした。今朝サラから、あなたが若いころローレルウッドをどんなに気に入っていたかを聞いてびっくりしました。わたしがいるせいで、あなたはここにいらっしゃらないのかしら？　どうかそうではありませんように！　どうぞ、お願いですからいらしてください。料理人はおかしなことを言う人だけど、レモンタルトを作らせたら最高ですし、バトルフィールドはああいう人ですから、我慢すればいいだけです。わたしは落ち着きがないかもしれませんが、なんとか頑張って、まじめに見えるようふるまいます。ですから、どうぞこちらにいらしてください。

メグス

最後の部分は、便箋が足りなくなったので、かなりびっしりと書き込まれていた。手紙を撫でながら、その冬の日を振り返った。みんな楽しそうだったのに、メグスは何か物足りなさを感じていた。このころすでに赤ちゃんが欲しいと思っていたが、この手紙を書いたときはもっと欲しいものがあった。

寝室のドアが開いた。

メグスは手紙を隠そうともせずに顔をあげた。

ゴドリックがドアのところに立ち、彼女が勝手に寝室に入って自分のものをあさっているのを見て眉をあげた。「おはよう」

「全部、取ってあるのね」

「きみの手紙のことか？　ああ」彼は部屋に入ってドアを閉めた。秘密を探られていたことに怒っている様子はない。

おかげで余計に罪悪感が大きくなった。メグスが取ってあるゴドリックからの手紙は最近のものだけで、ローレルウッドの引き出しに放り込んである。「どうして？」

「たまに読み返すのが好きなんだ」彼の低い声に背筋がぞくりとした。

メグスは顔をそむけ、手紙をたたんで束に戻すのに集中した。「クララのことを考える？」とても個人的な質問だが、息をのんで答えを待った。

「ああ」

「しょっちゅう？」

ゴドリックはゆっくりと首を横に振った。「前ほどしょっちゅうではない」

唇を噛んで目を閉じる。「わたしを抱くとき、罪の意識を覚える？」

「いいや」体温が伝わってくるほど彼が近づいてきたのがわかった。「クララを深く愛していたし、決して忘れることはないだろう。だが、彼女は亡くなった。ぼくはこの数週間で、クララへの思いを横に置いて、きみとのあいだに別の感情を持つことができるようになった」

メグスは息を吸った。自分がこの言葉を聞きたかったのかどうかわからず、心臓が激しく打っている。「でも……どうやって？　彼女への愛は本物だったのでしょう？」

「ああ、本物だった」ゴドリックが彼女の両肩に手を置いた。その手はあたたかく、確信に満ちていた。「きみがここに来なければ、ぼくは隠者のような生活を続けていただろう。だが、きみは来た」彼の言葉は簡潔だった。

メグスは目を開けて彼の顔を見た。「残念だと思ってる？　クララへの愛を無理やりあきらめさせたわたしを憎んでる？」

ゴドリックの口の端があがった。「きみがぼくに無理やり何かをさせたことなどない」彼は真剣な目でメグスを見つめた。「きみはロジャーを裏切っている気がするのか？」

「よくわからないの」メグスは正直に答えた。ロジャーへの思いは混乱していた。ゴドリックが落胆を隠そうとしているのを見て、傷つけてしまったことに心が痛んだが、彼の求めに応じてさらに続けた。彼には真実を知る権利がある。「とにかく赤ちゃんが欲しかったし、きっとロジャーもわかってくれると思ったわ。明るい人だったから、自分が亡くなったあとも、わたしに明るくあってほしいと思っているんじゃないかって。でも、彼を殺した犯人にまだ報いを受けさせていない」混乱する思いを伝えようとゴドリックを見あげる。

「カーショーに償いをさせる方法を必ず探す」彼はきっぱりと言った。「ロジャーの魂が安らかに眠れるようにする。約束するよ」

「もうセントジャイルズに行ってほしくないの」メグスはゴドリックの顎を指でなぞってささやいた。「あなたには、すでに借りがたくさんあるわ。わたしのためにいろいろなことをしてくれたし、いろいろなことをあきらめた」

「きみとぼくとのあいだに貸し借りはない」彼は微笑んだ。「ぼくはクララを失った悲しみを乗り越えることを自分で選んだんだ。人生は生きるためにあるのだから」

メグスはゴドリックの目を見あげた。胸で何かが燃えていて、いまこの瞬間、彼に告げたくてたまらなくなった。彼の子供を――命を――宿しているかもしれないと。

だが、それが何を意味するかを思いだして衝撃を受けた。妊娠したらここを離れると約束したのではなかったか。

ゴドリックのそばを離れたくない。いまはまだ。いいえ、いつまでも。

メグスが黙っているあいだ、ゴドリックは彼女の考えを探るように眉を寄せていた。その表情はグレーのかつらと額にあげた半月形の眼鏡とあいまって、厳しく、まじめに見える。とても魅力的だった。メグスは背伸びをして彼の唇に軽く唇を触れた。

彼女が離れると、ゴドリックは戸惑ったような表情を浮かべつつも微笑んだ。

「さあ、行こう。今日はスプリング・ガーデンに行きたいと言っていただろう?」

メグスは首をすくめ、ゴドリックと手をつないで寝室を出た。喜びで心が震えそうになるが、いずれ彼に打ち明けなければならない。そうなれば田舎に帰るよう言われると思うと、その喜びもしぼんだ。

それにロンドンを発つ前に、なんとかしてロジャーの魂を救わなければならない。


スプリング・ガーデンは、花や植物に興味のないゴドリックでも気持ちのいいところだった。メグスが楽しんでいるのを見るのが、彼にとっても楽しみだった。

ふたりはとがった形に刈り込まれた柘植の木が並ぶ砂利道を歩いた。花壇にはほとんど花が咲いておらず、ゴドリックは、こちらのほうが整ってはいるものの、セイントハウスの庭とたいして変わらないとひそかに思った。

だが、メグスはいろいろなものを見つけては歓声をあげた。

「見て、あの小さな白い花」腰をかがめて花に顔を近づける。「名前をご存じですか、ミセス・セントジョン？」

ふたりのうしろを歩いていた継母がゴドリックの肘のそばからのぞき込んだ。「クロッカスの一種かしら？」

「でも、茎があるわ」メグスは体を起こし、ゴドリックには平凡にしか思えない花を眉をひそめて見つめた。「茎のあるクロッカスなんて見たことがありません」

「それに緑の部分もあるわね」サラが言った。

「なんですって？」エルビナが片手を耳に当てる。

「緑の部分です」サラは大きな声で繰り返した。

「緑の部分なんて見えないけど」エルビナが言う。

「ほら、そこです」ジェーンが指さすと、シャーロットが自分も見えないと言った。

〝緑の部分〟があるかないか、長い茎を持つクロッカスが存在するかしないかでひとしきり議論が続くのを、ゴドリックは楽しく見守った。

「あんなに幸せそうな彼女を見たのははじめてよ」継母が耳元で言った。ゴドリックがほかのみんなを見守っているあいだ、継母は彼を見守っていた。「あなたもそう」

彼はまばたきをして目をそらした。どうにも落ち着かない。

「ゴドリック」継母は彼の肘を取って道を少し歩いた。「あなた、幸せなんでしょう？」

「人は本当に、幸せだと言えることなどあるんでしょうか？」

「わたしはあると信じているわ」厳粛な顔で言う。「わたしはあなたのお父さまと過ごして、そんなことは知っているとばかりに継母はうなずいた。「お父さまとの結婚でひとつわたしが後悔しているのは、あなたをとても不幸にしてしまったことよ」

過去の自分のふるまいが恥ずかしくて顔がほてった。ゴドリックは息を吸い、足を止めて枝の垂れさがった木を見つめた。「その前からぼくは不幸でした。母上がいらして、ぼくは怒りの矛先を見つけた。すみませんでした。ひどい態度を取って」

「あなたはまだ子供だったんだもの」継母は静かに言った。「わたしはとっくに許しているわ。あなたも自分を許してちょうだい。わたしも妹たちも、あなたがいないと寂しいのよ」

ゴドリックはつばをのみ込み、ようやく継母に顔を向けた。彼女の目尻には、ゴドリックを心配するあまりしわが寄っている。母の愛を感じた。彼には理解できなかった。ぼくを憎んでもいいはずなのに。長いあいだ、本当に冷たい態度を取ってきたのだから。だが継母が過去のことを受け入れようとしているなら、せめて同じことをぼくもしよう。

彼は自分の腕にかけられたあたたかい母の手に手を重ね、やさしく握った。言葉にできない思いを汲み取ってくれるだろうか？

「ゴドリック」継母の目に涙が光ったが、喜びの涙だろう。「戻ってきてくれて本当にうれしいわ」

彼は身をかがめて頬にキスをした。「待っていてくれて、ありがとうございます」

とても幸せだったもの」

「父上も幸せでした」

背後から、残りの家族があいかわらず緑の部分と茎のあるクロッカスのことを話しながら近づいてきた。ゴドリックは振り返り、議論しつつも仲よく腕を組んでいるジェーンとシャーロットを見た。そのうしろではエルビナが大声でサラに何か言っている。サラは耳を傾けて、かすかに微笑んでいた。そしていちばんうしろにいるのが愛する妻だった。ちょうどメグスが顔をあげ、ふたりの目が合った。風と興奮のせいで、彼女の頰は濃いピンクに染まっている。メグスに微笑みかけられると彼の何かが解き放たれ、心のなかが明るく、あたたかくなった。

ゴドリックはひそかに誓った。メグスがロンドンにいるあいだ、毎週この庭園に連れてこよう。ここでのメグスは本来の彼女の姿をしている。彼自身もここが好きになっていた。

みなが自分と継母の前を通り過ぎるのを待ってから、妻に左腕を差しだした。メグスは、また痛めてしまうのではないかと心配するようにその腕を見た。

「こちら側にいらっしゃい」ゴドリックの右に立っている継母が言って、メグスに目くばせした。世界のすべてをわかっていそうな、女性同士の謎めいた目くばせだった。「わたしはサラと少し歩くわ」

メグスは順調に回復してすでに包帯を外している右腕を取った。ミセス・セントジョンはみなに追いつこうと急いで歩いていった。メグスがゴドリックを見あげる。

「お母さまと話をしてくれてよかったわ」

彼女は輝くような笑みを浮かべた。なぜ女性は黙っていても、こういったことを察するのだろう？

その疑問は頭から追いだして妻に微笑みかけた。ふたりは家族と距離を置き、ゆっくり歩いた。まるでふたりだけで庭園にいるみたいだ。

だが、どんな庭園にも蛇がいる。

別の道と交差する地点に差しかかったとき、もうひと組の男女が近づいてくるのが木々のあいだから見えた。四つ角まで来て、それが誰かに気づいた。カーショー伯爵夫妻だった。

19

フェイズはあくびをしました。「眠くてたまらないわ。少し休めない？」

エルカンはすぐさま大きな黒い馬からおり、彼女を抱きおろしました。フェイズは狂気の平野の土の上に横になり、エルカンのマントを体に巻きつけました。それでも体の震えは止まりません。

彼女は片手を差しだして言いました。「一緒に横になってもらえる？」

エルカンはフェイズの隣に横たわり、大きな体で彼女を包みました。うとうとしているフェイズの耳に彼の声が聞こえます。「この一〇〇〇年、人間のように眠っていない」

『エルカンの伝説』

メグスは凍りついた。カーショー伯爵は丸い顔を太陽に向けて、大きな口を開け、目を細めて笑っていた。ナイフで心をえぐられるような気がした。かつてロジャーも、あんなふうに屈託なく笑っていた。

太陽の下を歩いていた。

「よくもあんな」彼女はつぶやいた。何も考えていなかったが、黙っていることはできなかった。「よくもあんなことが」

「メグス」ゴドリックが隣で言った。体は戦闘に備えるかのようにこわばっているものの、声は静かで悲しげだった。

メグスはゴドリックを見ることができなかった。見えるのは、カーショーの笑いが消え、彼が目を細めてじっと見つめてきたことだけだ。

「彼を殺したのね。あなたはロジャー・フレイザー＝バーンズビーを殺した。友だちだったのに」

もしカーショーが否定したり、真っ赤になって怒り狂ったり、頭がどうかしていると叫んだりといったあたりまえの反応をしたら、メグスも考え直したかもしれない。われに返って、日の光に当たりすぎたとか、お酒を飲みすぎたとか、あるいは女の愚かさだと言い訳をしただろう。

しかし、カーショーはそんな反応はしなかった。

伯爵は顔を近づけると、微笑みながら言った。「証拠を見せてくれ」

悲しみに全身を焼かれたような気がして、メグスはカーショーにつかみかかろうとした。だがゴドリックの力強い手が、そんな不名誉から彼女を救った。彼は泣いて暴れるメグスを抱きあげた。家族も集まってきた。サラの見開いた目や、ミセス・セントジョンの顔に浮かんだ恐怖の色が目に入る。羞恥心を覚えるべきだとわかっていたが、感じるのはこらえようのない深い悲しみだけだった。

馬車に乗って家に帰る道中、ゴドリックの肩にもたれて懐かしい匂いをかぎ、失ったものではなく、いま自分が持っているもののことを考えようと努めた。

セイントハウスに着くと、ゴドリックは先に馬車をおりてメグスに手を貸した。まるで病人のように気遣われるのがいやで断りかけたが、彼は無言でしっかりとメグスの肩を抱いて家に入った。

玄関広間でミセス・クラムの前を通り過ぎるとき、彼女が何か尋ねたが、サラが代わりに足を止めて家政婦の話を聞いてくれた。ゴドリックはためらいもしなかった。右腕でメグスの肩を抱いたまま階段をのぼった。そのときになって、メグスは彼の手首のことを思いだした。

不安に駆られて見あげる。「わたし、庭園であなたの手首を痛めなかったかしら?」

「大丈夫だ」ゴドリックは寝室に入りながら言った。「なんでもないさ」

「ごめんなさい。痛い思いをさせるつもりなかったの」

胸から首、顔まで熱くなって、メグスは涙を流した。でも、この涙には救いがない。カーショー伯爵が生きている限り。

泣きながら何か言ったらしい。あるいはゴドリックがわたしの思いを感じ取ったのかしら?

彼はメグスを両腕で包み、やさしく髪をほどいた。荒い息が落ち着くころになって、ゴドリックの言葉が耳に入ってきた。

「やつは逃げないよ、メグス。ぼくが逃がさない。絶対につかまえてやる。約束する。約束するよ」

その言葉が胸の痛みをいくらかやわらげてくれた。メグスはゴドリックの肩に頬を預けて、彼のなすがままになった。ゴドリックはドレスを脱がせ、コルセットの紐を解いて彼女を服から解放した。シュミーズ一枚になったメグスをそっとベッドに横たえてから鏡台に向かう。水音が聞こえたあと、彼は戻ってきた。そして冷たい布を彼女のほてった頰に当てた。

それがまるで無条件の許しのように感じられ、メグスは思わずささやいた。

「彼を愛していたの」

「わかってる。わかっているよ」

彼女は目を閉じ、おなかに指を当てた。赤ん坊がいる兆候はまだ何も現れていないが、メグスは信じていた。

「仇を討たないうちにやり直すことはできない。ロジャーの仇を討たなければ、この子を産むことも、ロンドンを離れることもできないの」

メグスはまぶたを開けた。ゴドリックの目が大きく見開かれ、おなかに置いたメグスの手を凝視していた。その視線がゆっくりと彼女の目に移る。彼の瞳に浮かぶ表情がなんなのか、メグスにはわからなかった。

こんな形で打ち明けるつもりではなかったけれど、頭の整理がつかなかった。

「いまはロンドンを離れられないわ」

「ああ。いまはまだだめだ」

ゴドリックは立ちあがってふたたび鏡台に行き、メグスは目を閉じた。

彼が戻ってきてベッドのマットレスが沈んだ。冷たい布が今度は額に当てられた。とても気持ちがいい。

「眠るんだ」彼はわたしを置いていこうとしている。

メグスは目を開けた。「ここにいて」

ゴドリックが視線をそらした。口元がこわばっている。「やらなければならない仕事があるんだ」

なんの仕事だろう？　だが、その疑問は口に出さなかった。「お願い」

彼は黙ったまま靴と上着を脱いだ。かつらを外して鏡台に置いてから、メグスの隣に横たわって両腕で抱き寄せた。

ゴドリックの深い息遣いを聞きながら、彼女はぼんやりした。彼は庭園で感情を爆発させたことをとがめなかった。ほかの人なら恥ずかしがって、わたしを非難するところだ。それなのにゴドリックは、わたしがカーショーにつかみかかろうとしたときもやさしく接してくれた。こんなに辛抱強くていい人に、わたしはふさわしくない。メグスは横向きになり、仰向けになっているゴドリックの横顔を見つめた。目を閉じているが、眠っていないのがわかる。何を考えているのかしら？　何をしようとしているの？　でも、それはいまは考えなくてもいいことだ。彼はいますぐロンドンを離れなくていいと言ってくれた。メグスにはそれがありがたかった。ロジャーのためにここに残りたい。いいえ、もっと言うなら、ゴドリックのために。

ゴドリック。

横から見る彼の鼻はまっすぐで上品だ。鼻孔は細く輪郭がはっきりしていて、鼻梁《びりょう》は両側とも深くて影ができている。口も、いつ見ても美しく、唇はやわらかそうに見える。手で触れてみた。そっと撫で、唇のなめらかさと、ひげのかすかにざらついた感触を楽しんだ。

その唇が開いた。「メグス」

声もまた、彼女をぞくぞくさせる。何日も誰かを怒鳴りつづけたあとのような、低くかすれた声。

でも、彼は怒りっぽい人ではない。少なくとも、わたしに対しては。

ゴドリックは自分も横向きになって彼女と向きあった。

「眠れないの」

ゴドリックは長い指をメグスの髪に差し入れて後頭部をつかみ、彼女を支え、抱きしめ、愛されていると感じさせてくれた。

彼はカーショーに関して何かしようとしている。それがなんなのか、ゴドリックの秘密がなんなのか、聞きださなければならない。

彼が額にそっとキスをして何かささやいたが、眠気に襲われたメグスには夢のなかの声のように聞こえた。
ゴドリックの目には涙が浮かんでいた。

ゴドリックはメグスの呼吸が深く規則正しくなるまで待った。その後もしばらく待った。待ちすぎるぐらいに。彼女はぼくの弱みになった。ぼくの奥深くにまで入り込み、心をつかんでふたたび鼓動させた。

ぼくを生き返らせたのだ。

命をかけて、そのお返しをするのが公平というものだろう。

ようやくゴドリックが動いたのは日が暮れてからだった。ちょうどいい時間だ。彼は笑いともつかない息を吐いた。ゴドリック・セントジョン――暗闇の王。ベッドからおりてメグスを見おろした。光と愛に満ちたこの女性が、なぜぼくのところに来たのだろう？　見当もつかないが、とにかくありがたい。

最後にもう一度キスをしてメグスの美しさを心に刻み込み、今夜が終わったあとに待ち受ける旅――どんな旅になるかはわからないが――の道連れにしたい。だが、彼女を起こしてしまうのが怖かった。

結局、メグスには触れずに寝室を出た。

モルダーを呼び、彼の問いかけにそっけなく答えながら手早く亡霊の衣装に着替えた。剣はどちらも必要になりそうなので、二本とも持っていくことにした。たとえこれ以上けがをしたとしても、今夜が終わってしまえばどうでもいい。そしてゴドリックは闇のなかにそっと出ていった。

夜気は冷たかったが、冷たすぎることはなく、やさしい風には春の息吹が感じられた。頭上の月には薄い雲がかかっている。注意深くあたりを見まわしても、誰かが潜んでいる気配は感じられなかった。トレビロン大尉も睡魔に屈したのだろう。

ゴドリックは西の、貴族たちが新しく家を建てている地域に向かって走った。そこにカーショー伯爵のタウンハウスがある。

メグスとの約束は守るつもりだ。時間があれば、まず敵のことを調べ、その弱みや欠点を利用して巧みに相手を倒すところだ。しかし庭園での出来事のせいで、その計画は変えざるをえなくなった。いまやカーショーはメグスにとって脅威となったのだ。メグスがつっかかっていったとき、カーショーが彼女に向けた憎悪のまなざしをゴドリックは見逃さなかった。メグスは黙っていないだろう。カーショーを放っておきはしない。カーショーのような男は、自分をおびやかす存在になりそうな相手を生かしてはおかないものだ。フレイザー＝バーンズビーがいい例だ。

ゴドリックは身震いし、角で足を止めて、ろうそく屋のれんがの建物にもたれかかった。メグスの身が危険だと考えるだけで、そしてカーショーが彼女を傷つける方法を考えつくことを想像するだけで、怒りで目がくらみそうになる。カーショーがメグスとおなかの子供にとって脅威である限り、生かしておくことはできない。

メグスが身ごもっていることを考えると気持ちが落ち着き、ふたたび歩きはじめる気になった。彼女がぼくの子を宿している――それは奇妙な感じがするが、いやなことではない。いつかメグスが白い胸に赤ん坊を抱き、その子はぼくの一部にもなるのだ。

明日が来るのが待ち遠しい。こんな気持ちは何年ぶりだろう？　明日も、その次の日も、一年後も待ち遠しい。メグスとなら、未来が楽しみな人生を歩けるかもしれない。そのために今夜はひとりの男を追い、容赦なく殺すつもりだ。そんなことをすればぼくの魂は地に堕ちるだろうが、彼女のためならかまわない。

愛するメグスのためなら、地獄の業火のなかを歩くことすらいとわない。

カーショーのタウンハウスに着いたのは、それから三〇分後だった。白い石造りの建物が並ぶ新しい広場に立っている。月は雲のベールに隠れようとしていた。ゴドリックは物陰から物陰へと移動して、用心深くカーショーの家に近づいた。そのあいだも家のなかで動きがないか、常にうかがっていた。

そのとき玄関ドアが開き、ゴドリックははっとして動きを止めた。

向かいの家の玄関に続く石段の陰に隠れた。カーショーが玄関に現れた。石段に立ち、いらだった様子であたりを見まわしている。ゴドリックはいつの間にかこぶしを握っていた。角から馬車が姿を現し、カーショーはそれに乗り込んだ。

ゴドリックは眉をひそめ、どうしようか考えた。何があろうと、カーショーがメグスを傷つける前に彼を殺すつもりだ。

東に向かいはじめた馬車のあとを追うことにした。ロンドンの道は狭く、夜でも混みあっていることがある。そこでゴドリックは建物の角から屋根にのぼった。それでも二度、馬車を見失って悪態をついたが、なんとかまた見つけることができた。カーショーはどこに向かっているのだろう？　舞踏会か？　劇場か？　それなら終わるまで長い時間待たなければならない。しかし、そういった催しは送り迎えの馬車で混みあう。そのなかでカーショーに不意打ちを食らわせることができるかもしれない。貴族らしく決闘などするつもりはない。

必要とあらば、背後から刺してもいい。

だがじきに、馬車がセントジャイルズに向かっているのがわかった。社交界の集まりではないようだ。新たに作業場を作る場所を探しているのだろうか？　ゴドリックは首を横に振った。ふたたびセントジャイルズで商売ができると思っているなら大間違いだ。

二〇分後、馬車は隣の建物に寄りかかるように傾いている薄汚い建物の前で止まった。なんの店かを示す看板はなく、低い戸口の脇にランタンがひとつともっているだけだ。ゴドリックは身をかがめて、低い壁の突きだした部分に隠れた。建物から女が出てきた。背が高く痩せている。振り返ったときに顔がランタンに照らされ、三箇所目の作業場にいた女だとわかった。女は両手を腰に当てて立ち、馬車に乗ったままのカーショーに何か言った。しばらくすると彼女は両手をあげ、怒ったように背を向けた。馬車の扉が開き、カーショーが現れて女の顔を殴った。女は倒れそうになったが踏みとどまり、建物のなかに戻った。

馬車から従僕がふたりおりてきて、カーショーの両隣に立った。用心棒を連れてきたのだ。

崩れかけた建物のドアがふたたび開き、女が両手に女の子をつかまえて出てきた。女のうしろには頑丈そうな男がいて、もうひとり小柄な少女を両手でしっかり押さえている。彼女は細く、ふてくされたような表情だが、その顔はあざだらけで、いつもの古い帽子はかぶっていなかった。

アルフだった。アルフがつかまったのだ。

馬車に乗せられるまで待っていたら、馬車を——そしてアルフと女の子たちを——見失ってしまうだろう。アルフは少女誘拐団に命を狙われていると言っていた。まだ生きているのだって奇跡的だ。ゴドリックは、もし彼女がつかまったらすぐに殺されると思っていた。

選択の余地はない。彼は飛びだしていった。

いちばん近くにいる用心棒は、まだこちらに背を向けていた。短剣を肋骨の下にすばやく突き刺した。手首に鋭い痛みを感じる。

「おまえだな！」怒りに燃えながら、カーショーに向かって叫んだ。「彼を殺したのは！」

伯爵は用心棒に命令する間もなく剣を抜き、ゴドリックの最初の突きをはじいた。刃がぶつかりあうと、ゴドリックは用心棒に背中を見せないよう、すぐさま向きを変えた。

こちらに近づいてくる蹄の音が聞こえてきた。

だが、ゴドリックはカーショーを殺すことに神経を集中させた。肩で体当たりしてあとずさりさせてから、相手に反撃する隙を与えることなく胴と頭に剣を突きつける。カーショーは目を見開いてあえいだ。ゴドリックの左に動くと見せてから、思いきり膝を蹴ろうとする。

だがゴドリックはその前に動いたので、腿の外側で蹴りを受けとめた。彼が倒れるのを予想していたカーショーは地面に向かって剣を突き、一瞬長剣をもてあました。ゴドリックはカーショーの右の脇の下に短剣を突き立てた。

カーショーが目を丸くして凍りつく。

そのとき銃声が響いた。

振り返ると、トレビロン大尉の冷たいブルーの目と目が合った。竜騎兵隊に囲まれていた。全員がゴドリックの頭に拳銃を向けている。

「動くな、亡霊」

暗闇のなか、メグスははっと息をのんで目を覚ました。鼓動が激しくて息苦しい。何かがおかしいとすぐに感じた。夢の断片がまだ頭に残っている。夢のなかで、彼女はゴドリックが黒い油の穴にはまって溺れていくのをなすすべもなく見ていた。夫の口と鼻が黒いどろどろした油にまみれるのを見ながら、何もできなかった。沈んでいく彼は毅然とした目でメグスを見つめていた。

彼女は起きあがった。いないとわかっていても、あたりを見まわしてゴドリックを探した。どこに行ったの？ 彼を見つけなければならない。ゴドリックの胸に手を当て、きちんと鼓動していることを、彼が無事であることを確かめなくては。

急いでゴドリックのガウンを羽織り、暖炉の燃えさしでろうそくに火をともした。

最初に自分の部屋をのぞいた。次は図書室に向かった。ひと晩じゅうそこで仕事をしていて、寝られなかったのかもしれない。いまも暖炉の前の椅子で居眠りをしているかもしれない。あの房飾り付きの奇妙な帽子をかぶって。メグスは泣きながら半狂乱になって走った。

図書室にもいなかった。

ドアにもたれかかり、嗚咽《おえつ》をもらす口を手の甲で押さえる。

ゴドリックがいない。

最後に書斎へ行ってみた。希望は消えていたが、すでにわかっていることを自分の目で確かめたかった。

書斎は静かで、隠し棚の扉が開けっ放しになっていた。亡霊の衣装が消えている。メグスは自分が何をしたかを悟った。恐怖で声をあげそうになるのをこらえる。

わたしは亡くなった人のために、生きている人を失ってしまったのだ。

20

翌朝、目を覚ましたフェイズが最初に見たのはエルカンでした。彼はカラスの皮でできた袋からフェイズの恋人の魂を取りだすと、巻きつけてあったクモの糸をほどきました。そのとたん、魂はきらきらと光を放ちながら上へと浮かんでいきました。フェイズは恋人の魂が見えなくなるまで見送ってから、輝く目をエルカンに向けました。「これでわたしの恋人は天国に入れるの？」

「ああ」エルカンは答えました。

「あなたはどうなるの？」

エルカンは何も言わずにかぶりを振って、大きな黒い馬に乗りました。

『エルカンの伝説』

ゴドリックは胸を大きく上下させて呼吸を整えようとした。左腕が耐えがたいほど痛み、カーショーの脇の下に短剣を押し当てている手はかすかに震えている。ゴドリックはトレビロンを見つめた。彼を追い払いたかった。つばを吐き、大声をあげたかった。どうやら自分は今夜殺される運命にあるようだが、カーショーも道連れにしたかった。トレビロンの目のなかで何かが揺れた。予感だろうか？　短剣の刃をカーショーの皮膚から骨まで突き入れようとしながら、ゴドリックは思った。

「だめだ！」アルフが叫んだ。彼女は不意をつかれた用心棒から身を振りほどき、ゴドリックに駆け寄った。「亡霊をつかまえちゃだめだ。この貴族は小さい子たちをさらってるんだ。もしあんたたちが――」

だがアルフが言い終える前に、カーショーが混乱に乗じて彼女の髪をつかんでうしろに引っぱり、あらわになった細い喉に剣の刃を当てた。

ゴドリックはカーショーに短剣を深々と突き刺した。

カーショーが息をもらす。

アルフが女性らしい高い声で悲鳴をあげた。

相手の濁った目をにらみながら、ゴドリックは剣をひねった。その目から光が消え、カーショーは剣を落とした。ゴドリックが血まみれの短剣を抜くと、カーショーの体は石畳にくずおれた。

「撃つな！」トレビロンが叫んだ。「撃つんじゃない！」

一瞬、誰もが凍りつき、おびえた馬の足踏みの音とふたりの少女の泣き声だけが響いた。

用心棒のひとりが逃げだした。

トレビロンが合図をすると、兵士が馬を走らせてあとを追った。

「全員逮捕しろ」トレビロンは馬からおりて大声で指示した。「ただし亡霊は別だ。彼はわたしのものだ」

そう言って、彼は剣を抜いた。

ゴドリックは一歩さがった。大尉を殺したいとは思わない。彼は自分の責務を果たしているだけだ。

トレビロンはゴドリックのうしろにいる兵士たちをにらんだ。「聞こえなかったか、ストッカード？　亡霊はわたしのものだ」

兵士たちは脇にしりぞき、ゴドリックとトレビロンだけが中央に残った。ゴドリックは剣を握った。手が汗ばんでいる。あたりは血と馬とセントジャイルズ特有の悪臭に満ちていた。

トレビロンがゆっくりと前に進みでて、ゴドリックはあとずさりした。大尉は長剣を突きだしたが、その動きは奇妙なほどぎこちなかった。おそらく剣の扱いに慣れていないのだろう。彼がふたたび襲ってきたが、ゴドリックは楽々とかわした。トレビロンは何をしようとしているんだ？　ぼくを隅に追いつめようというのか？　だが、ゴドリックのうしろには何もなかった。

またトレビロンが剣を突きだした。今回はいくらかましだったものの、ゴドリックはあいかわらずあとずさりした。こんな戦いはしたくない。

ふたりの剣が交わり、動かなくなった。ゴドリックの背中を汗が流れ落ちる。トレビロンが顔を近づけて言った。「逃げろ、愚か者めが」

いつの間にか、ふたりはほかの竜騎兵から数メートル離れて、暗い路地に続く四つ角のそばにいた。

トレビロンがゴドリックを強く押した。

ゴドリックはくるりと向きを変えて走りだした。いまにも背中に銃弾を受けるか、蹄の音に追いかけられるのではないかと思ったが、何もなかった。その代わり、なすすべもなく叫ぶ竜騎兵たちを尻目に、猿のようにすばしこく建物の壁をよじのぼるアルフの姿が視界の端に映った。

大きな足音をたてて、ゴドリックは石畳を走った。全身の血が沸き立ち、肺が悲鳴をあげるまで走った。やがて〈恵まれない赤子と捨て子のための家〉が見えてきた。通りの先に見慣れた馬車が止まっており、マントを着た女性が孤児院の階段をのぼろうとしている。

ゴドリックは止まった。両手を膝につき、大きく胸を上下させて頭をあげ、こちらを向いた女性を見た。

マントのフードがうしろに押しやられ、色の濃いつややかな巻き毛が肩に落ちた。その肩は怒っており、右手には拳銃が握られている。そして美しい目には決意が光っていた。

感嘆のあまり、ゴドリックは息をのんで体を起こした。

メグスが顎をあげた。「お礼はいらないわ」

「なんだって？」

彼女は背後を示した。「馬車をここまで来させたのよ」顔は落ち着いているが、唇は震えているのが見て取れる。「信じる信じないは勝手だけれど、ここは亡霊が竜騎兵隊に呼びとめられることで有名な場所なの」

走るのをやめたときに鼓動は遅くなったはずだったが、彼女の言葉を聞いてまた速くなった。勇敢なメグスはぼくを助けに来たのだ。これまで誰もそんなことはしてくれなかった。

ふいに肌寒さと湿った石畳の匂い、自分の肺を出たり入ったりしている空気を意識した。だが何よりも意識したのが、誇らしげに立って辛抱強くゴドリックを――ゴドリックだけを――待っている女性だった。

彼はメグスに向かって歩いた。それは人生そのものに向かって歩くことと等しかった。

愛するゴドリック。勇敢で向こう見ずなゴドリック。彼が歩いてくるのを見るうちに、メグスの視界はぼやけた。これまでずっと平静を保ちながら、使用人たちを起こし、拳銃を探し、馬の準備をさせて医師を呼びにやり、ミセス・クラムとモルダーとミセス・セントジョンに急いで指示を出し、死んでいるゴドリックを発見する光景を想像しないようにしてここまで馬車で来たのだ。目の前のことに集中し、事務的に処理するよう努めた。そしてようやく彼を見つけた。生きている彼を。

体が激しく震え、どうやって馬車に乗れたのかも覚えていない。馬車の座席に座ると、メグスは泣いた。この数時間押し殺してきた苦悩と恐怖が、大粒の涙となって流れる。ゴドリックに抱きしめられ、彼女はぎゅっとしがみついた。二度と彼を放したくなかった。

しばらくそうして夜のロンドンを馬車で揺られるうちに、泣き声も落ち着いてきて、彼の言葉が聞こえるようになった。「しいっ。大丈夫だ、メグス。大丈夫だから」

だが、ゴドリックの言葉は新たな悲しみをもたらすだけだった。メグスは彼の肩をきつくつかんだ。痛い思いをさせているかもしれないけれど、どうしても手を離せない。

「いいえ」首を横に振った。「大丈夫じゃないわ。あなたは出ていったじゃないの」

頬にゴドリックの手のひらが添えられるのを感じた。顔を見ようとしているのかもしれないが、彼女は動こうとしなかった。

「何が大丈夫じゃないんだ？　なぜそんなに怒っている？」

「あなたが亡霊の衣装を着てセントジャイルズにいるからよ。カーショーを追っていたんでしょう？」

「ああ」彼の目を見なくても、声を聞けばためらっているのがわかった。

「どうしてそんなことをするの？」ゴドリックのうなじにかけた左手の爪で、短い髪をそっとこする。「うまくいって彼を見つけたらどうするの？　あなたが戻ってこなかったらどうするの？　わたしは――」

「もう見つけた」感情的にまくしたてるメグスをさえぎり、ゴドリックが言った。「カーショーは死んだよ」

メグスは体を引いて彼を見つめた。「なんてこと！」

ゴドリックが戸惑ったように顔をしかめた。口を開け、いったん閉じる。また開いて用心深く尋ねた。「ロジャー・フレイザー＝バーンズビーの仇を討つために、カーショーに死んでほしかったんじゃないのか？」

「あなたにけがをしたり殺されたりする危険を冒させてまで、彼に死んでほしいなんて思っていなかったわ！」ほとんど叫ぶように答えた。

彼は目をぱちくりさせた。

「わたしはどうかしていたのよ。カーショーへの復讐よりもあなたのほうが大事だと、はっきり言うべきだった。もうどうでもいいと言うべきだったの。本当にどうでもいいわけではないけれど、それでもあなたが殺されてしまうことを考えたら、復讐なんてどうでもよかった。もし今夜あなたが命を落としていたら、わたしは決して許せなかったわ。あなたのことも……」

メグスは口をつぐんだ。ゴドリックのさらに困惑した様子を見て、自分がいちばん大事なことを伝えていなかったのに気づいたのだ。

そこで両手を彼の短い髪に差し入れて引き寄せ、キスをした。

ゴドリックの唇に触れて、胸のつかえが少しましになった。彼はメグスの言葉の意味はわからなかったかもしれないが、情熱的なキスにはすぐに反応し、舌を差し入れてきた。メグスは満足して彼の髪を撫で、耳の縁を愛撫した。ゴドリックが身震いする。耳が特に敏感なのかしら？　それなら……。

彼が顔を離し、薄暗い馬車の明かりのなかで見つめてきた。「メグス？」

そうだわ、まだ言っていなかった。でも、それはゴドリックの唇があまりにもすてきすぎるせいだ。

「愛しているわ」はっきりと言った。「あなたのすべてを愛してる。上品な手も、口の片端だけあげる微笑みも、まじめな目も。わたしが家族を引き連れて来たとき、眉ひとつ動かさずに受け入れてくれたこと。礼儀を守るために、わたしの願いに応じて愛してくれたこと。そのあと怒って、今度はわたしからあなたを愛させてくれたこと。女王陛下と子犬たちに、シャツで寝場所を作らせてくれたこと。いますぐやめてほしいけれど、これまで長いあいだセントジャイルズの人々を助けてきたこと。まだ腹が立っているけれど、わたしのために人を殺してくれたこと。お互いをよく知らないうちから、わたしの手紙を取っておいてくれたこと。そっけない手紙を返してくれたこと。何もかも愛しているわ」

メグスは真剣に彼を見つめた。

「愛しているわ、ゴドリック・セントジョン。約束は守れない。あなたから離れないわよ。あなたが一緒にローレルウッドに来てもいいし、わたしがロンドンの古い家に残ってもいい。そして、わたしのおしゃべりや親戚であなたをいらいらさせるの。それから変わった体勢であなたを愛するわ。あなたが愛してくれるまで。言っておくけれど、あなたが愛してくれるまで、わたしは絶対にあきらめないわよ。たくさん子供を作って幸せな家族になるの」

息が切れたのでそこで話すのをやめ、ゴドリックを見た。

彼の顔からは表情が消えていた。メグスは心が沈み、言い争いになる覚悟を決めた。

しかし次の瞬間、ゴドリックの口が笑みを作った。「変わった体勢だって?」

彼がそれ以上言わないうちに、メグスはうまくいくと確信した。とてつもなくうまくいくに違いない。

それでもゴドリックがさらに口を開くと、彼女はじっと耳を傾けた。

「きみは変わった体勢とやらでぼくを恋に落とそうとしているらしいが、そんな必要はない。きみからの二通目の手紙を受け取ったとき、ぼくは恋に落ちたのだから」

もっと何か言いたそうだったが、メグスはそこでさえぎって、ふたたび唇を重ねた。

長いキスのあと、顔を離してできるだけ厳しい顔をしてみせた。

「もう亡霊はやめて」

「もう亡霊はやめる」マントを彼女の肩から外しながら、ゴドリックは言った。彼がむきだしの肩に口をつけると、メグスはあえいだ。

「ひとつ告白しなければならない」ゴドリックが耳に向かってささやいた。

彼女は目を開けるのがやっとだった。「何?」

彼の目は笑っていた。「ぼくは礼儀を守るためにきみの願いに応じたわけではない」

そして、また肩に口をつけた。その後は言葉は交わさず、それはメグスにとって好都合だった。会話以外のことに集中したかったから。

四週間後

ゴドリックは、鮮やかなオレンジ色の胸をした小鳥がりんごの枝を跳ねて穴のなかに消えるのを見守った。長年セイントハウスに住んでいるが、これまでコマドリを見たことがなかった。だが、それはメグスが来る前のことだ。

「りんごの木は死んでいないと言ったでしょう？」

メグスの声に彼は振り返った。砂利道を歩いてくる彼女は、今朝は鮮やかなピンクとアップルグリーンのドレスを着ていて、まるで春そのものといった感じだ。

「具合はよくなったのか？」

一時間前、メグスは朝食の席でトーストを手にしたとたん、あわてて皿に戻して部屋から駆けだしていった。様子を見に行くと、彼女は便器に覆いかぶさるようにしていた。

メグスは鼻にしわを寄せてみせた。「気分が悪いとき、ずっと横にいて助けてくれるなんて信じられないわ。あんなに恥ずかしかったのははじめてよ」

「気分が悪くても悪くなくても、きみを愛している」ゴドリックは眉をあげて、まだ吐き気が残っていないか彼女の顔を探った。だが、頬はいつもの健康そうなピンク色に戻っている。

「よくなったのか？」

「不思議なの」メグスは近づいてきて、彼の腕に手をかけた。オレンジの花のあたたかく心地よい香りが漂う。「いまはすごくおなかがすいていて、魚のパイを丸ごと食べられそうよ。本当に食べたいわ。あと、すぐりのジャムをつけたスコーンも。おいしそうじゃない？」

「ああ、おいしそうだ」そう答えたが、内心では魚のパイと甘いすぐりのジャムはおかしな取りあわせだと思った。「料理人に伝えたか？」

彼女はゴドリックがひそかに〝妻らしい〟と名づけた表情を見せた。

「気まぐれで、料理人に魚のパイを作ってすぐりのジャムを探せなんて言えないわ」

「なぜだ？　給料を払っているんだぞ。魚のパイを食べたいなら、そう言えばいい。すぐりのジャムも」

「ばかね」メグスは頭を振ってから、ふたたびりんごの木を見つめた。「死んでいるどころではなかったわね」

ゴドリックは苦笑いを浮かべた。庭を散歩するたびに、彼女がこの木を指して自分の洞察力の鋭さを自慢するからだ。

見事な光景だった。

ピンクと白の花は芳香を放つ雲のように木を覆っており、庭に足を踏み入れた瞬間に誰もが目を引かれる。メグスの自慢話は決して終わることはないだろう。

「見て！」彼女が叫んだ。「コマドリの巣よ。ゆうべは子ウサギが跳ねているのを見たわ。ロンドンの中心に、こんなに野生の生き物がいるなんて知らなかった」

「女神がここに住むようになる前はいなかった」ゴドリックはつぶやいた。

メグスがちらりと見た。「いまなんて？」

「なんでもない」

彼女に両腕をまわし、コマドリが飛ぶのを見た。そのうち、この庭にリスやアナグマやハリネズミがやってくるのは間違いない。メグスの魔力は相当なものらしい。

ゴドリックは身をかがめて耳元でささやいた。「きみがこの家を乗っ取ってぼくの生活をひっくり返したことに、どれほど感謝しているか言ったかな？」

顔を向けた拍子に、メグスの頬が彼の唇をかすめた。「ええ、毎日聞いているわ」

「そうか」やわらかい肌に向かって微笑む。「きみはぼくを救ってくれた」

彼女がまた頭を振った。「ばかね」

「本当なんだ。さて、ぼくは料理人に魚のパイを作るよう頼んでくるよ」

メグスは唇を突きだして抗議しようとした。

「頼んでくる」ゴドリックは彼女を自分と向きあわせた。「ぼくの子供の母親に最高の思いをさせるんだ」頬を薔薇色に染め、メグスは唇を噛んだ。それでも抑えようとしている笑みを隠すことはできなかった。「もうたしかなんだろう？　今朝のもそのせいなんだろう？」

「ええ、間違いないわ」

メグスは太陽よりも明るい笑みを見せた。ゴドリックも大きな喜びに心を満たされ、彼女にキスをした。

ふたりは魚のパイとすぐりのジャムを求めて、一緒に家のなかへ向かった。

エピローグ

「待って！」フェイズは叫びました。「どこに行くの？」

「悪魔に会いに行く」

「じゃあ、わたしも一緒に行くわ」

エルカンはフェイズを見ました。一瞬、彼女はその目に悲しみを見た気がしました。

エルカンが差し伸べた手をフェイズが取ると、彼は一気に引っぱって大きな黒馬の背に乗せました。フェイズは彼の胴につかまり、ふたりは長いあいだ黙ったまま、狂気の平野を進みました。

ついに、前方に黒い荒削りの石のアーチが現れました。

「あれが地獄なの？」フェイズは小声で尋ねました。

「そうだ、地獄の入り口だ。いいか、覚えておけ。悪魔が何を言おうと、生きて呼吸をしているおまえに対しては手も足も出ない。悪魔は死んだ者しか支配できないのだ」

フェイズはうなずき、さらにしっかりとエルカンにつかまりました。

大きな黒馬は地獄の入り口をくぐり、闇のなかに入っていきました。あたりを見まわしても何も見えず、何も聞こえません。そこは空虚で寒く、もしひとりだったら、フェイズはおびえきって正気を失っていたことでしょう。でも、エルカンがいます。彼の広い背中に頰をつけると、規則正しい鼓動が聞こえました。

目の前に人間の形をしたものが現れました。青白く痩せていて背も特別高くないのに、人間味のかけらもないその目に、フェイズは体が震えて顔をそむけました。

エルカンはフェイズの手を取って馬からおろし、それの前に彼女を立たせました。「おまえはわたしが運んでくるよう命じた魂を解放した」悪魔——もちろんそれは悪魔だったのです——は言いました。

エルカンは頭をさげました。

「おまえが払うべき代償はわかっているな？」悪魔は静かに言いました。

フェイズは胸を締めつけられる気がして、エルカンに尋ねました。「なんの話？　何が代償なの？」

「おれの魂だ」それがエルカンの答えでした。「悪魔は魂をひとつ要求したが、おれはそれをなくした。だから、おれの魂で償うんだ」

「だめよ！」フェイズは叫びました。

悪魔の薄く冷たい唇が愉快そうな笑みを浮かべました。「生きている者はなんとも情熱的だな。真っ赤に焼けた岩に鎖でつないで、何百年ものあいだあぶり焼きにしてやろうか？」

フェイズは顎をあげ、恐怖に震えながらも悪魔の無情な目をにらみました。

「わたしは生きている。あなたはわたしに何もできないわ」

「エルカンが余計なことを話したようだな」悪魔は肩をすくめました。「では、わたしの領地から出ていけ」

「行くわ。でも、エルカンも一緒よ」

悪魔はのけぞり、砥石《といし》で刃を研ぐような不快な声をたてて笑いました。「ばかな娘だ。エルカンは人間ではない。一〇〇〇年前からそうだ」

「彼は人間みたいに葡萄酒を飲むわ」

悪魔が目を細めました。

「それに人間のように食べたり眠ったりもするのよ」勇気を出して、さらに言いました。胸のなかに希望がわいてきます。「それでも人間じゃないと言えるの？」

「だが、人間のように呼吸はしない」悪魔は言いました。

フェイズは目を見開き、負けを悟りました。一緒に馬に乗っているあいだ、エルカンは一度も呼吸をしなかったのです。

フェイズは涙を浮かべてエルカンを振り返りました。つま先立ちになり、彼の黒い顔を両手ではさんでささやきました。「ごめんなさい」

そして唇を重ね、自分の肺から彼の肺に息を吹き込みました。

その瞬間、悪魔が怒りの声をあげ、フェイズとエルカンのまわりで風がうなり声をあげながら回転しはじめました。回転は次第に速さを増し、フェイズは目を閉じて、ただエルカンにしがみついていました。

やがて風がやみました。目を開けると夜になっており、ふたりはフェイズの恋人が最後の息をした四つ辻に立っていました。

エルカンが妙な音をたて、脇腹を押さえて膝からくずおれました。

フェイズは隣にひざまずきました。「どうしたの？」

「なんでもない。一〇〇〇年ぶりに息を吸ったから体が痛むのだ」そう言って、首をのけぞらせて笑いました。悪魔と違い、あたたかくて生き生きした笑い声です。

エルカンはフェイズを抱き寄せました。

「愛しい人よ、おまえはおれに食べ物と飲み物と眠りをくれた。おれの心臓を鼓動させ、死んだ肺に息を吹き込んでくれた。悪魔を出し抜いて、おれを地獄から救ってくれた。おれはおまえの恋人みたいに善人ではないが、もし夫として迎えてくれるなら、おれは人間としてのこれからの人生を、おまえに愛してもらえるよう努力しながら過ごす」

フェイズは微笑みました。

「すでにあなたを愛しているわ。わたしの恋人の魂を解放するために、そしてわたしを喜ばせるために、自分の不死の魂を差しだそうとしてくれたんですもの」

彼女はエルカンの顔を引き寄せ、人間となった彼に最初のキスをしました。

『エルカンの伝説』

三カ月後

レディ・ピネロピ・チャドウィックのコンパニオンであるアーティミスは、ピネロピの浅はかな思いつきをいくつも見てきた。〈恵まれない赤子と捨て子のための家〉を引き継ごうとして、さくらんぼの種を投げつけられたこともあった。生きた白鳥をアクセサリーにして流行を作ろうとしたこともあった。女羊飼いの衣装と羊のことで大騒ぎしたこともあった。あれから一年経つが、濡れた羊毛の匂いはいまだにアーティミスをうんざりさせる。

それでもピネロピの思いつきはふつう、危険を伴ったりはしなかった。

だが、今回のは殺される可能性だってある。

「ここはセントジャイルズで、しかも夜です」説得力のある声が出ていればいいのだけれど。いまいる通りは人影もなくて、両側に背の高い家がそびえるように立っているのがなんとも不気味だ。「これでフェザーストーン卿との賭けの条件は満たしたのではないですか？ そろそろ帰って、料理人が今朝作ってくれたおいしいレモンタルトを食べましょうよ」

「アーティミスったら」ピネロピは、アーティミスの嫌いなさげすむような口調で言った。「あなたの悪いところは冒険心がないことよ。真夜中にセントジャイルズでジンを買って飲まない限り、フェザーストーン卿から宝石のついたかぎ煙草入れをもらうのは無理だわ。わたし、絶対にやるわよ！」

そう言うと、彼女はロンドンでもっとも危険な地域の暗い通りを歩いていった。

アーティミスは身震いしてからあとを追った。ランタンを持っているのは自分だし、ピネロピはうぬぼれ屋で愚かだが、そんな彼女をアーティミスは嫌いではなかった。ジンを売る店がすぐに見つかれば、すべては首尾よく終わり、今度アポロのところへ行ったときのいい話の種になるだろう。

何かかも、ミス・ヒッポリタ・ロイルのせいだわ。アーティミスは用心深くあたりを見まわしながら思った。ミス・ロイルは社交界の男性たちの心をしっかりとらえてしまった。生まれてはじめて、ピネロピに競争相手ができたのだ。相手に勝つには大胆になるしかない——あきれたことにピネロピはそう決め込んで、その結果がフェザーストーン卿とのばかげた賭けだった。

「あそこは期待できるんじゃない？」ピネロピが通りの先のみすぼらしい建物を指さして明るく言った。

期待できるって何が？　アーティミスは一瞬思った。

建物から三人の大男がよろよろと出てきて、こちらに向かってきた。

「ピネロピ」アーティミスは言った。「向きを変えて、いますぐに」

「どうしてそんなことを——」ピネロピが言いかけたが、すでに遅かった。

男のひとりが顔をあげてふたりを見つけ、動きを止めた。アーティミスは以前、雄猫があんなふうに動きを止めるのを見たことがある。スズメに飛びかかるためだった。

男たちは肩を丸め、大股で近づいてきた。

通りは前方と後方にしか逃げ道がなく、前方は男たちにさえぎられている。

「走って!」アーティミスは小声で言うと、ついてくるようピネロピに合図をした。彼女を置いて、ひとりで逃げることはできない。

ピネロピが金切り声をあげた。

男たちは目の前まで迫っていた。走っても、すぐに追いつかれるだろう。

ああ、神さま。

アーティミスはブーツに手を伸ばした。

そのとき、頭上から救いの手が現れた。

大きくて恐ろしい男が飛びおりてきた。体操選手のような筋肉を伸ばして立ちあがった男は仮面をかぶっていた。上唇から髪の生え際までを覆う黒い仮面は鼻がひどく大きく、頰には傷跡がある。目の部分に開いた穴の奥には、知的で生き生きとした瞳が見えた。

アーティミスの目の前に立っているのはセントジャイルズの亡霊だった。

訳者あとがき

好評をいただいているエリザベス・ホイトの《メイデン通り》シリーズ。ロンドンの貧民街、セントジャイルズのメイデン通りにある孤児院を中心に、そこに関わる人々を描いたシリーズも本作品で五作目となります。ヒーロー、ヒロインは既刊本でも何度か登場しているおなじみのふたりですが、このシリーズをはじめてお読みになる方のために、簡単にご紹介しておきましょう。

ヒーローのゴドリック・セントジョンは一作目『聖女は罪深き夜に』で、ヒーローのケール卿の親友として大きな存在感を放っていました。当時、病に伏せる妻を抱え、暗い雰囲気をまとっていたゴドリックですが、その彼にシリーズを通して暗躍する弱者の味方〝セントジャイルズの亡霊〟という裏の顔があることは、四作目『愛の吐息は夜風にとけて』のラストで明らかになりました。一方のヒロイン、メグスことマーガレットは二作目『無垢な花に約束して』で、ヒーローであるグリフィンの天真爛漫《らんまん》な妹として描かれていました。四作目では恋人のロジャーにプロポーズされて幸せいっぱいだったメグスに、突然の不幸が訪れました。ロジャーがセントジャイルズで何者かに命を奪われてしまったのです。メグスのおなかに赤ちゃんを残して。

本作ではその事件から二年、ゴドリックの妻が亡くなってからはすでに三年近くが経っています。それぞれ最愛の人を失い、いまだに心の傷が癒えていないふたりですが、二年前に結婚式を挙げています。ゴドリックにメグスのおなかの赤ん坊の父親になってもらうための便宜上の結婚でしたが、式の直後に彼女は流産してしまいました。そのままゴドリックの田舎の領地で暮らしていたメグスが夫の住むロンドンにやってきたところから、本作の物語が始まります。

彼女にはふたつの目的がありました。ふたたび赤ちゃんを授かること。そして、ロジャーを殺したとされているセントジャイルズの亡霊を見つけだして復讐すること。もちろん、その亡霊の正体がほかならぬゴドリックであることは知るよしもありません。

メグスがふたつの目的を果たそうと奮闘するなかで、それまで夫婦とは名ばかりだったふたりは次第に相手のことを知るようになります。ゴドリックのやさしさ、メグスの明るさは、互いの喪失感を慰めるようになり、ふたりは、亡き妻、亡き恋人に思いを残しながらも惹かれあっていきます。そしてまた、セントジャイルズの亡霊としてのゴドリックの活動も大きな山場を迎えます。前作で全滅したはずの少女誘拐団との戦い。これも本作品の大きな柱となっています。ロマンスとサスペンス、ふたつの要素をどうぞ存分にお楽しみください。

本シリーズはラストが次の作品へのプロローグとなっています。本作のラストも、何やら複雑な事情を抱えていそうなあの人が出てきて、次作への期待が高まります。このシリーズをはじめて手に取ったという方も、本作をきっかけに前の四作、並びに今後発売される作品にも興味を持っていただければ幸いです。

二〇一四年八月

ライムブックス

光《ひかり》こぼれる愛《あい》の庭《にわ》で

著　者　エリザベス・ホイト
訳　者　川村《かわむら》ともみ

2014年9月20日　初版第一刷発行

発行人　成瀬雅人
発行所　株式会社原書房
〒160-0022東京都新宿区新宿1-25-13
電話・代表03-3354-0685　http://www.harashobo.co.jp
振替・00150-6-151594
カバーデザイン　松山はるみ
印刷所　中央精版印刷株式会社

落丁・乱丁本はお取り替えいたします。
定価は、カバーに表示してあります。
　ISBN978-4-562-04462-7　Printed in Japan